DIM
OND
UN

I Mam

DIM OND UN

MELERI WYN JAMES

y**l**olfa

Diolch:

I fy nheulu a fy ffrindiau am eu hamynedd,
eu cyfeillgarwch a'u cariad.

I fy ngolygyddion gwych,
Meinir Wyn Edwards a Huw Meirion Edwards.

I Sion Ilar am y clawr ac i Alan Thomas am y dylunio.

I Gyngor Llyfrau Cymru ac i wasg y Lolfa
am eu cefnogaeth dros y blynyddoedd.

Argraffiad cyntaf: 2024

*Dychmygol yw rhai o'r mannau ar
Ynys Enlli a enwir yn y nofel hon*

Cynllun y clawr: Sion Ilar

Rhif Llyfr Rhyngwladol: 978 1 80099 221 4

Dymuna'r cyhoeddwyr gydnabod cymorth ariannol
Cyngor Llyfrau Cymru

Cyhoeddwyd ac argraffwyd yng Nghymru
ar ran Llys Eisteddfod Genedlaethol Cymru gan
Y Lolfa Cyf., Talybont, Ceredigion SY24 5HE
e-bost ylolfa@ylolfa.com
gwefan www.ylolfa.com
ffôn 01970 832 304

'What's the best thing you've learned about storms?'
    asked the boy.
'That they end,' said the horse.

The Boy, the Mole, the Fox and the Horse, Charlie Mackesy

No man is an island,
Entire of itself,
Every man is a piece of the continent,
A part of the main.
If a clod be washed away by the sea,
Europe is the less,
As well as if a promontory were:
As well as if a manor of thy friend's
Or of thine own were.
Any man's death diminishes me,
Because I am involved in mankind.
And therefore never send to know for whom the bell
    tolls;
It tolls for thee.

Devotions upon Emergent Occasions, John Donne

Mae yno ugain mil o saint
Ym mraint y môr a'i genlli,
Ac nid oes dim a gyffry hedd
Y bedd yn Ynys Enlli.

'Ynys Enlli', T. Gwynn Jones

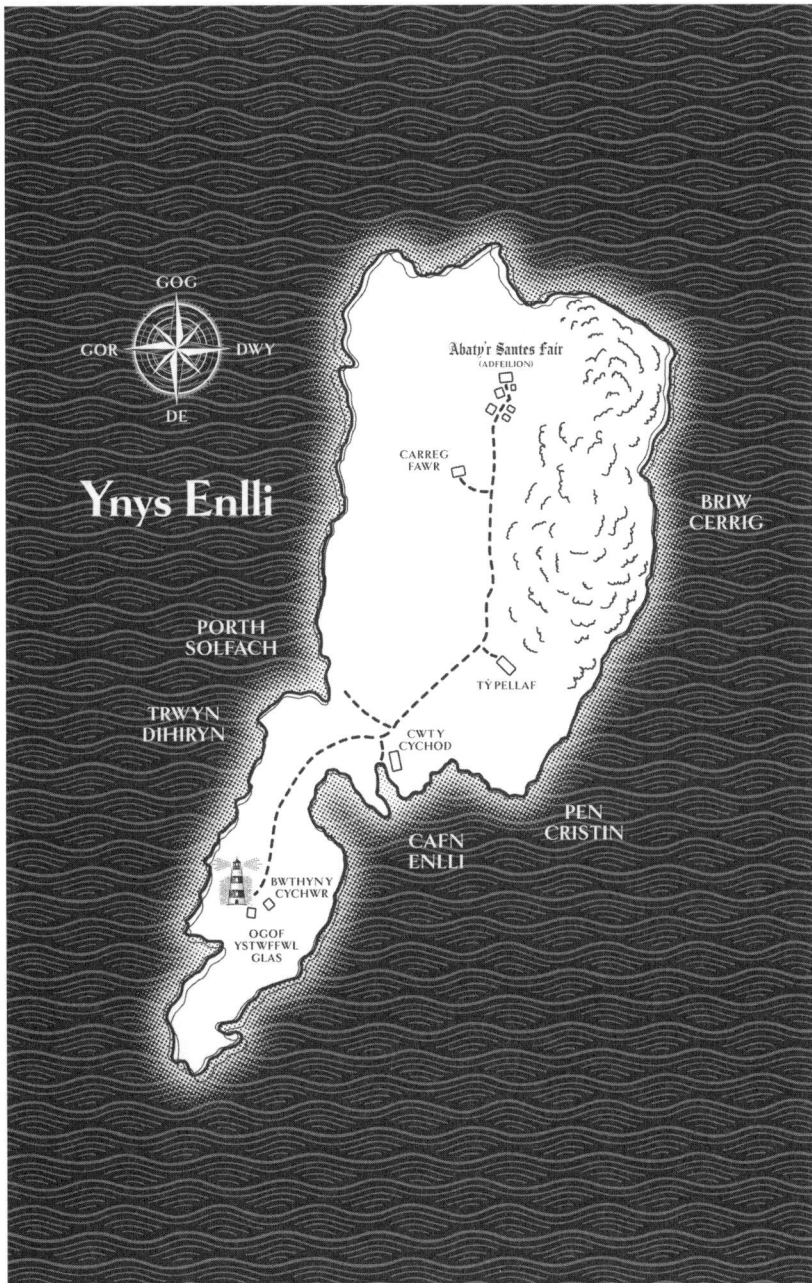

Ynys Enlli

GOG
GOR · DWY
DE

Abaty'r Santes Fair
(ADFEILION)

CARREG
FAWR

BRIW
CERRIG

PORTH
SOLFACH

TRWYN
DIHIRYN

TÝ PELLAF

CWT Y
CYCHOD

CAFN
ENLLI

PEN
CRISTIN

BWTHYN Y
CYCHWR

OGOF
YSTWFFWL
GLAS

Dyma'r stori, yn ôl yr hyn yr oedd hi'n ei gofio. Allai Carys ddim addo bod pob gair yn wir. Ond roedd hi'n bwysig trio cofnodi beth oedd wedi digwydd cyn i'r cwbl fynd yn angof, yn ddail wedi eu dwyn gan y gwynt. Doedd hi ddim yn hawdd bod yn ddidwyll pan oedd cymaint o ansicrwydd. Mor debyg oedd sgrech a gwaedd o lawenydd pur. Ac onid oedd e'n wir y gallai person sgrechen chwerthin a gwenu mewn casineb?

Roedd hi'n lwcus, medden nhw. Ond doedd hi ddim mor siŵr. Roedd hi'n lwcus i fod yn fyw ar ôl beth ddigwyddodd iddi. Ond oedd hynny'n wir, sgwn i? Un gwirionedd oedd yna i Carys – doedd hi ddim yn siŵr am unrhyw beth erbyn hyn, doedd hi ddim yn siŵr am unrhyw un.

CYRRAEDD
YR YNYS

I

'Faint sydd 'to o hwn?'

Gas ganddi gonan fel rheol. Ond doedd dim tamaid o hwyl ar Carys y bore hwnnw. Peth rhyfedd iawn o gofio bod y diwrnod wedi cyrraedd o'r diwedd. Doedd dim byd ofnadwy yn bod arni. Nerfau, siŵr o fod. Teimlai'n rhwystredig, yn grac bron. Yn grac â hi ei hun, yn grac â phob peth. Dyma hi a Nav ar eu hantur fawr a doedd Carys ddim eisiau dechrau trwy gwyno am bach o dywydd gwael. Roedd ei choes yn brifo. Ei bai hi. Roedd wedi ceisio llamu ar y cwch fel ebol blwydd, a difaru. Gwasgai corff cadarn Nav yn erbyn ei ffurf esgyrnog hi bob tro y bydden nhw'n cael eu taflu gan y chwydd. Fel arfer, fe fyddai ei deimlo yno wrth ei hochr yn ei chysuro, yn ei chynhesu. Heddiw, teimlai fel rhoi hwp iddo a dweud wrtho am symud mas o'r ffordd, mas o'i byd hi.

'Nav.'

Dywedodd ei enw yn dawel wrthi hi ei hun, er mwyn cofio. Rhaid ei fod wedi synhwyro'r symudiad lleiaf hwnnw yn ei gwefusau achos fe drodd i edrych arni, ei farf yn fyr a'i wallt hir at ei ysgwyddau yn chwythu i bob cyfeiriad. Roedd e'n gwenu, ond roedd golwg bell yn ei lygaid tywyll. Cyn pen dim roedd yn edrych allan eto ar y tonnau.

Fe fyddai'n rhaid iddyn nhw gyfarwyddo â phob tywydd, atgoffodd Carys ei hun. Roedd y rhan yma o ogledd Cymru yn ddrwgenwog am brofi'r gwaethaf o bob storm. Roedd y cwch wedi hen adael cildraeth pysgota bychan Porth Meudwy yng nghesail Penrhyn Llŷn. Beth ddywedodd yr hen gychwr yna wrth iddyn nhw adael? Dyma'r cam cyntaf i'r pererinion wrth fynd ar eu taith dros y dŵr i Enlli, yn chwilio am beth, sgwn i? Disgwyliai Carys weld yr ynys hudolus ar linell bell y gorwel. Ond cuddiai'n gwpslyd y tu ôl i'r niwl. Dyma fyddai eu cartref am y... faint? Ie, y flwyddyn nesaf – mwy na hynny petai pethau'n mynd yn dda. Dim rhyfedd bod ei bola a'i phen hi'n troi. Siglodd ei phen, yn falch iddi glymu ei gwallt coch mewn cynffon ceffyl ddi-lol.

Doedd bod mas mewn tywydd mawr ddim yn beth dierth i Carys. Fe faglodd hi trwy gatiau'r ysgol ar y cyfle cyntaf – neu dros y gatiau yn achos joci cystal â hi, fyddai rhai'n ei ddweud – a chafodd hi ddim mo'i chlymu i ddesg ers 'ny. Ond roedd hi'n teimlo'n sâl fel ci nawr, yn difaru iddi gytuno i fwyta'r wyau ffarm yna i frecwast. Doedd y ffordd roedd bwa'r cwch yn codi ac yn plymio wrth iddyn nhw arnofio ar hyd y môr tonnog yn gwneud dim i setlo'r stumog. Roedd y môr yn aflonydd. Fe ddylai hi fod yn gyfarwydd â'r teimlad o esgyn a chwympo, ond roedd hwn yn brofiad hollol wahanol i neidio'r clwydi. Ceffylau gwynion – enw arall ar ewyn y môr. Yn sydyn, cafodd Carys bwl ofnadwy o hiraeth am ei chartre yng Ngheredigion. Trawodd ei ffon fagl yn erbyn y llawr i'w sadio, simsanu ymlaen a chwydu dros ymyl y cwch.

★

Roedd hi'n dywyll yn Nhŷ Pellaf. Am eiliad, teimlodd Carys don fach o annifyrrwch am nad oedd Nav wedi gwneud yn siŵr bod y goleuadau ymlaen wrth iddi gamu mewn i'r cyntedd. Beth petai hi wedi cwympo? 'Na beth fyddai dechrau da i'w bywyd newydd! Roedd yna stribed hir cyn eich bod chi'n camu i mewn i'r lolfa – gwefus gas o fetel oer yn arwydd eich bod yn camu o un man i fan arall fyddai'n ddigon i faglu person, petaech chi ddim yn cofio ei bod hi yno. Ond roedd Carys yn cofio amdani ac wedi defnyddio'i ffon i arwain y ffordd. Roedd yna oglau ddoe a ffroeniad o rywbeth arall – persawr? Roedd hi wrthi'n camu dros yr ymyl yn ddidrafferth pan glywodd sŵn siffrwd – sibrydiad annisgwyl, arwydd nad oedden nhw ar eu pennau eu hunain yn yr anialwch hwn. Fflachiodd cysgod heibio. Ysbryd arall fel y rhai oedd yn dod ar ei thraws yn annisgwyl. Roedd Carys wedi dechrau dysgu byw gyda'u gweld nhw mas o gornel ei llygad ers diwrnod y ddamwain, fflachiadau byw fyddai'n diflannu'n ddim. Roedden nhw'n dal i'w hanesmwytho.

'Tro'r blydi gole mlân,' gwaeddodd ar Nav, oedd fel petai wedi diflannu i'r düwch. Roedd ei llais hi'n gryf, ond teimlai'r gwendid yn ei phengliniau ar ôl tymestl y daith gwch.

Yna, clywodd y floedd – ond diflannodd ofn Carys pan ddilynwyd honno gan sawl pwl o chwerthin.

'Syrpréis!'

Neidiodd o'i chroen wrth i'r stafell oleuo o flaen ei llygaid.

Chwerthin mawr caled nawr. Lleisiau a bodau cyfarwydd, wrth eu boddau. Blinciodd Carys yn gyflym. Yna roedd eu hwynebau nhw yno – yn un llinell anniben, yn gwenu fel ffyliaid. Roedd yr ofn wedi creu ansicrwydd. Nabyddodd yr wynebau yn syth ac aeth Carys ar hyd y rhes, yr enwau'n dod iddi: ei thad, Bryn, yn wên o glust i glust mewn crys pinc golau, braidd yn ifanc iddo fe, dan ei siwmper ac wrthi'n codi ei drowsus gorau. Ei brawd mawr, Aaaa... Aled, yn gwneud stumiau arni, mewn jîns a siwmper o'r cwmni posh yna – beth oedd ei enw? Anrheg gan ei wraig, tybiai Carys. Roedd honno, Li-Lisa druan, wedi ei gor-wneud hi braidd mewn top a sgert oedd yn dangos ei siâp yn ddel. Oedd hi wedi gwneud yn fawr o ddisgownt y catalog drud yna ar y we? Roedd ei gwallt melynfrown yn llwydo ac yn gweddu iddi. Roedd hyd yn oed fe – Elfed – wedi gwneud ymdrech. Edrychai'n ddierth heb ffedog y gof i guddio'r jîns tywyll glân a'r top polo. Gwthiai ei gyhyrau mas o dan y llewys. Oedd e ddim yn teimlo'r oerfel? Wrth ochr Elfed safai hi, yr un mis â phen-blwydd Carys – June, dyna ni. Mewn ffrog hir laes a sgarff hir i lawr at ei phengliniau. Gwenai ar Carys, ac edrychai'r wên yn ddigon diffuant. Ond synhwyrai Carys nad oedd y ddwy yn ffrindiau. Yn llercian y tu ôl i honno, roedd clamp o ddyn. Oedd June wedi llusgo hwn i Enlli? Ei mab Huw, cawr o ddyn yn ei dridegau cynnar oedd yn dal i fyw adre. Y tu ôl i June, roedd yna wên go iawn. Ymlaciodd Carys. Er bod y corff main yn annelwig braidd, diolch i ffrils a fflownsys June, nabyddodd y crys siec a'r trowsus ysgafn. Rose, ei ffrind. Gwasgodd honno dusw o flodau bysedd y cŵn i'w dwylo. Ochneidiodd Carys yn ysgafn a gwenu arnyn nhw i gyd rhwng ei dannedd. Cythreulied!

'Beth ddiawl y'ch chi'n neud 'ma?' Edrychodd Carys ar Nav, ac ar y lleill.

''Na beth yw croeso!' Aled, ei brawd, atebodd. Bron y gallai fod yn efaill iddi gyda'i gorff tal a thenau a'i wallt coch, ond yn wahanol i Carys roedd ei wyneb yn ffrwydrad o frychni.

Tro ei thad oedd hi i lywio cyfeiriad y sgwrs. 'Ni 'di dod yma i ddymuno'n dda i ti a'r bachan arall 'ma, ar eich "antur" newydd.' Dywedodd y gair fel petai e'n amheus o werth 'antur' Nav a hithau ar Enlli.

'Ond chi wedi neud hynny 'nôl yn Aberteifi.' Daliodd Carys Elfed yn codi ei aeliau. Oedd e mor ansicr â hi o fwriad yr ymweliad yma?

'A nawr maen nhw yma – croeso i bawb!' Nav oedd y cyntaf i afael ynddi, i gynnig cwtsh mawr a theimlodd Carys ei chalon yn rasio, fel y byddai pan oedd Nav yn cydio ynddi'n annisgwyl. Efallai fod hynny'n naturiol. Oedden, roedden nhw'n caru ers bron i ddeunaw mis, medden nhw wrthi, ond roedd y diffyg i'w chof ers y gwymp yn golygu bod y berthynas yn newydd yn ei meddwl hi. Roedd e mor olygus, a byddai'n dal ei hun yn meddwl weithiau beth yn gwmws oedd y pishyn 'ma'n ei weld ynddi hi. Ei lygaid a'i wallt tywyll, ei farf drwsiadus, ei groen yn frown cynnes, ei wefusau yn drwchus. Yna, byddai Carys yn ceryddu ei hun yn go sydyn. Roedd Nav yn lwcus i'w chael hi, glei! Roedd e dros ei ben a'i glustiau mewn cariad â hi – ond roedd hi mewn man gwahanol, ar ddechrau'r berthynas, yn llawer llai sicr o'i theimladau. Roedd ei hyder yntau yn eu huned nhw yn codi ofn arni. Ceisiodd Carys reoli ei hanadlu. Roedd ei phen yn troi, blas cas yn ei cheg ers iddi gyfogi dros ymyl y cwch. Ac am eiliad roedd fflach o rywbeth arall, rhyw gysgod yn y cefndir. Rhywbeth yno, ac eto y tu hwnt i'w gafael. Teimlodd bwl o gyffro, fel petai hi am gofio, am weld pethau fel oedden nhw go iawn. Yna clywodd lais ei thad, yn llawn hwyl ond dim nonsens.

'Beth sy'n bod, cariad bach? Ti'n dishgwl fel 'set ti 'di gweld ysbryd!'

Ac roedd y peth roedd hi ar fin ei weld am y tro cyntaf wedi diflannu fel hen alaw.

2

'O, wy mor sori, Carys!' Ymddiheurodd ei ffrind yn syth, unwaith iddyn nhw gael munud ar eu pen eu hunain wrth y sinc yn y gegin oedd hefyd yn stafell fwyta gyda soffa fach frown, ddi-lun wedi ei gwthio yn erbyn y wal. Doedd dim lle i droi a chafodd y ddwy eu hunain yn bwrw mewn i'w gilydd yn lletchwith.

'Blydi hel, R-Rose – ti'n nabod fi'n well na neb, on'd wyt ti?'

Os oedd hi wedi sylwi ar yr atal wrth i Carys ddweud ei henw, ni ddangosodd Rose hynny.

'Odw, wy'n gwbod.'

'Wel?' Teimlodd Carys y gwres yn codi y tu mewn iddi. Roedd ar dân i wybod o ble ddaeth y syniad dwl yma i'w dilyn hi a Nav i Enlli.

'O, Carys... Dim fi o'dd e. Dim ein syniad ni o'dd e.'

'Nav, sbo.'

Cymerodd Rose bach o amser cyn cyfadde.

'Wel, ie.'

Straffaglodd Carys i dynnu ei gwallt, yn galed gan heli, o'r gynffon ceffyl. Roedd ei ffrind yn fyrrach na hi ac ychydig yn drymach. Roedd ganddi frychni a gwallt byr du bendigedig o ffasiynol, er nad oedd hynny'n rhywbeth oedd yn diddori Rose.

'O'dd e moyn i ni gyd ga'l un cyfle ola i ddathlu cyn i chi ddechre ar 'ych bywyd newydd.' Llyncodd Rose. Dechreuodd agor y cypyrddau i chwilio am wydrau. Oedd Carys yn dychmygu pethau, neu oedd golwg ofnus ar ei ffrind?

'Cyfle i fus... i fusnesu, ti'n feddwl...'

Brathodd Carys ei thafod. Roedd hi wedi dweud gormod yn barod. Dihangfa oedd y fenter hon i fod – dihangfa rhag pob dim oedd wedi digwydd. Lle i dyfu, lle i wella. Cydiodd Rose yn ei braich, ei llais yn dawel ac yn fwyn.

'Odi fe mor wael â 'ny bo' ni'n gweld 'yn gilydd 'to?' Estynnodd y gwydrau gwin o bob siâp. Doedd dim byd yn matsio.

'Nag yw, wrth gwrs.' Ymlaciodd Carys ychydig, ac ychwanegu yn fwy ansicr, 'Ond ma hyn *yn* digwydd. Ma Nav a finne'n edrych mlân i fod yn wardeinied ar Enlli. Ma gyda ni gynllunie cyffrous, i wella pethe, i ddatblygu busnes bach.'

Nodiodd Rose yn ufudd ar y geiriau angerddol a chydio yn y gwydrau, yn barod i ddychwelyd at y lleill.

Sibrydodd Carys mor dawel dan ei gwynt fel na allai ei ffrind ei chlywed hyd yn oed, 'O'n i'n gwbod na fyddech chi'n gadel i fi fynd.'

'Fan hyn wyt ti'n cuddio? Popeth yn iawn?'

Winciodd Nav ar Rose, yn ddigon cyfeillgar, wrth ddod i mewn i'r gegin.

'Odi,' atebodd Carys.

Ochneidiodd Rose yn ddiamynedd, yn methu deall pam nad oedd Carys yn dweud y gwir wrth Nav. Beth oedd yn bod arni? Os oedd hi mor grac ei fod e wedi llusgo ei theulu hi i Enlli pam na fyddai'n dweud hynny wrtho fe?

'Dere. Ni ar fin agor y siampên.' Gwenodd Nav, ei wên fach yn cyrraedd ei lygaid.

'Am un o'r gloch y pnawn?'

'Ni'n dathlu – cyn bo' pawb yn mynd 'nôl i'r tir mawr. Ma Rose wedi estyn y gwydrau.'

Edrychodd Rose ar Nav yn swil a mynd i'r lolfa.

'Ma gwaith i neud...' meddai Carys.

'Cwpwl o fagie i ddadbacio – fydd gweddill y stwff ddim yn cyrraedd tan nes mlân. Fe gawn ni ddechre'n iawn ar bethe fory. Dere, ti wastad yn gweithio'n rhy galed.'

Gwingodd Carys wrth i Nav roi ei fraich amdani a'i gwasgu ato – pam bod yr awydd i weithio'n galed yn wendid?

Daeth ei thad i mewn i'r gegin yn fyrlymus, yn llenwi'r stafell â'i bersonoliaeth hawddgar ond di-ffŷs.

'Carys, w! Dere, ma'r siampên 'ma'n twymo.'

'Sai moyn dim, Dad.'

'Alli di ga'l un, does bosib, glychu pen y babi 'ma – y fenter fowr ar Ynys Enlli.'

Aeth ei thad yn ei ôl, gan ddisgwyl i bawb ei ddilyn. Fe allai Carys deimlo llygaid Nav arni. Gwridodd. Roedd yn rhaid iddi esgus o leiaf. Ymuno yn yr hwyl. Fe allai deimlo ei chalon yn cyflymu fel y byddai bob tro roedd hi ynghanol pobol y dyddiau hyn. Pam bod gormod o gwmni pobol eraill yn straen arni? A hithau wedi arfer ei fwynhau, ymhyfrydu ynddo hyd yn oed... dyna o'n nhw wedi'i ddweud wrthi hi, beth bynnag.

'Wy ffaelu credu ti, Nav – yn meddwl bod hyn yn syniad da.' Cuchiodd Carys.

'Dere. Joia.'

Cydiodd Nav yn ei llaw gyda'i bawen gynnes a'i harwain i'r lolfa fach lle roedd y gweddill yn aros, yn llenwi'r lle. Roedd yr oglau hen, diflas wedi newid i rywbeth cynhesach. Synhwyrodd Carys ei hun yn gwenu er gwaethaf popeth.

''Co hi! Iechyd da i chi'ch dou!' galwodd ei thad.

'Blwyddyn o lonydd!' prociodd ei brawd.

Wrth i'r botel siampên agor gyda phop, i gyfeiliant miri mawr, meddyliodd Carys iddi glywed bloedd o wynt. Fe ddylai fod wedi sylweddoli bryd hynny – roedd yn arwydd o storm yn agosáu.

Camodd ymlaen a derbyn y gwydr gwin. Ystyriodd cyn yfed, y blas yn ddierth iddi nawr. Cyfrodd i dri a llowcio, a'i wneud yn un mawr.

3

''Co ni, 'te. Ni 'ma. Yn y lle wy wedi clywed gyment amdano.'

Roedd ei thad yn gwenu ond roedd y tinc siomedig o weld Tŷ Pellaf yn amhosib ei anwybyddu. Gwyddai Carys yn iawn nad dyma'r lle roedd hi wedi ei ddisgrifio. Fe allai fod wedi twyllo ambell un mai dyma'r ffasiwn ddiweddaraf. Arddull Sgandinafia gyda phren heb ei drin, papur yn plicio oddi ar y waliau a phatrwm geometrig yr hen leino ar lawr. Ond siaradai ei thad yn blaen. Roedd yr oglau tamp a'r dwst yn siarad drostyn nhw eu hunain.

'Smo fe'n ffôl.' Daeth June o hyd i eiriau i ddisgrifio'r lle nad oedd yn ei feirniadu nac yn ei ganmol yn ormodol chwaith. Oedd Carys wedi ei dal yn ffroeni'r awyr yn amharchus?

Y peth cyntaf roedd Carys wedi bwriadu ei wneud ar ôl cyrraedd oedd glanhau'r tŷ dwy stafell wely o'r top i'r gwaelod. Agor y drws a'r ffenestri i gyd a gadael awyr drwg y gorffennol allan a'r awyr iach i mewn. Chwarddodd wrth feddwl amdani ei hun yn cyffroi am chwarae bod yn wraig tŷ. Fe allai Nav fentro tynnu ei bwysau. Ond roedd y teimlad yma'n fwy nag awydd i dacluso ac i lanhau. Er iddyn nhw orfod gohirio eu cynlluniau i briodi dros dro, ro'n nhw am greu cartref ar yr ynys ac yna, ar ôl dychwelyd i fyw ar y ffarm, a'r stablau, pwy a ŵyr? Roedd Carys wedi bwriadu ymgolli yn y ffantasi nes i Nav darfu, fel y byddai'n siŵr o wneud, a'i hatgoffa na ddylai hi wneud gormod. Rhag ofn.

Edrychodd Carys ar Aled, ei brawd mawr. Sgwn i a fyddai yntau'n camu o'r cysgodion, nawr ei bod hi wedi symud ymlaen? Yn dangos diddordeb mewn cymryd awenau'r busnes am fod y plant yn hŷn? Roedd Ger ac Elin yn yr ysgol fawr a hyd yn oed Cai, y cyw melyn olaf yr oedd ei ymddangosiad mor annisgwyl, wedi dechrau yn yr ysgol fach erbyn hyn.

Does bosib bod rhywun yn gallu caru reidio ceffylau cymaint ag Aled a hi, ac yna rhoi'r gorau i hynny heb fwriad o fynd yn ôl ato rhyw ddydd. Roedd ei thad wedi lled-awgrymu efallai y byddai Elin yn hoffi gwers neu ddwy flynyddoedd yn ôl. Chafodd Ger ddim cynnig, yn ôl yr hyn ddwedodd Rose wrth Carys. Ond ddaeth ddim byd o hynny, mae'n debyg. Ai Aled oedd wedi rhoi stop ar y syniad, neu ai Lisa a'i halergedd a achosai iddi disian o fewn dwy droedfedd i flew ceffyl oedd wedi rhoi'r caibosh ar bethau? Nodiodd Aled a chodi ei wydr wrth ei gweld hi'n syllu arno – roedd yn amhosib ei ddeall weithiau. Oedd e'n difaru o gwbl? Gorfod priodi yn ei ugeiniau cynnar tra bod ei ffrindiau yn dal i joio banter a chwpwl o beints gyda'r bois?

Deallodd i'r newyddion am yr un bach cyntaf oedd wedi dechrau tyfu ym mol Lisa gael ei drin fel petai rhywun wedi marw. Fe fu awyrgylch angladdol o fewn y teulu am wythnosau nes, tybiai, i'w thad dderbyn y newydd bod y cyntaf-anedig yn gadael y ffarm i fagu teulu a chymryd rôl ym musnes technoleg tad ei ddarpar wraig – byd compiwters doedd Bryn yn gwybod dim byd amdano. Roedd hwnnw'n gwenu'n hynaws nawr, y bybls wedi cochi ei fochau a'i drwyn. Oni bai am y ddamwain fyddai e byth wedi caniatáu iddi hithau adael y stablau hefyd. Beth oedd y dywediad yna? Daw da o bob drwg.

*

Gyda'i thad wrth y llyw, aeth dwy awr fel y gwynt. Roedd Carys yn teimlo'n well, wedi bywiogi drwyddi. Byddai hi wedi hoffi eu croesawu nhw'n iawn – gwneud bach o ffŷs. Gwin, nibls. Byddai hi wedi bod yn braf cael newid ei dillad. Er bod dim byd o'i le ar y jîns a'r siwmper a wisgai, ro'n nhw'n damp ar ôl y daith ar y cwch, ond fe fyddai parti bach wedi bod yn esgus i wisgo lan. Gwisgo ffrog hyd yn oed, un hir, steilus gyda ffrils ar y llewys ac o gwmpas y gwaelod, fyddai'n cuddio'r ffaith bod ei chyhyrau wedi diflannu'n ddim. Oedd, roedd hi'n gyfforddus iawn mewn *jodhpurs,* ond hoffai fod wedi cael cyfle i wneud bach o ymdrech, fel pawb arall.

Methai benderfynu a oedd Lisa eisiau bod yno neu beidio. Roedd Carys a Lisa yn tynnu ymlaen yn ddigon da, ond gwyddai fod agosrwydd y brawd a'r chwaer yn anodd iddi. Roedd digwyddiadau'r flwyddyn ddiwethaf wedi gwneud i Aled ailfeddwl, roedd e wedi cyfadde hynny wrth Carys ar ôl sawl peint un noson. Roedd e'n maddau iddi hi, ei chwaer fach, am ei holl gamweddau ar hyd y blynyddoedd – ac roedd llawer ohonynt, mae'n debyg – ac roedd yn benderfynol o ofalu amdani o hynny ymlaen. Pwniodd Carys e nes iddo wingo wrth glywed hynny, ond toddodd y gynddaredd yn wawr gynnes. Gwyliodd e'n gwenu ar Lisa, a hithau'n gwenu'n ôl; gwên fach oedd hi. Ond un yn llawn addewid.

Roedd rhaid derbyn presenoldeb June, fel ym mhob achlysur bellach. Roedd hi'n dda iawn i'w thad, ac am hynny roedd Carys yn ddiolchgar a hithau ar fin ei amddifadu am flwyddyn. A fyddai'n gallu bod ar Enlli oni bai amdani hi? Ond doedd June ddim yn aelod o'r teulu eto, na Huw ei mab chwaith. Siaradai Bryn yn fyrlymus ag e, ddim fel petai'n malio nad oedd yn cael llawer o sgwrs yn ôl.

A fe, Elfed? Beth oedd e'n ei wneud yma? Doedd e

ddim yn perthyn. Ddim go iawn. Teimlodd Carys fflach o anniddigrwydd cyn penderfynu nad oedd yna reswm pam y byddai ei gwmni e'n llai derbyniol na neb arall. Cyrcydai'r dyn tal i sgwrsio â Bryn, gan gynnig braich gyhyrog yn ddi-ffŷs os oedd cymalau'r hen ddyn yn pallu a'i fod angen help i symud. Roedd llygaid Elfed yn llwyd, un o'r lliwiau llygaid mwyaf prin yn y byd. Roedd ei ben yn foel a'r cysgod o farf yn britho, sylwodd. Safai'n ddi-serch, ond bob hyn a hyn gwelai wên chwareus. Roedd yn fwy derbyniol i gael ei gwmni e yno nag ambell un arall, ar wahân i Nav wrth gwrs, cofiodd yn sydyn. Allai hi ddim dychmygu y byddai Elfed dawedog wedi ymladd am ei le ar y joli yma, ac roedd hi'r un mor anodd meddwl y byddai Nav wedi mynnu cael ei gwmni. Roedd hi ac Elfed yn nabod ei gilydd ers yr ysgol fach ac roedd eu hanes wedi bod yn anodd i Nav, mae'n debyg. Pwy felly oedd wedi ei wahodd?

Erbyn i'r cloc bach ar y wal daro tri roedd pawb wedi dechrau ymlacio. Ac ambell un wedi'i dal hi dipyn bach. Gobeithiai Carys y byddai'r tonnau wedi distewi ar y daith 'nôl neu nid hi fyddai'r unig un i chwydu dros yr ochr ar y siwrne. Pwy fyddai'r cyntaf, sgwn i? Edrychodd o wyneb i wyneb am yr euog un.

Gwenodd, er gwaetha'i hun, yna gwgodd wrth feddwl iddi glywed taran yn bell i ffwrdd. Fydden nhw ddim gyda'i gilydd fel hyn am sbel fawr eto. Fyddai'r cychwr ddim yn hir cyn dod nawr. Roedd rhaid achub ar y cyfle hwn, dim ots faint roedd y syniad hwnnw'n codi ofn arni.

'Beth am chware gêm?' Trawodd Carys ei ffon yn erbyn teils y llawr, ei chalon yn curo'n gyflymach.

'Gwd eidîa. Credu weles i bac o gardie yn rhwle.' Straffaglodd ei thad yn araf i flaen y soffa.

'Eisie rhwbeth bach mwy ecseiting na chardie, Dad.'

'Who's Who, 'te.'

'Guess Who?, Dad,' meddai Aled, gan godi ei aeliau yn ysgafn.

'*Guess who* pwy?' Tap-tapiodd Bryn y tun bach baco ym mhoced ei drowsus, rhywbeth fyddai'n ei wneud yn aml, bron fel cysur iddo.

'Chi'n cofio – pan gafoch chi'ch bedyddio yn "The Queen Consort" gyda sticer mowr melyn ar 'ych talcen?' gwenodd Elfed.

'A tithe'n gofyn "Ydw i'n nabod Dafydd Iwan?"' meddai Aled.

'O'dd e'n gwestiwn digon teidi,' mynnodd Bryn.

Chwarddodd y criw. Carys oedd y cyntaf i guddio ei gwên.

'Beth am gêm o Truth or Dare?'

'Beth yw hwnnw pan ma fe gatre?' Roedd Bryn wrth ei fodd yn chwarae'r clown.

'Ma pawb yn cael cyfle i ateb cwestiwn yn onest yn ei dro,' esboniodd Nav. 'Gallwch chi ddewis neud hynny, neu osgoi ateb trwy neud *dare*.'

'Dyw e ddim yn swno fel lot o gêm i Gristion glân gloyw fel fi.' Pesychodd ei thad. Trodd June i edrych arno'n siarp.

'Pwy fath o *dares* yn gwmws?' gofynnodd hi gan ailosod ei ffrog.

Gwenodd Huw yn ddigon sionc. Roedd e'n hoffi gemau, cofiodd Carys. Aled oedd y cyntaf i esbonio.

'Gadel i rywun dorri'ch ffrinj a'u llygaid ar gau... Cusanu'r person ar y chwith... Fyddwch chi wrth 'ych bodd, June,' pwniodd Aled hi'n ysgafn gyda'i benelin.

'Peidiwch poeni, June,' meddai Rose yn ysgafn.

Ychwanegodd Carys, 'Sdim eisie becso os nag o's dim byd 'da chi i gwato.'

Yr ochr arall i'r stafell sylwodd ar lygaid dur Elfed yn gwgu arni.

'Ma pawb yn cwato rhwbeth,' meddai Aled.

'O's e?' gofynnodd Lisa. 'Beth wyt ti'n cuddio, 'te?'

Pwysodd Bryn ei law yn erbyn ei ben, wedi blino ar y cecran, a gofyn yn ddiamynedd braidd, 'Pwy sy'n mynd gynta? Fi, ife?'

Os oedd wedi gobeithio cael bod yn geffyl blaen fe gafodd siom. Achubodd Nav ar y cyfle i ddechrau'r gêm.

'Af i gynta. Ma'r cwestiwn cynta i ti, Carys…'

Clywodd hithau floedd o gymeradwyaeth oddi wrth y lleill. Edrychai Nav ar ei gariad gyda glo ei lygaid yn gynnes fel tân. Teimlai Carys fel yr unig un yn y stafell.

'O, na!' protestiodd.

Anwybyddodd Nav hi ac aeth yn ei flaen.

'Wyt ti'n falch bo' fi 'di trefnu bod pawb 'ma i ddymuno'n dda i ni?'

Roedd yna foment o densiwn. Clywodd rywun yn ffroeni, doedd Carys ddim yn siŵr pwy. Bu bron iddi chwerthin yn uchel, ond atebodd hi Nav ar ei ben.

'Nagw, dwi ddim. A fe gei di wybod 'ny pan fydd pawb wedi mynd 'fyd!'

Chwarddodd pawb yn ddigon hwyliog. Ond daliodd Carys ambell bâr o lygaid oedd ddim yn siŵr ble i edrych.

'Dere mlân, ma eisie gwell cwestiyne na 'ny,' meddai Aled.

'Gofyn di un, 'te, Mastermind.'

'Ocê, 'te… Elfed 'chan, wyt ti erio'd wedi cusanu unrhyw un yn y stafell hon?'

'Be sy'n bod? Difaru bod ti ddim wedi ca'l cusan fach 'da fi cyn priodi? Dere 'ma, 'te, boi…' Esgusodd Elfed gamu tuag at Aled gan gynnig ei wefus yn barod er mwyn ei chusanu.

'Rhywun ar wahân i fi, y mochyn!'

'Bois!'

Distawyd y ddau ddyn gan gerydd Carys. Aeth eiliad neu ddwy heibio. Ceisiodd Elfed yn galed i beidio ag edrych ar neb. Byddai fiw i Bryn feddwl ei fod yn llygadu June. Roedd pob math o syniadau dwl yn mynd trwy feddwl hwnnw y dyddiau hyn. Doedd e ddim yn hanner call, clywodd Aled yn dweud. Meiddiodd Rose daflu ei golwg ar Carys. Roedd Carys yn cymryd diddordeb mawr mewn rhwto blaen ei throed iach yn y rỳg trilliw.

'C'mon, 'te, Elfed, sdim trw'r dydd 'da ni,' galwodd Bryn, y bòs.

'Gymra i *dare*, sbo – ond wy'n gweud wrthoch chi nawr, sai'n yfed pi-pi 'yn hunan,' atebodd gan rwbio ei ben moel.

'Beth am serenêd? Gei di ganu cân serch i Dad...'

'Gadwch fi mas o hyn!'

'Bydd rhaid i ti lyncu llond llwy fwrdd o halen, 'te,' meddai Aled yn bendant. Roedd yn anodd gwybod a oedd yn tynnu ar hen ffrind erbyn hyn, neu wedi dechrau ei herio am ryw reswm nad oedd am ei ddatgelu.

'O, ych a fi, blant! Sdim bwrdd *chess* 'ma rhwle?' Roedd June yn dechrau cael digon. Helpodd ei hun i wydraid arall o siampên. Roedd yn siomedig i weld mai dim ond hanner oedd ar ôl yn y botel.

Anwybyddodd Aled hi yn llwyr a rhuthro at y gegin fach. Gwnaeth sŵn diawledig yn chwilio am halen yn y cypyrddau a'r llwy fwyaf y gallai ddod o hyd iddi yn y droriau. Bachodd Nav ar y cyfle i agor potel newydd. Gwrthododd Elfed y cynnig am fwy.

Edrychodd y ddau ddyn ar ei gilydd wrth i Aled ddychwelyd i'r stafell. Cymerodd Elfed y llwy weini a llyncu'r cyfan mewn un. Tagodd a gwasgu cefn ei law yn erbyn ei geg. Cipiodd wydraid June a'i yfed ar ei ben. Edrychai Huw wrth ei fodd, ei lygaid fel soseri ar ôl dropyn o siampên.

'Howzat!' bloeddiodd Nav.

''Na chi ddyn sy'n gyfarwydd ag yfed ei bi-pi ei hunan,' meddai Aled.

'Fi sy nawr, a ma 'nghwestiwn i i Carys,' meddai Elfed.

Trodd Nav i edrych ar Elfed ac yna ar ei ddyweddi.

'Faint wyt ti'n cofio?' gofynnodd Elfed.

'"Faint wyt ti'n cofio?!" Cofio am beth yn gwmws? Bydd rhaid i ti fod bach yn fwy sbesiffic, grwt,' meddai Bryn.

'Llai na ti'n feddwl. Ma mwy o fylche yng nghof fy chwaer na ma'i moyn i ni wbod.' Roedd Aled yn llawn hwyl unwaith eto.

'Sgwn i?' meddai June yn awgrymog. 'Neu mae'n cofio *mwy* na mae'n fodlon cyfadde.'

'Gadwch hi,' plediodd Rose.

Anwybyddodd Carys nhw.

'*Dare…*' chwarddodd hi.

'Ocê, 'te. Cana "Mi Welais Jac y Do" mewn llais plentyn pump oed.'

'O, Aled! O's rhaid i fi?'

'Un ai hynny neu hopan ar un go's am ddeg munud… Os ti'n gallu, wrth gwrs.'

Gwingodd Elfed. ''Na ddigon,' meddai wrth Aled.

'Beth? Bach o dynnu co's, 'na gyd – odw i'n mynd i gael fy nghanslo am ddweud y gair "co's" o fla'n Long John Silver?'

Ochneidiodd Carys ar ddiffyg sensitifrwydd ei brawd. Cododd Elfed a bu bron iddo gwympo eto. Sythodd Nav ac estyn ei law i afael yn y gŵr arall. Roedd hwnnw'n welw fel ysbryd.

Mewn fflach, diffoddodd y golau. Yn sydyn, roedd hi'n annaturiol o dawel. Bachodd Carys ar y cyfle, fel y byddai'n arfer ei wneud mewn ras. Pan oedd y jocis eraill yn dechrau blino, yn meddwl ei bod hi'n bell y tu cefn iddyn nhw, dyna pryd y byddai hi'n dechrau gwasgu am y gorau nes bod y ceffyl yn carlamu ymlaen yn ddi-ofn. Dyma fe nawr, ei chyfle hi. Roedd hi'n ddu bitsh a phawb yn dawel. Pryd fyddai hi'n cael cyfle fel hyn nesaf? Teimlodd y cyffro trwy ei chorff a gwnaeth y mwyaf ohono.

'A 'co fy nghwestiwn i – ai damwain oedd hi?' gofynnodd Carys.

Yn y düwch, doedd hi ddim yn glir at bwy roedd hi'n anelu'r proc.

'Be sy 'di dod drostot ti, Carys Wyn?' ceryddodd June.

Roedd Carys yn benwan bod rhywun wedi tarfu arni.

'O, mindiwch 'ych busnes, 'newch chi,' poerodd mas yn ddifeddwl. Roedd hi'n haws dweud eich dweud yn y tywyllwch.

'Carys!' ebychodd ei thad.

Gwridodd Carys.

'Ma hi'n busnesu fel tase hi'n un o'r teulu – a dyw hi ddim,' meddai, ond yn fwy tawel.

'Dim eto,' meddai June yn ddistaw.

'Beth mae hynny fod i feddwl, June?' Roedd llais Carys yn crynu nawr, fel llais plentyn.

Nid atebodd y ddynes ganol oed. Cadno wedi ei ddelwi gan oleuadau car.

'Beth mae'n feddwl, Dad?'

'Yyy, dim nawr yw'r amser falle.'

Mewn fflach, daeth y golau ymlaen. Blinciodd Carys fwy nag unwaith. Roedd hi ar fin ateb ei thad. Yna, gwelodd rywbeth a aeth â'i sylw. Oedd hi'n gweld pethau neu oedd rhywun yn sefyll yn y drws?

4

Safai dyn main o flaen yr agoriad rhwng y lolfa a'r drws ffrynt. Teimlodd Carys gryndod iâr fach yr haf yn ei brest. Yng nghanol y ddrama, rhaid nad oedd neb wedi ei glywed yn cnocio. Nawr roedd e wedi gostwng ei lygaid rhag tarfu arnyn nhw, ond roedd ei bresenoldeb wedi torri ar unrhyw ymdrech at uniad teuluol.

''Co fe, y dyn ei hunan. Dere i ga'l dropyn bach.' Bryn, wrth gwrs, oedd y cyntaf i dorri ar y tawelwch ac i'w harwain allan o ddyfroedd lleidiog brathiadau Carys.

Yn ei chynnwrf, doedd Carys ddim yn siŵr beth oedd fwyaf hynod: y distawrwydd pwerus, yr oglau cwyr gwlyb a halen neu ei olwg, mewn cot law hir, wêdyrs a welingtons, pob peth yn loyw gan law. Doedd e ddim wedi croesi ei feddwl i'w tynnu. Roedd mor wahanol i'r lleill. Pawb wedi 'gwneud ymdrech', ar wahân iddi hi a Nav, a hyd yn oed ei thad yn gwisgo crys dan ei siwmper a sblash o afftershêf ar ôl y newid yn ei rwtîn siafio bore Sul.

Siglodd yr hen ŵr ei ben.

'Neith un bach ddim drwg i neb,' meddai Bryn.

'Dim 'na beth ddwedodd y doctor.' Edrychai June ar ei thraed wrth sibrwd.

'Beth ddwedodd y doctor?' gofynnodd Carys.

'Dim byd, bach… Amser mynd yn barod?' Ceisiodd ei thad newid y pwnc.

'Dim gobaith,' atebodd y cychwr, ei lais yn fflat ac yn ddifywyd.

Torrodd gigl ar y llonyddwch, fel rhech mewn stafell ddosbarth. Edrychai Lisa yn edifar yn syth. Ond roedd Bryn yn dal i wenu, wastad yn barod am bach o dynnu coes.

'Jiw, jiw, sdim eisie streso. Fyddwn ni 'da chi nawr, ddyn bach,' meddai'n nawddoglyd.

Doedd dim byd bach am y cychwr. Chwiliodd Carys ei chof am ei enw a methu ei gael. Ond nabyddodd e, er mai ar ei gefn y bu'n syllu yn ystod y siwrne draw i Enlli. Byddai'n anodd ei fethu: yn tynnu am chwe throedfedd o daldra, corff tenau ond cryf, ysgwyddau llac, wyneb rhychiog, trawiadol, ei fochau wedi eu gwrido gan y gwynt a'r glaw ac yn cyd-fynd â lliw ei wallt gwlyb.

'Sdim ofan bach o dywydd ar neb fan hyn, John bach,' triodd ei thad eto, yn gyfarwydd â chael ei ffordd ei hun. Ond rhoddodd y cychwr stop ar ei awydd i ddianc.

'Mae 'di codi'n storm fawr. Bydd rhaid i ni aros nes i'r môr ddistewi.'

Yng nghanol y bwrlwm a'r tynnu coes, doedden nhw

ddim wedi sylwi rhyw lawer ar y tywydd y tu allan. Ond nawr fod pob un yn dawel, fe allen nhw glywed yn glir y gwynt yn udo a'r glaw yn taro'i ddyrnau yn erbyn y ffenestri. Teimlodd Carys ofn yn ei chalon.

'Aros faint yn gwmws?' Rhoddodd ei thad gynnig arall ond nid atebodd y dyn.

'Chi'n awgrymu ein bod ni'n aros fan hyn?' Edrychodd June i lawr ei thrwyn ar y lolfa fach syml, yr hen soffa, y corneli'n llawn dwst a chysgodion.

'Sdim lle i chi.' Ffeindiodd Carys ei llais. Cyn iddi allu dweud dim byd pellach roedd Nav wedi cydio yn ei llaw ac yn ei gwasgu'n awgrymog.

'Siŵr ddelen ni i ben rywffordd.'

'Gwboi,' meddai Bryn, yn edrych o'i gwmpas yn barod, yn asesu'r sefyllfa ac yn creu cynlluniau.

Rhythodd Carys ar Nav. Daliodd lygad Rose. Crychodd honno ei gwefus mewn cydymdeimlad.

'Sdim gwesty 'ma, sbo?' Hanner jocian oedd Aled.

'Credu bo' fi 'di gweld cwt bugail ar y ffordd 'ma.' Tapiodd Bryn deirgwaith ar ben y tun bach baco cyn ei agor. Crychodd ei dalcen cyn estyn tri bys i'r tun a chydio yn y dip.

'Fyddi di'n iawn, 'te, Dad.' Doedd ei brawd ddim yn hapus.

'Beth am y plant? Ma'n nhw'n dishgwl ni gatre. Dim hwyrach na phump wedes i wrth Jodie.'

Roedd Lisa'n syllu'n ddisgwylgar ar ei gŵr ond Bryn, y penteulu, atebodd hi.

'Falle neith e les iddyn nhw fod hebddoch chi am bach.' Rhoddodd y baco yn ei geg.

Roedd gwaed Carys yn berwi. Dalen lân. Dechre newydd iddyn nhw'll dau oedd hyn i fod. Fyddai e ddim y tu hwnt i'w thad i drefnu'r tywydd gwael 'ma. *Cool down*, Carys fach. Gwasgodd ei hewinedd i gnawd ei llaw, yn trio'n galed i beidio â gweld pethau oedd ddim yn bod.

Gallai weld Lisa yn llygadu ei gŵr eto.

'Chi 'di galw gwylwyr y glannau?' gofynnodd Aled.

'Does 'na'm signal ar hyn o bryd, ond pwy a ŵyr, ella…'

Roedd mwy gan y cychwr i'w ddweud ond tawelwyd e gan olau mellten ac yna sŵn taran yn atseinio yn yr awyr, gan hollti'r hwyliau da.

5

Roedd hi'n lwcus ofnadwy. Gwyddai Carys hynny achos roedd pobol yn ei ddweud wrthi o hyd. Roedd hi'n ifanc yn un peth – y byd i gyd a'i holl bosibiliadau o'i blaen er gwaethaf popeth. Fedrech chi ddim prynu ieuenctid gyda holl gyfoeth tai gwyliau Pen Llŷn, ac roedd ei hoed a'i ffitrwydd hefyd o'i phlaid.

Roedd hi'n iach o gorff ac yn athletaidd gryf ac roedd y pethau hynny'n fantais, yn ôl beth roedden nhw wedi ei ddweud wrth Carys. Doedd hi ddim yn gorfod poeni am gyflog, roedd hi wedi gallu gwneud bywoliaeth yn dilyn ei diléit – tan yn ddiweddar iawn. Roedd ganddi bopeth i edrych ymlaen ato: ffrindiau cariadus, teulu cefnogol, ac roedd hyn i gyd cyn iddi sôn am Nav. Cafodd yntau ei fagu mewn teulu Cristnogol yng Nghaerdydd gan fam o dras Indiaidd a thad o dras Gymreig, y ddau yn siarad Cymraeg yn rhugl. Roedd ganddo wên a chorff i lorio caseg ac roedd hi'n amhosib cwympo mas ag e. Pan fyddai hi'n flin gyda Nav, fe fyddai e'n codi ei ddwylo, troi ei ben i'r ochr, ei hoelio hi â'i lygaid gloyw ac yn gwenu, nes byddai Carys yn gollwng yr anadl o'i brest ac yn ildio.

Gweithiai fel hyfforddwr ffitrwydd personol pan oedd Carys wedi cyfarfod ag e gyntaf. Ac yn ei llygaid hi roedd e'n hysbyseb perffaith i'w waith, yn gryf ac yn gyhyrog, yn cadw ei farf yn fyr ac yn gwisgo ei wallt trwchus yn llac at ei ên. Teimlai'n saff yn ei gwmni ond daeth Carys i ddeall bod yna freuder iddo hefyd. Fe fyddai Nav yn ofalus ofnadwy mewn bar neu glwb, neu wrth gerdded y strydoedd gyda'r nos, rhag i rywun ei herio neu bigo ffeit, ac roedd yr annhegwch yn brifo Carys i'r byw. Mewn llai na blwyddyn ro'n nhw wedi dyweddïo ac fe fydden nhw wedi priodi hefyd, oni bai am y gwymp.

Er gwaethaf ei harddwch a'r ymdrech am berffeithrwydd oedd yn rhan naturiol o'i waith, doedd Nav ddim yn berson arwynebol. Dyn busnes oedd ei dad, fel ei thad hithau, ond roedd diddordeb ei mab mewn iacháu holistig yn siom i fam Nav a hithau'n ddoctor. Pan oedd Carys yn gwella o'i hanafiadau, ei chorff yn wan a'i phen yn storm, cafodd bwl o gwestiynu beth oedd e'n ei weld ynddi. Roedd hi'n ddigon derbyniol yr olwg. Ond yn ddim byd sbesial, ei llygaid ychydig yn rhy agos i'w gilydd, tro bach i'w thrwyn. Roedd ganddi rinweddau eraill, roedd talent yn beth deniadol iawn. Roedd hi'n hyderus ac yn ddinonsens, fel ei thad a'i brawd. Ac roedd y pishyn mwyaf o fan hyn i fan draw yn dwli arni.

Roedd ganddi fywyd braf, popeth yn ymagor o'i blaen a llond pen o freuddwydion person ifanc. Yna fe wawriodd y diwrnod hwnnw fel pob bore arall ac erbyn nos roedd pob dim wedi newid.

Pan ddaeth ati ei hun ar ôl syrthio oddi ar Afallon, roedd Carys yn lwcus i fod yn fyw, medden nhw. Byddai'r rhan fwyaf o'i hanafiadau yn gwella. Ac eto, doedd pethau ddim yr un fath. Fe gaeodd Carys ei llygaid ar un byd a dihuno mewn byd hollol wahanol.

Ro'n nhw, y bobol o'i chwmpas hi, i gyd yr un peth, cyn belled ag y gwyddai. Doedd hi ddim yn cofio'n iawn. Ond hi? Doedd hi ddim yr un un. Roedd hi'n gwybod hynny. A phan fyddai hi'n edrych o gwmpas ac yn eu gweld nhw yno, yn syllu arni'n ddall – yn ei gweld ond ddim yn ei gweld o gwbl – fyddai hi'n methu'n deg ag atal ei hun rhag holi: sgwn i pryd fyddan nhw'n sylwi ar y newid yndda i, 'te?

DIWRNOD
1

6

Ro'n nhw wedi dod i ben â shiffto yn y tŷ am un noson. Hithau a Nav wedi ildio'r stafell ddwbwl (y peth tebycaf i swît mis mêl) i'w thad a June. Ceisiodd Carys beidio â phwdu wrth feddwl am y ddau yna, yn eu gwely *nhw* ar noson gyntaf bywyd ar ei newydd wedd *i fod*. Roedd meddwl am ei thad a June yn rhannu gwely yn gwneud i gynrhon gerdded ar hyd ei chroen – ceisiodd beidio â meddwl am y peth o gwbl, yn enwedig ar ôl beth oedd June wedi'i awgrymu am briodi, os clywodd Carys hi'n iawn. Doedd neb wedi trafod y peth ers hynny a dechreuodd amau ei bod hi'n breuddwydio eto. Roedd y ddau wedi mynd i'r swît yn ddigon jacôs – yn rhy jacôs. Peidied nhw â meddwl bod croeso iddyn nhw aros! Dim hyd yn oed ei thad. Ac yn sicr ddim y ddynes penblwydd, June, a'i mab, un oedd yn debycach i blentyn na dyn yn ei dridegau, ond oedd yn berson gwahanol ar ôl gwydraid o siampên. Doedd Carys ddim yn gwybod llawer mwy amdani nag oedd pobol wedi'i ddweud.

Roedd Nav wedi cynnig yr unig stafell wely arall, sef y stafell sengl, i Aled a Lisa – ond roedd Aled wedi gwrthod ar eu rhan, a diolchodd Carys am hynny.

Ychydig iawn roedd hi'n ei yfed ers y ddamwain, ac roedd y siampên a'r syniad o rannu gwely sengl gyda Nav wedi llenwi ei phen â syniadau melys. Roedd yn ysu i deimlo ei gorff yn noeth ac yn gynnes nesaf i'w chorff hi. Cafodd siom pan fynnodd e gysgu ar y llawr – rhag ofn ei fod yn anafu ei choes ddrwg wrth iddo droi yn ei gwsg, mae'n debyg! Ceisiodd Carys ei demtio trwy ei brocio gyda'i choes iach ond fe alwodd 'nos da, caru ti' a throi ei gefn arni.

Gyda Huw ar y soffa yn y gegin, Lisa gafodd gysgu ar y soffa yn y lolfa fach. Roedd Rose wedi cysgu ar lawr sawl stabal, ac aeth ati yn ddi-ffŷs i greu gwely o hen flanced Gymreig a chwpwl o glustogau ar y carped ger soffa Lisa. Aeth Aled ac Elfed mas i'r cwt bugail yn y gwynt a'r glaw i weld a fyddai'n bosib iddyn nhw aros yno am un noson – a chan eu bod nhw heb ddod yn eu holau roedd yn rhaid bod y lletŷ hwnnw'n ddigon derbyniol. Roedd y bois yn llawn hwyl, y storm wedi eu sbarduno, wedi cymodi ar ôl giamocs y gêm, ond gwelodd Carys y siom yn llygaid Lisa. Efallai y byddai hi wedi dymuno i'w gŵr gynnig eu bod yn treulio noson gyda'i gilydd mewn man anturus.

Antics posib ei thad a June oedd y lleiaf o bryderon Carys wrth geisio cysgu i gyfeiliant y tywydd garw. Tra bod bywyd rhwng y waliau, nid oedd y dymestl wedi gofidio Carys yn ormodol. Ar ôl sioe o fellt a tharanau, roedd y storm drydanol wedi symud ymhellach i ffwrdd. Ond nawr bod y bobol yn dawel llenwyd ei chlustiau gan wawdio'r gwynt, yn rhyfeddol o debyg i lais dyn. Meddyliodd am yr holl eneidiau oedd wedi dod i Enlli, ac yna wedi mynd. Ai dyna oedd hi'n ei glywed heno? Lleisiau'r seintiau yn ei herio rhag gadael iddyn nhw fynd yn angof? Ai nhw oedd yn gafael, gyda'u bysedd rhithiol, am y ffenestri a'r drysau ac yn eu siglo'n ffyrnig? Ar ôl y twrw fe fyddai yna dawelwch annaturiol, am dipyn go lew weithiau, ond wrth iddi ymlacio ac anghofio, gan feddwl bod y gwaethaf ar ben, fe fyddai'n ymchwyddo unwaith eto, yn mynnu ei sylw. Roedd Nav allan o'i gafael a dechreuodd ddychmygu pob math o bethau rhwng cwsg ac effro. Trodd y glaw bras yn belten y chwip, a hyrddiadau trwy ganghennau'r coed yn ergydion gwn.

Yn y bore, roedd hwyliau uffernol ar Bryn.

"Na beth yw cachfa!' meddai wrth y bwrdd brecwast, gan anelu ei olwg a'r gnoc honno at ei ddarpar fab yng nghyfraith am eu rhoi nhw yn y sefyllfa hon. Symudodd y fas â'r bysedd y cŵn i'r ochr yn ddiamynedd. Ond er bod Carys yr un mor grac gyda Nav, roedd yn gas ganddi feddwl bod ei thad yn ei feio fe am y storm.

Roedd ergyd Bryn yn annheg. Ac yntau a Huw yn

llowcio te cryf ac yn crensian ar dost wedi ei weini gan June, roedd heddiw'n ddigon tebyg i unrhyw fore arall. Roedd brecwast i bawb gan fod Carys a Nav wedi sicrhau eu bod nhw'n dod â'r pethau hynny gyda nhw yn eu pac – te a choffi, te perlysieuol Nav, *cereal* a dau fath o laeth, ffrwythau, torth, marmalêd a mêl. Pryder mwyaf Carys oedd y byddai June yn gweini llaeth almwn Nav i Dad. Newidiodd hynny ei hwyl. Dechreuodd Carys chwerthin wrth ddychmygu'r wep ar wyneb ei thad petai e'n cael llond cegaid o'r 'nonsens hipis' hwnnw yn lle llaeth ffarm 'normal'.

'Be sy'n bod 'not ti?' gofynnodd iddi'n siarp.

'Jest meddwl am bŵer eironi, Dad.' Rhwbiodd ei choes. Oedd honno'n brifo'n waeth heddiw?

'Beth wedodd hi?' Anelodd ei thad y cwestiwn at June.

Y peth nesaf, neidiodd pawb wrth i'r drws agor yn ddisymwth ac i Aled ac Elfed ymddangos, eu hwynebau'n fochgoch a'u cotiau'n diferu.

'Pnawn da,' meddai Bryn yn blaen.

Hastiodd Aled i esbonio, 'Ni lan ers orie, diolch yn fowr. Fuon ni lawr i weld John Rees ambytu trefniade heddi.'

'Gwd bois! Beth wedodd e, 'te?'

Edrychodd Aled ac Elfed ar ei gilydd. Anwesodd Elfed ei farf. Aeth eiliad neu ddwy heibio.

'Sai'n credu bod e 'di codi 'to,' meddai Elfed yn fwyn.

'Ddim 'di codi? Wel, gobeitho bo' chi 'di cnoco ar y drws 'na – a dihuno'r diawl pwdwr!'

'Do, Dad. Wrth gwrs 'ny. Do'dd ddim ateb.' Edrychodd Aled ar Elfed.

'Chi'n amlwg ddim 'di cnoco'n ddigon caled, 'te. Os na wna i e fy hunan, geith e ddim ei neud o gwbwl...' Roedd Bryn eisoes yn ymbalfalu i godi ar ei draed, gan ddal yn y bwrdd i'w sadio a chloncan y llestri gyda'i gilydd ar yr un pryd. June stopiodd weddill y baned rhag tywallt ar lawr.

'Howld on nawr, Dad. Fuon ni'n cnoco ac yn busnesu trwy'r ffenestri. Doedd neb i weld o gwmpas y lle.'

'Ble ddiawl ma fe, 'te?'

'O'n i 'di gobeitho falle bydde fe wedi dod lan 'ma...'

Estynnodd Bryn y tun bach o'i drowsus, yna ei roi'n ôl yn ei boced gyda thap.

'Na, sneb 'ma ond ni.'

Roedd hynny'n ormod o bobol, meddyliodd Carys wrth syllu o gwmpas y gegin orlawn.

'O'dd y cwch 'na?' gofynnodd hi, ac aeth gwefr trwy'r cyrff rownd y bwrdd bwyta wrth i bawb ddychmygu'r sefyllfa waethaf lle roedd y cychwr a'r cwch wedi hwylio'n bell.

'O'dd,' meddai Aled.

Synhwyrai Carys ryddhad oddi wrth Lisa a June. Roedd ei thad yn dal yn egni pigog i gyd.

'Cŵl 'ed nawr,' meddai Elfed, yn siarad â nhw fel petai e'n ceisio tawelu ceffyl wrth ei bedoli. 'Sai'n credu bydde gobeth iddo fe fynd i unman yn y cwch ar hyn o bryd, ta beth.'

'Be chi'n siarad?' Doedd Bryn ddim eisiau clywed y gwir.

'Tonnau fel cewri – o'n nhw'n poeri peli eira ar y traeth.'

'Fydd rhaid i ni aros am ddiwrnod arall?' gofynnodd Rose yn dawel. Gwgodd Carys arni ac aeth Rose yn ei hôl at y sinc.

'Jiw, jiw, bach o dywydd.'

'Ma fe'n fwy na hynny, Dad – ond falle wellith pethe nes mlân wrth gwrs.' Edrychodd Aled o'i gwmpas a gwenu ar ei wraig.

'A beth am y plant?' gofynnodd Lisa.

'Byddan nhw'n iawn am un bore. Ni'n bwriadu mynd 'nôl lawr at John Rees unwaith fyddwn ni wedi cael disied – torri mewn os bydd raid...'

'Da 'machgen i,' meddai Bryn.

Siglodd Carys ei phen ar Nav. Am un oedd yn ymhyfrydu mewn dweud wrth bawb ei fod e'n Gristion glân gloyw, roedd ei thad am y cyntaf i ganmol torri rheolau o unrhyw fath os oedd hynny'n ei siwtio. Yn ymwybodol o lygaid ei wraig yn craffu arno, aeth Aled yn ei flaen.

'Sdim signal ar hyn o bryd, ond ma 'da fe, John, ffôn o ryw fath, bownd o fod – ffordd o gysylltu â'r tir mawr. Os gallwn ni gael gafel yn hwnnw, allwn ni gysylltu gyda gwylwyr y glannau ein hunen.'

Tawelodd Bryn a thrawsnewid yn llwyr, fel petai yntau, ac nid ei fab, wedi bod yn ceisio llonyddu'r lleill.

'Yn gwmws, sdim eisie neb i banico,' meddai. 'Fyddwn ni gatre cyn amser te – hyd yn oed os bydd rhaid i ni ddreifo'r cwch 'na'n hunen.' Pat-patiodd ei boced.

'Alli di anghofio am hynny nawr,' ceryddodd June e'n ysgafn.

Fe wrandawodd Bryn am eiliad, yna agorodd ei geg eto.

'Wy'n gallu dreifo JCB. Siŵr alla i ddod i ben â chwch bach.'

'Ar ddiwrnod tawel falle, Dad. Ond dim bore 'ma.' Gwnaeth Aled ei orau i godi gobeithion trwy awgrymu efallai y byddai hi'n stori arall erbyn dechrau'r pnawn. Camodd Nav ymlaen i siarad ag Aled.

'Eith Elfed a fi i lawr i fwthyn John. Aros di fan hyn.' Amneidiodd Nav ei ben ar Lisa. Roedd ei llygaid yn llawn ac roedd hi'n trio'n galed i guddio hynny. Os oedd Aled wedi sylwi wnaeth e ddim byd i'w chysuro hi. Ar ôl munud anghyfforddus o hir, allai Carys ddim ei gwylio'n diodde rhagor.

'Lisa, ddei di i helpu fi i gymoni'r soffa yn y lolfa?'

Nodiodd Lisa ei phen yn frwd a chodi'n syth. Roedd rhoi trefn ar y llestri yn y sinc wedi bod yn cadw Rose yn brysur, ond pan drodd ei phen tuag at y lleill sylwodd Carys arni'n gwgu. Oedd hynny am iddi fod yn clustfeinio ar y cythrwfl ac iddi synhwyro bod Carys a Lisa yn nesu at ei gilydd?

7

Yn y lolfa fach, bu'r ddwy'n codi clustogau ac yn tacluso
sgidiau a dilladach. Cydiodd Lisa ym maner y flanced
fawr, fesul dau gornel, a rhoddodd Carys ei ffon i bwyso
a gafael yn y ddau gornel arall fel eu bod nhw'n gallu ei
phlygu'n daclus a'i hailosod ar y soffa.

'Alla i ddim hyd yn oed anfon tecst at Jodie a'r plant,'
ochneidiodd Lisa.

Roedd hynny'n rhywbeth roedd Carys wedi bod yn
edrych ymlaen ato – diffodd y ffonau symudol, byw
oddi ar y grid, rhoi'r gorau i deimlo bod rhaid ymateb
i fanylion dibwys pobol yr oedd hi prin yn eu nabod,
weithiau ar draul y bobol oedd yn bwysig yn ei bywyd.
Ceisiodd gysuro Lisa.

'Siŵr bod Elin a Cai wrth eu bodde, ti'mod. Ma plant
yn lico *sleepovers*.'

'Ma Cai yn lico rwtîn. Ac ma Elin *a Ger* yn blant
mowr, yn eu harddegau.'

Teimlodd Carys y cnoad ar ôl anghofio y cyntaf-
anedig. Roedd tôn ei chwaer yng nghyfraith yn ei
hatgoffa nad oedd hi'n deall y peth cyntaf am fagu
plant. Ond synhwyrodd fod mwy yn y brathiad. Roedd

Lisa'n sensitif i unrhyw feirniadaeth o'i chyntaf-anedig, 'plentyn llwyn a pherth' yn ôl ei thad, term dilornus oedd yn perthyn i ddoe a'r math o fychanu ar ymddygiad menywod oedd yn gas gan Carys.

'Dy'n ni ddim yn ffrindie – fi a Jodie... Wy'n talu hi fesul awr.'

'Gei di setlo'r bil nes mlân heddiw gobeithio,' ceisiodd Carys ddweud yn ddidaro.

'Os byddan nhw yna. Mae Jodie siŵr o fod ffaelu deall be sy 'di digwydd. Beth os yw hi 'di mynd â'r plant i'r orsaf heddlu?'

'Paid bod yn ddwl!... Hei, fydde gormod o ofn Dad arni i neud hynny.'

Roedd Carys wedi ei ddweud fel jôc, ond tybed? Yn y lle hwn doedd fawr o ddim byd ganddi i'w wneud ond pendroni, a nawr iddi yngan y geiriau roedd hi'n dechrau meddwl efallai fod yna wirionedd yno. Ei thad. Yr *head honcho*. Penteulu. Ateb gwaelod Ceredigion i Mafia Boss.

'Tasen i ond yn gallu anfon neges fach at y plant i neud yn siŵr bo' nhw'n iawn. Wy ffaelu gweld e-byst chwaith. Gobeithio fydda i ddim yn colli cleients achos hyn.'

'Ma hawl 'da ti ga'l diwrnod o seibiant, ti'mod. Ma dy gleients – a dy blant di – yn mynd i ddeall hynny.'

Nodiodd Lisa, heb ei hargyhoeddi.

Aeth Carys 'nôl i'r gegin a thorri ar draws y lleill.

'Ma Elfed yn iawn. Ma'n rhaid i ni gadw'n pennau. Fydd 'na bobol sy 'di gweld 'ych eisie chi, pobol sy'n gwbod yn iawn ble y'ch chi. Fydd e ddim yn hir cyn iddyn nhw roi dou a dou at ei gilydd a gweitho mas eich bod chi'n styc fan hyn, a bod angen help i gyrraedd y tir mawr mewn tywydd garw.'

'A falle bod yr haul yn gwenu yng Ngheredigion,' meddai ei thad, gan godi ei aeliau yn awgrymog.

Roedd cysylltiadau lu gan ei thad, ac fe fydden nhw'n gweithio fel lladd nadroedd i'w gael e adre... neu'n manteisio ar ddiwrnod neu ddau o lonydd hebddo fe'n cnoi eu pennau nhw bant ar y peth lleiaf. Dyna drafferth ei thad, doedd dim byd byth yn reit, dim byd yn ddigon da, medden nhw. Yn sydyn, stopiodd. Roedd pen Carys yn troi. Ei brest yn dynn. Daeth awydd arni i lenwi ei hysgyfaint ag awyr iach.

Aeth mas i'r cyntedd ac agor y drws ffrynt, gan ystyried a fyddai'n gallu gweld rhyw lun o Elfed a Nav ar y gorwel. Efallai nad oedd hi'n rhy hwyr i ymuno â nhw. Ond roedd y gwynt a'r glaw wedi anesmwytho'r olygfa, roedd pob llinell yn ddarnau a'r siapiau'n ddrylliedig. Daeth gwth o wynt i gwrdd â hi a chaeodd y drws yn dynn arno. Dychwelodd Carys i'r lolfa fach a chyn pen dim roedd Rose wedi ymuno â nhw.

'Ti moyn help 'da unrhyw beth?'

Edrychai Rose arni'n wylaidd braidd. Teimlai Carys yn wael yn syth. Nid ar Rose oedd y bai eu bod nhw yn y picil yma.

'Na. Cer di i eistedd ar y soffa am bach. Siŵr bod ti ddim 'di cysgu rhyw lawer ar y llawr,' ceisiodd gymodi.

Edrychodd Rose arni, ei llygaid yn fawr. 'Gysges i fel twrch,' meddai.

'Gwell na fi, 'te. O'dd rhywun ar barâd ym mherfeddion. Ffiles i fynd 'nôl i gysgu am orie,' galwodd June ar ei ffordd heibio'r lolfa fach.

Oedd Dad wedi ei ddeffro yn chwilio am dŷ bach? Gallai ddychmygu y byddai'n sŵn i gyd yn mynd i'r toiled tu fas ganol nos.

Cofiodd Carys i'w chariad hithau, Nav, gysgu ar lawr, fel Rose. Brifodd hynny hi. Roedd Nav wedi setlo'n rhyfeddol yn ei wely newydd. Dim ond unwaith roedd hi wedi ei glywed yn styrio a hynny wedi i hyrddiad nerthol o wynt eu deffro nhw'll dau. Ai Nav oedd wedi dihuno June?

Trodd ei meddwl at rywbeth arall, yn fwriadol.

Doedd Carys ddim yn credu mewn hen batrymau ystrydebol – y fenyw fach yn paratoi bwyd tra bod y dynion yn mynd mas i wneud y gwaith caled, cyffrous. Roedd cenhedlaeth ei mam wedi bodloni ar hynny ond roedd hi eisiau bod yng nghanol y digwydd, ar ben y ceffyl, ar flaen y ras – ac eto, os oedd hynny'n wir, beth yn y byd oedd hi'n ei wneud fan hyn, ar yr ynys? Ac ar ben hynny, roedd hi wedi gadael i Nav ac Elfed fynd mas yn y gwynt a'r glaw i chwarae bod yn arwyr hebddi, heb air o brotest.

Roedd pawb ar bigau, yn awyddus am ryw fath o normalrwydd. Roedd canolbwyntio'r meddwl ar bethau ymarferol, fel bwydo pawb, yn un ffordd y gallai Carys wneud hynny efallai. Aeth i'r gegin yn anfoddog. Tynnodd y ddau stêc o'r oergell a llyncu'r siom wrth feddwl na fyddai hi a Nav yn profi'r pryd rhamantus roedd hi wedi ei ddychmygu yn ei phen. Yna rhoddodd broc iddi ei hun – gorfod rhannu stêc gyda'i theulu? *First world problem*, glei. Roedd yna dipyn o lysiau ac ystyriodd Carys y gallai wneud *stir-fry*. Yna cofiodd fod rhaid bwydo June, ac yn waeth na hynny, ei thad, a phenderfynodd y byddai'n well chwarae'n saff a pharatoi caserol, neu 'stiw' fel fyddai ei thad yn ei alw. Fe fyddai'r pryd yn ymestyn ymhellach, a phetaen nhw'n llwyddo i ymddihatru rhag y gwesteion dan draed, fe allai hi a Nav fwynhau beth oedd dros ben drannoeth. Ei dro yntau fyddai cwcan ar ôl hynny!

Doedd dim syniad gan Carys pa fath o gogydd roedd hi'n arfer bod. Dim lot o gop, yn ôl y sôn. Doedd ei phen ddim yn llawn ryseitiau nawr, ac oedodd gyda'r gyllell yn ei llaw yn pendroni beth ddylai hi ei wneud gyntaf. Yn

sydyn, roedd ei phen yn troi. Camodd 'nôl heb fwriadu
gwneud hynny. Cydiodd yn y wyrctop rhag cwympo.
Cafodd fflach o rywbeth, rhyw atgof: gwres ac oglau
uffernol, a thap-tap morthwyl yn taro haearn. Pan aeth
allan o'r gegin ar ras i chwilio am rywun â mwy o siâp
na hi, i chwilio am help Rose, gwelodd fod ei thad ar ei
draed wrth y ffenest yn y lolfa fach, yn brasgamu 'nôl
ac ymlaen.

'Ble gythrel ma'n nhw?' poerodd wrth neb ac wrth
bawb.

Awgrymodd Aled eu bod nhw'n mynd am dro, fe
a'i dad. Fe allen nhw weld sut hwyl oedd ar y tywydd
trwy fod allan ynddo... sylwi'n graff ar siâp a lliw y
cymylau, ar gyfeiriad y gwynt... Teimlodd Carys
yr hen baranoia yn cydio ynddi wrth wylio Bryn yn
derbyn y cynnig yn ddidrafferth heb ystyried y gallai
hi ymuno â nhw. Oedd e'n wir, beth roedd un wedi'i
awgrymu wrthi, bod ei thad a'i brawd yn cynllunio ac
yn cynllwynio ac nad oedd hi'n rhan o'r trafodaethau
hynny am ddyfodol Tynrhyd, y stablau a fu'n gartre
iddyn nhw ers pedair cenhedlaeth? I beth yr âi i boeni
a hithau wedi gwneud y dewis yma i ddilyn ei llwybr
ei hun am flwyddyn o leiaf? Ond fe fyddai Carys adref
yn y stablau ymhen deuddeg mis, efallai, ac yn barod i
ailgydio yn yr awenau. Pam na allen nhw adael pethau
i fod tan hynny? Ac eto, roedd ei thad yn heneiddio,

ymhell heibio oedran ymddeol. Roedd ganddo ei gynlluniau ei hun, os oedd hi wedi deall June yn iawn. Ceffylau, a'r stablau, oedd ei byd hi ers ei bod hi'n groten fach. Roedd Carys *yn* poeni am ddyfodol y busnes, ei dyfodol hi.

*

Daeth Nav ac Elfed yn ôl cyn ei thad a'i brawd ac roedd golwg ddifrifol arnyn nhw, y ddau yn wlyb diferu a wyneb Elfed yn goch gan oerfel. Doedd eu diflastod yn ddim syndod pan dorrodd Elfed y newydd nad oedd ateb ym mwthyn John Rees o hyd.

'Benderfynoch chi yn erbyn torri ffenest, 'te,' meddai Carys yn fflat.

Edrychodd y ddau ddyn ar ei gilydd, yn amheus braidd.

'Well peido, siŵr o fod,' meddai Elfed.

'Call iawn.' Ffeindiodd Rose ei llais.

'Sdim allwedd sbâr yn unman? O dan ryw bot blodyn, neu garreg?' holodd Lisa, yn siarp.

'Fuon ni'n whilo. Yn byseddu rownd bob drws a ffenest.'

'Y peth yw – un noson arall – neith e'm lladd ni,' cynigiodd Nav. 'Petai hi'n ddiogel i groesi i'r tir mawr fe fyddai John wedi dod i'ch casglu chi.'

Edrychodd Elfed ar Nav.

'Blydi hel!' Rhuthrodd Lisa mas o'r stafell.

Ochneidiodd June yn uchel. Rhythodd Carys ar Nav a chrymodd yntau ei ysgwyddau. Yn sydyn, fe glywon nhw gawod drom yn morthwylio. Felly, er nad o'n nhw'n edrych ymlaen at dorri'r newydd i'r penteulu, ro'n nhw'n hynod falch o weld Bryn ac Aled yn dychwelyd o'u wâc cyn iddi dduo ymhellach. Sylwodd Carys yn syth. Roedd ei thad wedi dod â'r storm gydag e, ei hwyliau hyd yn oed yn waeth na phan adawodd e Tŷ Pellaf.

'Odi fe 'ma?' bytheiriodd Bryn, fel corwynt.

Elfed atebodd. 'Nag yw. A do'dd dim ateb yn y bwthyn o hyd.'

'Y cythrel bach!' ebychodd y penteulu.

'Weloch chi unrhyw beth o gwbwl?' holodd Aled.

'Dim ond peli boliog a'r awyr yn duo.' Gostyngodd Elfed ei lygaid.

'Arwyddion storm,' meddai Carys.

'Sdim dewis, 'te, ond bodloni ar bethe fel ma'n nhw am y tro.' Roedd llais Nav yn ddigyffro.

Nodiodd Bryn. 'Ond yn y bore wy'n mynd i ffindo'r dyn 'na os 'na'r peth dwetha wna i!' tasgodd. 'Fe yw'r drydedd genhedleth o'i deulu i fyw ar Enlli, felly ma siŵr o fod rhyw glem 'da fe shwt ma pethe'n gweitho ar yr ynys 'ma.'

'Shwt yn y byd wyt ti'n gwbod y pethe hyn i gyd?' Edrychodd Aled ar ei dad yn syn.

'Ofynnes i iddo fe ar y ffordd 'ma.'

'Ei holi fe'n dwll, ti'n feddwl.'

''Na ddrwg y genhedleth ifanc – dim diddordeb mewn dim byd na neb ond 'ych blincin sgrins.'

Doedd diddordeb ei thad yn John Rees yn ddim syndod i Carys. Roedd wedi sylwi ei fod e'n trin pawb a phopeth fel ceffylau a'r peth cyntaf roedd e eisiau'i wybod oedd eu *breeding*. Peth od ei fod e heb ofyn am gael gweld pasbort yr hen gychwr, druan, fel fyddai e'n ei wneud cyn estyn ei walet i brynu ceffyl, yn ôl y sôn.

'Boi diddorol iawn. Ma'r dyn yn *encyclopedia* pan mae'n dod i Enlli. Wyddoch chi, ble bynnag fyddwch chi'n cloddio ar yr ynys 'ma, fyddwch chi'n dod o hyd i gorff.'

Cododd Huw ei ben. Yn ei law, roedd pacyn o gardiau roedd wedi bod yn eu shwfflo yn drwsgl.

'Bryn, plis,' dwrdiodd June.

'Eitha gwir i chi.'

'Os byddwn ni 'ma lot hirach bydd rhaid i ni ddechre cloddio, 'te – rhag ofn bod yna asgwrn a thamed bach o gig ar ôl arno fe.'

'Aled, y mochyn!' Roedd dagrau yn llygaid Lisa. Ond doedd dim tewi ar ei gŵr.

'Wy'n starfo! Beth sydd i swper?' meddai'n chwareus.

'Caserol. A dwyt ti ddim yn "starfo". Gweitho bwyd. 'Na beth o'dd mlân 'da fi nawr.'

'Be? Ti, *sis*, yn porthi'r pum mil?'

'Helpa i ti,' meddai Rose fel bwled.

Nodiodd Carys ei phen niwlog. Nid hi oedd yr unig un oedd yn falch o'r esgus i ddianc am funud i feddwl.

*

'Beth wedest ti o'dd hwn? Stiw?' holodd Bryn ar ôl y pryd.

'Cwestiwn da, Dad,' atebodd Aled ac edrych ar ei chwaer yn goeglyd. 'Credu bo' fy nannedd i gyd 'da fi o hyd, *sis*. June sy 'di'i deall hi.'

Edrychodd Carys ar blât June a gweld ei bod wedi pysgota'r cig eidion i gyd allan a'u rhoi naill ochr.

'Paid bod mor anghwrtais, Aled!' ceryddodd Lisa ei gŵr.

Teimlodd Carys y blew bach ar ei gwddf yn codi. Roedd hi'n boeth. Daliodd Rose a hithau lygaid ei gilydd. Pam oedd hi'n teimlo mor anniddig? Oedd rhyw atgof yn dod iddi? Rhyw annifyrrwch am iddi drio ei gorau, ond methu cyrraedd y marc? Nonsens. Roedd hi'n joci llwyddiannus iawn yn yr hen fyd. Nawr ei bod hi wedi dihuno i fywyd newydd a fyddai hi'n gallu cynnal yr hyder a fu ganddi gynt?

'Diolch, Carys,' meddai Rose.

'O'dd hwnna'n dderbyniol iawn,' meddai Elfed.

Carys fyddai'r cyntaf i gyfadde bod y caserol yn ddiflas, ond doedd dim angen i bobol eraill ddweud hynny. Roedd gwell cogyddion na hi yn y stafell ond roedd hi wedi gwneud ei gorau i ymestyn y cynhwysion fel eu bod yn bwydo naw. A hynny heb ormod o sbeis rhag ypseto palet delicet ambell un. Rhythodd ar ei brawd.

'Eich tro chi i neud y llestri! Wy'n mynd i'r lolfa i gael llonydd.'

Y
DDAMWAIN

8

Doedd hi ddim yn cofio'r digwyddiad, y ddamwain ei hun. A diolch am hynny, medden nhw wrthi. Roedd hi'n gwmpad gas. Hi, Carys, o bawb. 'Na beth oedd yn anodd credu. Ceisiodd ganolbwyntio ar ei hanadlu er mwyn arafu curiad ei chalon. Roedd pobol wastad yn canmol Carys am ei sêt dda, am ei gallu i symud gyda'r ceffyl, i rannu negeseuon effeithiol gyda'i chorff – hyd yn oed y rhai oedd ddim yn meddwl llawer ohoni fel joci. Dynion gan fwyaf, oedd ddim yn credu y dylai menyw fod yn cystadlu yn eu herbyn o gwbl. Ro'n nhw hyd yn oed yn fwy blin pan fyddai hi'n eu curo dros y llinell derfyn. Ond roedd reidio ceffyl yn gamp beryglus. Yn fwy byth os oeddech chi'n carlamu ar ddiwrnod ras, ceffylau cryf, llawn egni bob ochr i chi, y marchogion yn ceisio eich maeddu, a chithau ar eich traed yn y gwartholion, yn hanner sefyll gyda'ch pen ôl mas o'r cyfrwy fel bod y ceffyl yn gallu manteisio ar deimlo llai o bwysau a charlamu yn gynt.

Roedd Carys wedi cwympo droeon, wrth gwrs. Roedd angen dau beth i fod yn joci da: yn gyntaf, roedd rhaid bod yn gwbl, gwbl ddi-ofn. Yn ail, roedd rhaid bod yn barod i fynd yn syth yn ôl ar ben y ceffyl ar ôl cwympo – ac roedd y goreuon yn cwympo hefyd.

'Erchyll' oedd y gair a ddefnyddiwyd i ddisgrifio ei chwymp hi – y math o gwmpad oedd yn rhoi stop ar yrfa reidio, yn dwyn pob briwsionyn o hyder ac yn rhwystro hyd yn oed joci profiadol rhag mwynhau marchogaeth am weddill ei oes. Fel arfer, fe fyddai Carys wedi brwydro i godi yn syth, wedi gafael yn yr awenau yn benderfynol, rhoi ei throed yn y warthol a chodi ei hun 'nôl lan ar ben y ceffyl – gan ymladd yn erbyn unrhyw boen. 'Y peth gore 'nei di,' chwedl ei thad. Ond doedd dim codi y tro hwnnw. Yr unig le roedd Carys yn mynd yn ei chyflwr hi oedd yn syth ar ben stretsier ac i mewn i'r ambiwlans awyr, rhag i daith mewn ambiwlans cyffredin wneud mwy o niwed i'w chorff.

Doedd hi'n cofio dim tan ryw dridiau ar ôl y tro cyntaf iddi ddihuno wedi'r ddamwain ac i'w thad benderfynu ei bod yn ddigon da i gael gwybod y gwir am ei hanafiadau – yr anafiadau corfforol fyddai'n effeithio arni am weddill ei bywyd. Ond roedd un newydd ro'n nhw wedi penderfynu ei gadw oddi wrthi... Blasodd y bustl yn chwerw yn ei cheg. Fyddai hi byth yn maddau iddyn nhw am hynny.

Roedd Carys yn y stablau'n gynnar. Rhaid ei bod hi yno i baratoi'r ceffyl cyn y ras. I fwydo, i olchi, i frwsio a phlethu'r mwng, i roi trefn ar y tac. Ochneidiodd. Roedd hi wedi trio a thrio meddwl beth ddigwyddodd ar ôl hynny. Ond doedd dim ots pa mor galed roedd hi'n ymdrechu, roedd hi'n ffaelu'n deg â chofio. Yn wir, mwyaf yr oedd hi'n ystyried pethau, lleiaf siŵr yr oedd hi o'i ffeithiau.

Deuai ambell beth yn ôl i Carys yn araf bach. Ac roedd rhyw ansicrwydd yn ei haflonyddu, yn mynnu nad oedd hi'n teimlo fel hi ei hun y bore hwnnw. Roedd e'n fwy na nerfau bore ras. Credai Carys iddi deimlo'n sychedig. Roedd ganddi ryw gof o yfed y ddiod egni ar ei phen, er bod Nav bob amser yn ei chynghori i'w llyncu fesul llymaid. Roedd honno i fod i sicrhau y byddai ei synhwyrau yn finiog fel ergyd chwip, i roi ffocws iddi. Ond pan fyddai'n meddwl am y bore hwnnw, byddai'n dychmygu ei hun â phen fel bwced.

Cofiai'r adrenalin a'r cyffro cyffredinol yn gymysg i gyd. Cofiai ddifaru peidio â mynd i'r tŷ bach pan gafodd hi gyfle... achos iddi lowcio'r ddiod egni yn rhy gyflym? Ond efallai mai rhyw ddiwrnod arall ddigwyddodd hynny, doedd Carys ddim yn siŵr. Roedd hi'n ganol y tymor rasio, diwrnod Ras y National Hunt yn Ffos Las, a Tynrhyd Afallon yn dangos addewid... roedd y ceffyl a'i farchog yn gystadleuwyr peryglus ac roedd siawns y gallen nhw ennill... ac yna roedd rhywbeth oedd ddim yn iawn... rhywbeth o'i le... allai Carys ddim rhoi ei bys ar y drafferth… a hwyrach ei bod hi'n dychmygu pethau, yn creu bwganod.

Trio a thrio meddwl nes bod ei phen yn dost. Migren. Troi a throi yn yr oriau mân, ei chorff yn chwys i gyd. Ac yna aeth popeth yn ddu. Doedd Carys ddim yn cofio dim byd yn iawn am ddiwrnodau. Weithiau, fe ddeuai rhywbeth iddi, rhyw hanner atgof, rhyw lais o'r tywyllwch. Temlai fel petai'n ceisio gafael mewn edefyn o'r stori a'i dynnu tuag ati. Ond cyn iddi allu gwneud hynny fe fyddai'r llinyn yn torri a'r cyfan yn mynd yn angof eto. Fe fyddai wedi gadael y peth i fod. Ond roedd hi'n athletwr, roedd hi'n benderfynol…

Doedd dim camerâu i gofnodi'r gwymp, ac am nad oedd Carys yn cofio roedd yn rhaid iddi ddibynnu ar dystion. Roedd pawb yn gwybod beth oedd yn cael ei ddweud am y rheini: ro'n nhw'n ddrwgenwog am fod yn annibynadwy.

'Ddigwyddodd e mor glou…'

'O'n i ddim 'na.'

'O'n i'n hanner dishgwl dy weld di'n codi. Pan godest ti ddim, 'na pryd o'n i'n gwbod bod rhwbeth mawr yn bod.'

Y feirniadaeth, fel cic gan geffyl.

Y peth cyntaf roedd Carys yn ei gofio'n iawn ar ôl deffro nesaf oedd y peth roedd hi am ei anghofio fwyaf. Rose, ei ffrind bore oes, wrth ei gwely, ei llygaid yn llawn. Yn llawn dagrau... a rhywbeth arall... ofn... wrth iddi hi, Carys, fynnu gwasgu'r gwir ohoni.

'Well i ni aros...' Llais Rose yn llawn braw. Ei llygaid yn saethu i bob cyfeiriad.

'Pam? Pam, Rose?' Ac yna'n uwch, yn gadarn. 'Rose, wy moyn gwbod...'

Mudandod ei ffrind yn llenwi ei chalon gyda'r arswyd mwyaf ofnadwy. Bîp- bîp y peiriant mesur curiadau yn cyflymu. Amser yn brin.

'Gwmpest ti oddi ar Afallon...'

'Odi hi'n iawn? Rose, odi Afallon yn iawn?'

A'r ateb oedd ddim yn ateb yn dweud y cwbl yn glir.

'O, Carys. Wy mor flin.'

Roedd udo Rose yn ddigon i'r ddwy ohonyn nhw.

'Ai fy mai i o'dd e?' gwaeddodd Carys. 'Ai fi laddodd Afallon?'

'Nage. Nage! Damwen o'dd hi. Dim byd ond damwen ofnadw.'

Roedd y tabledi'n rheoli'r boen gorfforol. Ond doedd dim byd yn cyffwrdd â'r boen arall. Rhoddwyd ei hannwyl Afallon i gysgu – heb ei chaniatâd. Fe wnaeth y newydd hwnnw bron ei dinistrio. Weithiau, yn ei chwsg, fe fyddai Carys yn anghofio iddi golli'r gaseg gref, yr un a fu'n gydymaith, yn ffrind, ar hyd sawl taith. Wedi deffro deuai'r ergyd o ailgofio a byddai'r galar yn ei bwrw'n arswydus o galed.

Roedd ei thad, wrth gwrs, yn wallgo bod Rose wedi dweud y gwir wrthi. Ddangosodd e ddim mo'i gynddaredd i Carys, ond gallai hi ei weld yn glir yn y ffordd roedd Rose yn cuddio yn y cysgodion fel ci ufudd ar ôl cael cic gan berchennog. Anfonodd Bryn Rose 'nôl i'r iard ar ôl hynny. Setlodd Carys ar orweddian yn y gwely, yn pwdu cystal â'r arddegwr gorau.

Doedd dim byd yn gallu ei bywiogi, dim hyd yn oed Nav, y dyn golygus roedd ei weld yn dwyn ei hanadl a'r unig un a allai wenu'n braf arni yn ei chyflwr hi.

Hunllef wedi ei gwireddu. Dyna oedd colli Afallon mewn damwain na allai ei chofio. Rhoddai unrhyw beth i'w chael yn fyw – ac yn ei chwpsau gwaethaf cafodd Carys ei hun yn dychmygu pa un o'i theulu a'i ffrindiau y byddai hi'n ei roi yn lle ei chaseg hoff mewn bargen gyda'r diafol.

Yng nghanol yr ansicrwydd, roedd hi wedi gallu dibynnu ar Rose. Hon oedd ei ffrind gorau – dyna beth ddwedodd hi wrthi, ontefe? Hi oedd yr unig un i ddweud y gwir wrth Carys am y ddamwain. Ond ers hynny, doedd Rose ddim yr un un. Roedd hi wedi mynd yn amheus iawn o bawb o gwmpas Carys, o un person yn arbennig. Nav oedd hwnnw. Ar ôl llithriad Rose dafodrydd, roedd gwybodaeth yn brin. Roedd gormod o ofn ei thad ar bawb i rannu mwy o fanylion.

'Roiest ti ofn i ni,' oedd ymateb Nav i'r ddamwain.

Roedd ei choes dde wedi chwalu, ond fe fyddai'n gwella, ei chefn wedi cleisio'n ddrwg ond yn iawn, a'r ymennydd, wel, amser a ddengys, fel oedd yn wir gydag unrhyw drawma. Cafodd Carys MRI tra ei bod hi mewn coma. Yn dawel bach roedd yr anturwraig ddiarswyd yn falch nad oedd wedi gorfod diodde clawstroffobia'r sgan na byw'r ofn o boeni beth fyddai'r canlyniadau. Roedd wedi cael y sgan cyn iddi gael cyfle i ofidio a chafodd wybod bod yna ddim niwed amlwg i'r ymennydd. (Dim gwaeth nag arfer, yn ôl Aled ei brawd, gan dynnu ei choes, yr un oedd yn dal i weithio.) Roedd yn beth cyffredin i'r cof anghofio ar ôl trawma. Fe allai'r ymennydd wneud dewis bwriadol – dewis peidio cofio beth oedd wedi digwydd am ei fod mor ofnadwy. Roedd cymaint oedd ddim yn glir i Carys roedd yn ei dychryn hi.

Roedd Afallon wedi baglu, ond ai hi, Carys, oedd y grym anghytbwys oedd wedi peri i'w cheffyl simsanu, neu ai fel arall ddigwyddodd pethau? Ai Afallon oedd wedi ei hansefydlogi hi? Doedd neb fel petaen nhw'n gwybod, neu ddim yn fodlon cyfadde. Crynodd. Roedd yn gas ganddi feddwl pethau felly am ei cheraint. Roedd y meddyliau drwg yn gwneud iddi deimlo'n frwnt, yn feius.

Roedd y ceffyl a'i farchog wedi mynd i lawr glatsh, Afallon din-dros-ben ac yna Carys, oedd ar ei gefn o hyd.

Roedd yr het galed wedi achub ei bywyd. Fe roddwyd hi ar gyffuriau oherwydd y boen, er bod Nav yn awyddus i'w symud i feddyginiaeth fwy holistig cynted fedren nhw. Bu raid i Carys gael help tra bod ei choes yn gwella. Am iddi ei chwalu yn hytrach na'i thorri, cafodd orchymyn i beidio â'i symud am gyfnod hir. Teimlai fel oes i rywun oedd yn gyfarwydd ag ymarfer yn galed. Bron y gallai Carys deimlo ei ffitrwydd yn troi'n fflwcs, y cyhyrau'n diflannu'n ddim. Arferai edrych ar ei breichiau a'i choesau, yn denau fel baglau. Roedd hi'n ddierth iddi hi ei hun. Ac roedd diffyg ymarfer yn glonc i'r meddwl hefyd.

Ar ôl misoedd hir gallai Carys gerdded eto. Roedd y ffon fagl yn help – yn enwedig pan oedd Nav yn mynd ar ei nerfau. Dysgodd fod proc bach gyda'r ffon yn effeithiol iawn er mwyn cael ei ffordd ei hun. Gobeithiai Carys y gallai gystadlu eto rhyw ddydd. Ond er y gallai ailennill ei gallu corfforol, yr her fwyaf fyddai adennill ei hyder ar gefn ceffyl.

Roedd pawb fel petaen nhw'n falch ei bod hi'n fyw. Ac eto, roedd y fenyw a aeth, dan garlamu, o'r stondin rasio y diwrnod hwnnw, roedd honno wedi marw – a doedd pobol ddim yn atgyfodi, o'n nhw? Ddim go iawn. Doedd y meirw ddim yn dod yn ôl yn fyw, fe wyddai Carys hynny o brofiad.

DIWRNOD
2

9

Oriau yn ddiweddarach dihunodd Carys, ei phen yn powndio a'i cheg yn sych. Doedd hi ddim yn cofio cyrraedd y gwely. Ond roedd hi'n cofio noson wael arall o gwsg ar Enlli. Dihunodd yn y tywyllwch, y freuddwyd gas yn dal yn ffres yn ei meddwl. Fe fu'n troi ac yn trosi am beth oedd yn teimlo fel oes, cyn trio mynd yn ôl i gysgu. Yn gwrando ar hyrddiadau'r gwynt, ar bigiadau'r glaw. Roedd hi wedi pump o'r gloch arni'n ildio i gwsg a phan dihunodd yr eilwaith roedd hi wedi naw, ei phen yn glwc ac ymyl y gwely yn oer. Am ychydig roedd wedi drysu, yna cofiodd iddi gysgu mewn gwely sengl a bod Nav wedi treulio noson ychwanegol ar y llawr. Roedd hi wedi ceisio ei berswadio i ymuno â hi yn y gwely, i'w chysuro, ond doedd dim symud arno ac fe gymerodd bach o amser iddi gofio am eiriau ei thad a'i hymateb annigonol hi.

Cododd Carys ei phen, ei deimlo mor drwm â gordd, a gorweddodd i lawr unwaith eto. Ochneidiodd. Rhywle yn y tarth cofiai Aled yn dod i mewn i'r lolfa y noson gynt gyda'r botel wisgi.

'Alla i demtio rhywun gyda glased fach?'

Roedd e'n wafio potel wisgi fel llaw.

'Ble gest ti hwnna?' gofynnodd iddo.

'Spar Bow Street. Do'dd dim angen e neithwr, tra bod y siampên yn llifo.'

Cofiodd y dynion yn y stafell arall – yn cynllwynio? Sawl glased yn ddiweddarach roedd Lisa wedi ymddiried ynddi'r newyddion am ei thad.

'Ma Dad yn ymddeol…'

'O'r busnes?'

Roedd tad Lisa yn cyflogi wyth o staff yn ei fusnes cyfrifiaduron, gan gynnwys Aled.

'Ma fe'n sylweddoli bod mwy i fywyd ers iddo fe ga'l y strôc – un fach, fuodd e'n lwcus…'

'Strôc?'

Doedd Carys ddim yn gwybod. Ddim yn gwybod neu ddim yn cofio.

'Wyt ti ac Aled yn meddwl prynu'r busnes?' gofynnodd.

'Gyda beth? Prin bod digon o arian 'da ni i dalu'r bilie.'

'Chi'n bwriadu gofyn i Dad?' Ai dyna beth o'n nhw wedi bod yn ei drafod? Doedd Carys ddim yn siŵr sut oedd hi'n teimlo am ei thad yn buddsoddi mewn busnes arall yn lle Tynrhyd, yn enwedig os oedd pethau'n anodd ar y stablau.

'Dy'n ni ddim yn dishgwl ceinog tra bo' ceffyle yn

Tynrhyd. Gas 'da fi ddweud hyn ond sai'n credu bod yr ewyllys yn saff, nawr bod June a Huw yn y teulu.'

'Beth 'newch chi, 'te? Ma Aled yn rhy ifanc i ymddeol.'

'O'dd e'n aberth mowr, ti'mod. Gadel byd y ceffyle a Tynrhyd a 'mhriodi i. Ond 'na beth yw cariad – fel ti'n gwbod.'

'Wy ddim yn troi fy nghefn ar Tynrhyd. Mae symud i Enlli yn fwy na fi a Nav. Ni wedi cwmpo mewn cariad gyda'r ynys hefyd.'

'Alla i weld pam,' meddai'n watwarus.

Ai dyna pryd oedd Rose wedi ymuno â nhw? Wedi dod â mwy o wisgi iddyn nhw? Gyda thafod rydd fe allai Carys holi Lisa yn blaen.

'Fydd rhaid i chi ddod mewn tywydd da. Mae fel paradwys fach. Sai'n dweud am funud bod bywyd ar yr ynys yn berffeth… Ond ma rhwbeth rhyfeddol am y profiad o fod 'ma. Ma pethe bach yn bwysig – cynnal, gwella, meddwl am y dyfodol.'

Roedd hi wedi gwirioni ar syllu ar ddrych y môr llwyd a'i weld yn troi'n arian yn yr haf. Gweld adar bach yn dod o'r wyau, yn troedio o gwmpas ac yna'n hedfan am y tro cyntaf. Roedd hi a Nav wedi gweld gobaith yn y tir, yn y blodau'n blaguro er gwaetha'r tywydd garw, yn nyfroedd clir y pyllau oedd yn ymddangos yn ysbeidiol, yng nghadernid y creigiau a'r groes, yn eu cariad nhw.

Yn rhyfedd, roedd Carys yn mwynhau'r ffaith bod pethau'n dod i ben ar ynys. Allech chi ddim dibynnu bod yna fwy o bob dim, fel yr oedd pobol fel nhw yn ei gymryd yn ganiataol ar y tir mawr. Roedd rhaid cynllunio, meddwl am eraill, ac os oedd angen teithio roedd yn rhaid trefnu'r siwrne drosoch chi eich hun. Roedd cael byw y profiad gwahanol hwn yn gyfle i lanhau'r corff a'r enaid. Gobeithiai Carys y byddai hi'n iacháu yn swyn yr ynys, y byddai'r hiraeth am ei theulu, am ei stori, yn cael ei leddfu yn hud Enlli. Dyma ble fyddai tipiadau'r cloc yn arafu nes bod bywyd yn swynol o ddiamser.

'Maen nhw'n dweud mai fan hyn ddaeth Arthur i wella ar ôl cael ei anafu ym mrwydr Camlan,' meddai Carys.

'Ife, wir?' Roedd y stori wedi styrio Lisa.

'Alli di ddim byw yn y presennol yng Nghymru,' atebodd Rose hi.

Wrth fynd i'r tŷ bach roedd Carys wedi tarfu ar ei thad a Nav. Roedd Bryn wedi'i dal hi, ei dafod yn floesg, ac roedd e'n flin fel tincer. Roedd Nav yn trio codi ei galon drwy sôn am dywydd gwell ac yna roedd ei thad wedi gofyn y cwestiwn ffiaidd:

'Beth ma rhywun fel ti yn gwbod am y tywydd ar Enlli?' Ai dyna oedd ei eiriau?

'Cyment ag unrhyw un sy wedi byw 'ma ar hyd ei fywyd,' atebodd Nav.

'Yn "C'diff",' poerodd fel petai'n air brwnt.

'Dad!'

'Beth wedes i nawr? Dyw e ddim fel petai Nav 'ma yn darllen y tywydd ar S4C.'

Dihangodd Carys i'r tŷ bach, a phan ddaeth hi'n ôl roedd Elfed yn clecio wisgi wrth y drws ffrynt ac yn syllu ymhell tuag at y gorwel. Pan holodd hi, dywedodd Elfed bod ei thad a Nav wedi mynd i glwydo.

Yn y lolfa, roedd Lisa ac Aled yn procio Huw. Doedd dim sôn am June erbyn hyn chwaith ac roedd ei mab yn ymuno yn sbri y botel.

'Chware teg i ti am ddod yn gwmni i dy fam…'

'Falle bod ti ddim 'di ca'l lot o ddewis!' tynnodd Aled ar Huw.

'O, do'dd dim ots 'da fi,' atebodd Huw, yn ddirwgnach. 'O'dd e'n ddwrnod mas. Mwy nag un, fel mae'n digwydd.'

'Ti'n meddwl fyddan nhw'n flin yn y garej, bod ti'n colli gwaith?' holodd Lisa.

'Sai'n credu bydd lot o ots 'da nhw.'

Roedd pawb yn falch i glywed bod Huw wedi cael gwaith ar ôl cyfnod hir yn segur. Un tawel a chwrtais oedd Huw. Roedd yn ddigon cyfeillgar ond sgwrs unffordd a geid ganddo, yn ateb yn hytrach nag yn gofyn cwestiynau. Roedd yn anodd ei ddychmygu fel sêlsman ceir.

'Fyddan nhw siŵr o fod yn gweld eisie dy help yn gwerthu ceir,' parhaodd Lisa i balfalu.

'Sai'n gwerthu ceir. Wy yn y swyddfa yn y cefn. Ro'n nhw ond wedi rhoi gwaith i fi achos bod Bryn yn nabod Ryan Rowland, y perchennog.'

'Dad gas y job i ti?' Dim ond Aled fyddai'n holi mor blaen.

'Wy'n siŵr bod ti 'di dangos iddyn nhw dy fod ti'n ddefnyddiol.' Siglodd Carys ei phen ar Aled. Beth oedd yn y bod ar ei theulu? Doedd dim owns o synnwyr yn perthyn i un ohonyn nhw.

Cofiodd yn sydyn iddi fwrw mewn i'w thad cyn mynd i'r gwely. Roedd e wedi codi, yn methu cysgu. Beth arall oedd e wedi ei ddweud? Rhwbiodd Carys ei thalcen i geisio esmwytho ychydig ar ei phen wrth gofio.

Yna, clywodd sŵn symud, sŵn siffrwd. Roedd rhywun yn y stafell.

'Nav?' galwodd yn gryg.

'Fi sy 'ma,' meddai Rose, ag ansicrwydd yn ei llais. 'Wy'n neud paned. Ti moyn un?'

'Dim diolch,' atebodd Carys, yn methu wynebu'r bore.

Nodiodd Rose a mynd, gan stwffio'i llaw i'w phoced wrth adael.

Wrth godi sylweddolodd Carys ei bod hi'n arw mas yna o hyd. A'i phen yn glwc roedd ei hamynedd yn brin pan ddaeth June ar ei hôl ar y landin. Beth oedd honna moyn nawr? Does bosib ei bod hi'n sylweddoli mai dim ond hyn a hyn oedd yna o bopeth, gan gynnwys tywelion.

'Fues i'n meddwl, ble ma'r siop ar yr ynys?' holodd.

'Wel, sdim Sainsbury's 'ma. Ond ma 'na siop wrth gwrs. Rhan o 'nghynllunie i a Nav, os gofiwch chi, June.' Doedd gan Carys ddim bripsyn o amynedd.

'I ailagor y siop i'r farchnad dwristied, ie, ie, ac i werthu'ch cynnyrch eich hunen, mewn amser. T'wel, wy *yn* gwrando ar rywbeth ar wahân i gleber ceffyle. Ond rhywbeth i'r dyfodol yw hynny, ontefe. O's bwyd yna nawr?'

Difarai Carys fod mor grafog ei thafod.

'O bosib.'

'Ac ma allwedd 'da chi?'

Teimlai Carys yn lletchwith yn cyfadde gwendid.

'Nag o's. Newydd gyrraedd o'n ni pan ffindon ni'n hunen yng nghanol parti,' meddai'n feddylgar.

'Wel, ma'n siŵr bod allwedd gyda'r boi Rees yna… y cychwr…'

'John Rees.'

'Ma fe'n byw ar yr ynys. Ma siŵr o fod stôr o fwyd 'da fe i'w hunan, ac allwedd i'r siop.'

Er nad oedd hi wedi dweud hynny ar goedd, fe allai Carys synhwyro yn stiffrwydd ei chorff nad oedd dim byd yn plesio June. Gwyddai honno cystal ag unrhyw un nad oedd John Rees wedi bod yn ateb ei ddrws iddyn nhw.

'Af i weld beth alla i neud, ar ôl i fi wisgo,' atebodd Carys.

Teimlodd lygaid June arni, ar ei gwallt anghelfydd – nyth brân o glymau coch lle bu'n pwyso yn erbyn y pilw, yr hen hwdi Pony Club dros y pjs.

'Ddown ni ben â chrafu brecwast, siŵr o fod, ond wy eisie neud yn siŵr bod yna rwbeth teidi i gino pan fydd Bryn ar ei dra'd.'

Doedd Carys ddim yn siŵr oedd hynny'n ergyd am y caserol diflas. Cyn iddi ymateb fe drawyd hi gan syniad llawer gwaeth.

'So fe 'di codi 'to?'

Crymodd June ei hysgwyddau, 'Nawr wyt *ti'n* codi.'

'Ond so Dad byth yn gorweddan yn y gwely… Sdim byd yn bod, o's e?'

Tro June oedd hi i deimlo'n lletchwith mewn anwybodaeth.

'Sdim lot o hwyl arno fe. Ond fydd e'n well ar ôl bach o frecwast a disied o de.'

'Ma fe'n iawn, yw e?' gofynnodd Carys yn bigog, gan deimlo'n wael am deimlo'n grac ag e.

Ochneidiodd June, 'Well i ti ddod i weld drosto dy hunan, sbo —'

Rhuthrodd Carys heibio iddi, ei ffon yn powndian ar hyd y landin.

'Dad... Chi'n ocê, Dad?' galwodd o'r drws, yn ymwybodol ei bod yn tarfu ar ei ofod e a June, ei stafell wely hi a Nav *i fod*.

Roedd ei thad yn gorwedd yn y gwely fel sach o dato. Cafodd Carys ofn.

Diflannodd ei chynddaredd a throediodd tuag ato. Gallai synhwyro June y tu ôl iddi, yn cadw llygad arni.

Bob hyn a hyn, fe fyddai ei thad yn mwmial rhywbeth. Allai Carys ddim gwneud pen na chynffon o'r hyn roedd e'n trio'i ddweud. Rhoddodd ei llaw ar ei ysgwydd. Ond siglodd hi bant yn syth.

'Dad?' Roedd ei llais hi yn llawn ofn nawr.

'Be sy'n bod 'no fe, June?' Roedd ganddi ryw frith gof bod gan June wybodaeth feddygol – ac o Aled yn ei difrïo trwy ofyn pryd oedd hynny, cyn y *war*?

'Gormod o hwn, siŵr o fod...' a chododd ei llaw mewn siâp cwpan a'i hanelu at ei cheg.

Daeth iddi mewn fflach. Roedd ei thad wedi holi faint oedd hi'n ei wybod am 'y crwt yna' mewn gwirionedd? Cofiai ofni y byddai'n dechrau trafod Nav, fel petai e'n trafod ceffyl cyn ei brynu. Roedd hi wedi ei atgoffa ei fod e wedi cwrdd â'i deulu ac wedi disgrifio Richard a Shiva, y rhieni oedd wedi magu Nav a thair o chwiorydd, fel 'halen y ddaear'. Roedd pen busnes Richard, tad Nav, wedi dod ag e a Bryn ynghyd. Roedd hynny'n glir yn ei meddwl ar ôl i Nav ddweud yr hanes wrthi droeon.

Roedd ei thad wedi gwneud iddi amau ei hun. Pa mor dda oedd hi'n nabod Nav? Dyn roedd hi wedi cwrdd ag e ar hap mewn bar yng Nghaerdydd. Noson oedd wedi mynd yn angof, gyda chymaint o brofiadau tyngedfennol eraill. Noson yr oedd yn rhaid iddi ddibynnu ar Nav a Rose am eu hatgofion ohoni.

Gorfododd Carys ei hun i gyffwrdd ag e. Roedd talcen ei thad yn oer ac yn llaith. Daeth llond pen carbwl o eiriau fel cyfog o'i geg... Teimlodd Carys y braw yn codi yn ei brest. Doedd ei thad byth yn sâl. Roedd e'n rhywbeth roedd e'n browd iawn ohono. Dyna roedd e wedi'i ddweud wrthi pan oedd *hi'n* mendio. Gweithiai fel dyn 'hanner ei oedran', yn ei eiriau e. Byddai ar yr iard bob dydd, tan yn ddiweddar iawn. Roedd yn wir y byddai'n gadael y gwaith caled i gryts a chrotesi'r stablau, ond roedd ei etheg gwaith yn codi cywilydd ar rai o'r gweithwyr ifancaf. Tan yn ddiweddar... Roedd pethau wedi newid. Doedd e ddim yn reidio ers iddo gael y glun newydd – credai Carys fod June yn rhannol gyfrifol am y penderfyniad i dalu i gael hwnnw'n breifet. Doedd y ffaith ei fod e ddim yn reidio ddim yn stopio Bryn rhag lleisio ei farn wrth y rhai oedd ar y ceffylau heddiw.

Roedd Carys yn drwgfeddwl bod Aled wedi dechrau

amau bod ei thad wedi llacio ei afael ar bethau, oherwydd ei hanafiadau hi o bosib, a bod y busnes ddim yn gwneud cystal oherwydd hynny. Doedd dim un o geffylau'r iard wedi ennill ras ers dros ddwy flynedd, ac roedd hynny'n newydd drwg mewn sawl ffordd. Yn gnoc i'w henw da ac yn gnoc pellach i'w hincwm, am nad oedd bridwyr eraill mor awyddus i ddod yno i fagu enillwyr y dyfodol. Roedd y diwydiant ei hun wedi newid. Roedd nifer fawr o geffylau yn trengi ar y cwrs – tua dau gant y flwyddyn – a hynny'n naturiol yn bwnc llosg ym myd gofal anifeiliaid. Roedd diffyg rheoliadau yn golygu bod ceffylau yn cael eu gorfodi i wneud mwy nag oedd yn gorfforol bosib iddyn nhw. Er bod ei thad ddim yn un am 'reolau diawl', roedd e'n gofalu am ei anifeiliaid – yn well na rhai pobol yn ei fywyd, fyddai rhai'n ei ddweud. Fyddai Bryn ddim yn ysgwyd llaw â'r 'pwrs' hwnnw o hyfforddwr y tynnwyd llun ohono yn eistedd ar geffyl wedi marw. Llun a rannwyd ar y cyfryngau cymdeithasol oedd yn golygu dim byd i Bryn. Roedd y dyn hwnnw'n haeddu cael ci wahardd o'r byd rasio am chwe mis ac roedd yn ofid i'w thad iddo gael ei dderbyn yn ôl mor wresog.

Roedd doniau Carys wedi dod â sylw i'r iard ac wedi sicrhau bod llif cyson o farchogion yn awyddus i gymryd yr awenau, ac i afael yn y rhofiau i wneud y gwaith caled ond angenrheidiol o ofalu am y ceffylau a'r stablau. Roedd Rose wedi cymryd lle Carys am gyfnod ond hi, Rose, oedd y cyntaf i gyfadde'r gwir – nad oedd hi cystal joci â'i ffrind, er bod y ddwy yn cydreidio ers bore oes. Roedd hi'n ddigon dibynadwy, ac fe allai ddangos dur – rhywbeth nad oedd yn ei ddangos pan nad oedd hi ar geffyl. Ond doedd gan Rose mo'r peth arall annelwig hwnnw, yr hud a lledrith hanfodol i fanteisio ar gyfleoedd yn ystod ras. Doedd hi ddim cystal â Carys am gymryd mantais o sefyllfa er mwyn achub y blaen. Pan fethodd Rose fanteisio ar fridio da Tynrhyd Teifi yn un o rasau pwysicaf y tymor, fe roddodd y gorau iddi a mynd yn ôl i'r iard gyda'i phen yn ei phlu. Ei phenderfyniad hi, meddyliodd Carys ar y pryd. Ond tybed? Beth os nad ei phenderfyniad hi oedd hynny? Beth os oedd ei thad â'i big yn y cawl?

Roedd sawl un wedi sylwi nad oedd prif staliwn Tynrhyd mor brysur ag arfer, y tu fewn ac y tu hwnt i'r stablau. Ac roedd yn sioc i bawb pan benderfynodd Bryn y byddai staliwn o iard yn Lloegr yn cael beichiogi ei hoff gaseg, Gwalia, er gwaethaf ei hoedran.

Beth petai pethau'n waeth nag oedd hi'n feddwl? Beth petai pethau'n wirioneddol wael ar y busnes?

'Gad lonydd iddo fe gysgu,' torrodd June ar draws ei meddyliau. Ac am unwaith cydsyniodd Carys. Fe fyddai'n fwy defnyddiol petai'n troi ei meddwl at beth i'w wneud nesaf.

★

Aeth Carys lawr y staer fel gwth o wynt a thorri ar draws amser brecwast.

'Ma eisie doctor...'

''Co hi. Fy whâr fach. Beth sy'n bod, *sis*? Pen tost? Ffaelu dala dy ddiod?'

'Dim i fi! Ma Dad yn sâl.'

'Ma fe'n olreit,' meddai June tu cefn iddi. 'Wedi blino, 'na i gyd.'

Teimlodd Carys bwl o rwystredigaeth. Doedd ei thad byth yn blino. Roedd e fel hen warier. Dyna o'n nhw i gyd wedi bod yn ei ddweud wrthi. Pam y newid mawr yma nawr? Edrychodd o un i'r llall... Elfed ar ei draed yn llowcio dŵr... Aled wrth y bwrdd yn magu mẁg o goffi cryf... Rose wrth ei ochr yn cnoi darn o dost... Huw yn ei hymyl hithau, ei blât – a'r bwrdd o'i gwmpas – yn friwsion i gyd... yna, Lisa, yn welw fel ysbryd, a golwg ofidus arni.

'Wy'n becso am Dad,' meddai Carys yn llipa.

'Wrth gwrs bod ti,' cysurodd Rose.

'Ond sdim signal 'ma o hyd.' Clonciodd Elfed ei wydr ar y bwrdd a sychu'r sudd oddi ar ei farf gyda'i law.

'A sdim eisie panico,' meddai Aled.

Ond doedd Carys ddim am ildio.

'Allen ni holi John Rees, 'te. Ma bownd o fod ffôn gyda fe. Ffordd o gysylltu gyda'r tir mawr. Mae'n dawelach mas 'na bore 'ma, on'd yw hi?' gofynnodd yn ansicr.

Roedd hi'n parablu nawr. Y gwynt oedd y cyntaf i'w hateb. Heb Wi-Fi, teledu na phapur newydd doedd dim ffordd o wybod y rhagolygon, dim ond drwy'r hen ddull – mynd mas ac edrych am arweiniad yn yr awyr eto.

Cododd Lisa ei phen. 'Ma Carys yn iawn – ddylen ni fynd lawr i dŷ'r cychwr, a neud hynny peth cynta. Aled?'

'Ni *wedi* bod lawr i dŷ'r cychwr – sdim ateb yna o hyd.' Edrychodd Aled ar Elfed.

'Chi *wedi* bod? Bore 'ma?' holodd Carys.

Rhythai Lisa ar ei gŵr yn syn.

'Elfed...?' Arhosodd Carys iddo esbonio. Roedd yn gas ganddi bobol yn cadw pethau rhagddi. Yn enwedig ers y ddamwain. Do'n nhw ddim eisiau ei chynhyrfu hi, rhag ofn iddi waelu eto. Fel petai hi'n slefren fôr oedd yn methu cynnal ei phwysau ei hun.

Roedden nhw'n anghywir. Roedd Carys wedi gorfod bod yn gryf, a hithau heb fam a chanddi dad oedd yn poeni mwy am ei geffylau na'i blant, yn ôl y sôn. Fe allai ddychmygu nad oedd ei thad wedi cymryd llawer o sylw ohoni nes iddi ddechrau dangos diddordeb a gallu wrth drin ponis. Roedd ganddi frawd yr oedd disgwyl iddo fod yn etifedd am iddo gael ei eni'n fachgen. Ond roedd rasio ceffylau yn un gamp lle roedd merched a dynion yn gyfartal. Unwaith i Aled synhwyro bod ei chwaer o leiaf cystal ag e ar gefn ceffyl, roedd ei ddiddordeb wedi pylu ychydig – ac roedd Carys wedi manteisio'n llawn ar hynny. Tua'r un adeg, roedd e wedi cwrdd â Lisa. Doedd yna'r un ceffyl ar yr iard allai gystadlu gyda chwympo mewn cariad am y tro cyntaf.

Cododd Aled, ei gwpan yn ei law o hyd. 'Drïwn ni 'to, nes mlân. Os yw e wedi mynd am dro, falle fydd e'n ôl mewn rhyw hanner awr. Pwy sy eisie disied? Rownd fi.'

Dilynodd Elfed Aled i ganol cypyrddau'r gegin.

Ddywedodd Carys ddim byd. Teimlodd y gynddaredd yn cynyddu ac yn llenwi ei brest. Herciodd i'r cyntedd a chipio ei chot oddi ar y bachyn. Gwisgodd hi amdani a gafael yn y ffon.

'So ti'n mynd mas yn hwn!'

Aeth geiriau Rose gyda'r gwynt wrth iddi agor y drws. Bu bron iddo chwythu mas o'i llaw. Casglodd Carys ei hegni at ei gilydd a cherdded mas, gan adael i'r gwynt ddwyn y drws a'i gau ar ei hôl. Cau eu pennau nhw. Dechreuodd fwrw. Cawod drom. Herciodd tuag at linell yr arfordir, y man lle roedd hi'n dychmygu y byddai'r clogwyn a'r traeth oddi tano, ac i'r dde byddai bwthyn John Rees, y cawr-gychwr, yng nghysgod y goleudy. Gallai ddychmygu'r drafodaeth. Fel cyfarfod lleol mân wleidyddiaeth afreolus. Pwy ddylai fynd ar ei hôl? Pwy feiddiai? Byddai Aled o blaid gadael iddi fynd efallai, ond byddai rhywun yn siŵr o'i dilyn. Aeth Carys ymlaen gan ganolbwyntio ar beidio â chael ei bagl yn sownd yn y clympiau gwair.

'Howld on!'

Clywodd ei lais. Stopiodd hi ddim, ond fe arafodd Carys, digon iddo allu ei dal.

Erbyn hyn roedd hi wedi cyrraedd lle mwy cysgodol lle roedd hi'n bosib clywed y rhan fwyaf o'r hyn roedd y naill a'r llall yn ei ddweud.

'Ti'n gall?' holodd Elfed.

'Credu bo' ni'n dau'n gwbod yr ateb i hynny. Ond ma Dad yn sâl.'

'Dim byd neith dwrnod yn y gwely ddim sorto.'

'Doctor Elfed. Atgoffa fi 'to... beth yw dy gredensials di?' meddai'n swrth.

'Iawn, ond o'dd June yn nyrs – credu bydde hi'n gwbod tase angen i ni boeni.'

Oedd, arferai June fod yn nyrs. Pwyllodd Carys. Roedd hi'n falch o gwmni Elfed. Cysurodd hi. Tawelodd. Teimlai'r dagrau'n pigo ei llygaid. Yn cymylu'r olygfa.

'Well i ni ffeindio mas yn iawn beth yw'r sefyllfa, dim jest er mwyn Dad ond i ni i gyd. Ma'r gwynt wedi distewi, a falle bod gobeth cyrraedd y tir mawr heddi. Gewch chi fynd gatre wedyn, mas o'r ffordd.'

Hanner gwenodd Carys, gan ddweud hynny'n ysgafn. Edrychai Elfed arni'n ddiemosiwn. Oedd hi wedi ei frifo wrth awgrymu yr hoffai gael gwared arnyn nhw mor glou â phosib?

Ochneidiodd Elfed. 'Oes rhaid i ti fod mor styfnig?'

Gafaelodd Elfed yn ei braich chwith, yn dyner, ac aeth y ddau ymlaen, i lawr y rhiw. Erbyn iddyn nhw gyrraedd bwthyn y cychwr ger y goleudy roedd Carys yn sopen. Y dŵr yn diferu oddi ar ei thrwyn. Cnociodd yn benderfynol ar y drws.

Oedodd Elfed ddim. Estynnodd ei law a thynnu'r weiren o dwll rhwng dwy garreg lle roedd y morter wedi chwalu'n ddim gan oed. Rhoddodd yr allwedd yn y clo a'i throi.

'Aros di fan hyn,' gorchmynnodd.

Edrychodd Carys arno'n syfrdan.

Aeth Elfed i mewn heb oedi. Pam ddylai hi orfod aros tu fas? Roedd hi'n oer ac yn ddiflas. Pam ddylai e gael siarad â'r cychwr tra'i bod hi'n rhynnu yn yr elfennau? Aeth Carys i mewn trwy'r drws ac yn syth i'r lolfa fach.

Am unwaith roedd hi'n difaru peidio â gwrando. Gorweddai John Rees ar lawr, ar ei ochr, â'i gefn atyn nhw. Gwisgai ryw fath o het lachar ar ei ben. Sylweddolodd Carys nad het oedd hi ond lliain, a hwnnw'n goch gan waed. Roedd arni ofn gofyn, rhag ofn i hynny wneud pethau yn fwy gwir. Yna llithrodd y geiriau o'i genau hi.

'Odi e…? Odi e 'di marw?'

Nodiodd Elfed a rhoi ei fraich amdani. Ceisiodd ei harwain oddi yno ond safai Carys yn stond.

10

Doedd hi heb weld corff marw o'r blaen, meddyliodd
Carys yn chwerw, ac roedd gweld hwn wedi ei dychryn
i'r byw. Yn sydyn, roedd hi'n benysgafn a theimlai ei
chorff yn simsanu – fel petai hi yno, ond ddim yno, ar
fin llewygu. Roedd ei dwylo'n drwchus ac yn ddierth.
Gweithiodd yn galed i reoli ei hanadlu. Doedd hi heb
weld corff ei mam ar ôl iddi basio, medden nhw, ond
dyna'r person cyntaf ddaeth i'w meddwl pan welodd hi
hwn. Roedd Carys wedi dewis peidio â gweld ei mam
heb fywyd ynddi am mai plentyn oedd hi ar y pryd, yn
ôl ei thad. Neu fe helpwyd hi i wneud y dewis hwnnw,
fel oedd yn wir am gymaint o ddewisiadau eraill, er
mwyn gallu 'cofio Mam fel yr oedd hi'. A nawr, diolch
i'r ddamwain a'r diffyg yn ei chof, doedd Carys ddim
hyd yn oed yn gallu gwneud hynny. Teimlai'n oer

Bron na allai Carys edrych arno, mor ddychrynllyd
oedd yr olygfa. Fe wyddai ei fod wedi mynd, na allai
John Rees ei brifo, ond roedd arni ofn mynd yn agos rhag
iddo godi'n sydyn a'i dychryn, fel hen jôc mewn parti
Calan Gaeaf. Roedd y corff hwn yn dalp oer, anhyblyg.
Ai dyna oedd yn ei dychryn hi? Y sylweddoliad mai

dyna fyddai ei ffawd hithau un dydd? Y gallai hynny fod wedi digwydd iddi eisoes ac mai dim ond lwc ac aberth Afallon oedd wedi ei hachub. Ochr arall y geiniog yn y diffyg yn ei chof oedd nad oedd rhaid iddi ail-fyw poen gorfforol y ddamwain na'r fflach o ofn roedd wedi ei deimlo am eiliad, mae'n rhaid, wrth gwympo dan y gaseg a meddwl bod y diwedd wedi dod.

'Beth wyt ti'n neud 'ma, Elfed? Pwy na'th dy wahodd di? Dwyt ti ddim yn aelod o'r teulu a ti wedi neud e'n glir iawn bod ti ddim eisie bod yn ffrind i fi nac i Nav...' Teimlai fel gweiddi'r pethau hyn, yn ei rhwystredigaeth. Ond rhywffordd fe lwyddodd i reoli ei thymer.

Roedd Elfed mor anodd i'w ddarllen. Roedd hi'n ei nabod ers blynyddoedd, medden nhw wrthi. Ond teimlai Carys fel petaen nhw newydd gwrdd. Doedd hi ddim yn cofio eu hanes ond oni ddylai *e* fod yn gynhesach tuag ati hi?

Sylweddolodd Carys. 'Rose, sbo... Hi ofynnodd i ti ddod yma, i'r ynys...'

'Rose? Nage. Ti, Carys. Ti na'th ofyn i fi ddod... Ti ddim yn cofio'r ateb i'r cwestiwn yna?'

'Fi? Pam yn y byd fydden i'n neud 'ny?'

Atebodd e ddim. Dim ond rhythu am eiliad, rhwbio ei ben moel, yna edrych i ffwrdd, i osgoi gorfod edrych arni.

'Dere mlân, Elfed. Pam?'

'O't ti'n meddwl bod e'n syniad da. Wyt ti wir ddim yn cofio?'

Anwybyddodd Carys ei gwestiwn a gofyn ei chwestiwn ei hun.

'A ti – o't ti'n meddwl ei fod e'n syniad da, 'te?'

Cymerodd Elfed oes i ateb, gan ddewis tynnu ar ei farf, ond yn y diwedd cynigiodd ei gnegwerth,

'Sai'n siŵr beth i feddwl.'

Cydiodd Elfed mewn hen flanced Gymreig oddi ar y soffa a'i rhoi dros ben yr hen ŵr. Gwyliodd Carys e'n gweithio, yn ddidaro wrth ei dasg.

'Ddylen ni ddweud gweddi, ti'n meddwl? I ffarwelio â'r cychwr ar ei daith?' Gweddi oedd yr allwedd i'r nefoedd, meddai ei thad, ac yn ei meddwl dechreuodd Carys adrodd y geiriau, 'Ein Tad, yr hwn wyt yn y nefoedd...' Yna daeth darn o'r gwir i'r amlwg a thorri ar ei thraws.

'O't ti'n gwbod ble o'dd yr allwedd! Ti... *Chi* 'di bod yn y bwthyn 'ma o'r blân... Ti ac Aled... O'ch chi'n gwbod ei fod e wedi marw?'

Meddyliodd Carys am hynny.

'Pam na wedoch chi wrthon ni?' gofynnodd hi.

Ochneidiodd Elfed. 'O'n ni ddim eisie i neb gael ofn. Benderfynon ni aros nes ar ôl y storm.'

'Nav? O'dd Nav yn gwbod?'

Edrychai Elfed o'i gwmpas, yn hytrach nag arni hi.

'Chi 'di ffeindio'r ffôn? I gysylltu 'da'r tir mawr?'

'Do,' cyfaddefodd yn anfodlon.

'Chi 'di ffeindio'r ffôn!' Roedd Carys yn methu credu beth roedd hi'n glywed. Fe allen nhw fod ar eu ffordd adre erbyn hyn!

'Ma'r ffôn 'di torri.'

Anadlodd Carys allan, yn llawn rhwystredigaeth, ond doedd hi ddim am ildio.

'Allwn ni drwsio fe? Beth am Aled? Ffôns... wel, cyfrifiaduron... 'na'i bethe fe.'

'Sdim gobeth, medde Aled. Ma fe 'di whalu'n rhacs jibidêrs.'

'Shwt 'ny?'

'Sai'n gwbod, ydw i? Ond dyw hyn ddim yn edrych fel damwen i fi.'

Yn sydyn, fe glywon nhw'r drws yn agor a phâr o sgidiau'n agosáu ar hyd y llawr concrit. Pwy bynnag oedd e, doedd e ddim wedi cnocio. Roedd e'n gwybod bod y drws ar agor. Yn gwybod bod yna gorff ar lawr? Dechreuodd calon Carys guro'n gyflymach unwaith eto.

Daeth cysgod i'r golwg. Mentrodd Carys edrych. Yno safai Aled. Baglodd Carys ato.

'Ma fe 'di marw,' criodd.

Estynnodd ef amdani'n dyner a'i chofleidio.

★

Roedden nhw'n anghydweld ynglŷn â beth ddylen nhw ei wneud nesaf. Safon nhw yno, fel triawd y buarth, yn cnoi cil. A ddylen nhw ddweud y gwir am dranc John Rees wrth y lleill neu beidio? Roedd y dynion yn dal i feddwl mai nhw oedd yn iawn, bod dim byd i'w ennill trwy godi ofn, trwy achosi pryder i'r lleill, nes iddyn nhw benderfynu'n iawn beth fyddai orau i'w wneud nesaf. Ond roedd Carys yn benderfynol – doedd dim cyfrinachau i fod. Allai hi ddim dychmygu cadw cyfrinach mor fawr rhag ei theulu, rhag Rose, a hithau'n gymaint o gefn iddi. Hyd yn oed ar Enlli roedd hi wedi bod yn cynnig ei help, gan eu bod nhw yno'n hirach na'r disgwyl.

Ond fe gytunodd Carys, Elfed ac Aled i gadw rhai pethau iddyn nhw eu hunain – a Nav, gan ei fod yntau'n gwybod y gwir hefyd. Doedd dim rhaid i bawb wybod am y manylion gwaedlyd. Nid twyll oedd hynny. Os oedden nhw'n camarwain y lleill, roedden nhw'n gwneud hynny am resymau da.

11

Eisteddai pawb yn gegrwth. Roedden nhw wedi ymgasglu yn y lolfa fach ar ôl i Carys, Elfed ac Aled ddychwelyd, yn ysu am newyddion am John Rees. Roedd y newyddion yn sioc. Roedd hyd yn oed ei brawd yn llwyddo i gadw rhag gwamalu, sylwodd Carys.

'Damwain o'dd hi,' meddai Aled ar ôl gorffen ei stori.

'Shwt y'ch chi'n gwbod 'ny?' holodd June yn hy. Roedd Bryn yn ei wely o hyd ac roedd ei gariad fel petai wedi gwisgo ei fantell.

Pa ddewis arall oedd yna? meddyliodd Carys, yn flin gyda June am holi. Bod un ohonyn nhw wedi lladd y cychwr? Pam fydden nhw'n gwneud hynny? Doedden nhw ddim yn nabod y dyn.

'Do'dd e ddim yn ifanc, rhaid ei fod e wedi cwmpo wrth fynd ambytu ei bethe, druan,' meddai Carys, gan obeithio tawelu'r dyfroedd. Dyna roedd hithau, Aled ac Elfed wedi cytuno i'w wneud.

'So ni'n gwbod hynny chwaith,' mynnodd June, a sythu defnydd y ffrog roedd hi'n ei gwisgo ers tridiau gyda'i llaw i geisio cuddio'r crychau. Wrth ei hochr, eisteddai Huw yn byseddu'r cardiau. Oedd e'n plygu cornel ambell un?

'Be chi'n feddwl, June?' Trodd Lisa arni wrth eistedd yn ei hymyl.

'Ma 'da fi lyged a chlustie. Ma'r bois yma wedi bod 'nôl a mlân i dŷ'r cychwr fel Siôn a Siân. A ma hon wedi bod yna nawr bore 'ma...' Pwyntiodd ei bys at Carys. Teimlodd hithau lygaid Huw yn rhythu arni, y cardiau'n llonydd.

'So chi'n awgrymu mai fi...?' chwarddodd Carys mewn sioc. Roedd hi wedi synhwyro nad hi oedd hoff berson June ond roedd ei chyhuddo hi o lofruddiaeth y cychwr yn anghredadwy. 'O'dd Elfed gyda fi yn dyst. Gwed 'thon nhw, Elfed...'

Ddywedodd Elfed ddim byd.

'Ti a'th mewn gynta...' meddai Carys wrth y gof.

'Ie, os ti'n gweud,' cytunodd hwnnw o'r diwedd.

'Wy *yn* gweud. Achos mae e'n wir. Ti a'th mewn gynta ac es i ar dy ôl di, sawl munud ar dy ôl di. Wy'n cofio hynny'n iawn.'

Roedd hi'n cynhyrfu ei hun nawr. Rhoddodd Carys y gorau i esbonio a cheisio rheoli ei hanadlu. Fflachiodd llun yn ei meddwl. Diwrnod y ras. Ar yr iard yn y bore bach. Oglau cas y pedolau poeth yn taro'r dŵr oer yn troi ei stumog. Roedd hi'n simsanu nawr. Ei throed dde yn colli cadernid y warthol. Gafaelodd yn ochr y gadair a llwyddo i sefydlogi ei hun.

''Na ni, 'te. Waeth i ni gyd roi'n tra'd lan. Achos ni'n styc 'ma.' Swniai Lisa yn ddifater.

'Dim cychwr. Dim ffôn. A chyn bo hir fydd dim bwyd 'da ni chwaith,' ategodd Aled. 'Allen i fwrdro KFC.'

Pwniodd Lisa'i gŵr yn ei ochr.

'Ma'n nhw bownd o weld e'n od ar y tir mawr, so chi'n meddwl? Bownd o sylwi eu bod nhw ddim wedi clywed wrth y cychwr. Fe sy'n gyfrifol am y goleudy mewn storm...' Roedd Rose wedi bod yn dawel tan hynny.

Cywirodd Carys hi.

'Mae'r goleudy yn gweithio o bell – trwy remôt – dyw... *doedd* John Rees ddim yn gyfrifol am y goleudy ers blynyddoedd. Mae yna dîm o bobol yn neud hynny ar y tir mawr.'

''Na ni, 'te. Fydd neb yn sylwi ydy John Rees yma neu beidio – nac yn becso chwaith. Mae 'di canu 'non ni, bois!' meddai Aled.

'Ma'r cwch 'ma o hyd am wn i,' meddai Elfed.

'Sdim eisie i ni deimlo'n bod ni ar ben ein hunen, 'te.' Ceisiodd Carys godi'r hwyl.

'*Os* y'n ni ar ben ein hunen. Sdim byd i weud ein bod ni ar ein pen ein hunen chwaith,' meddai June.

Roedd pawb yn dawel am ychydig. Aeth June yn ei blaen,

'Bryn oedd â'r hanes. Ar ôl bod yn siarad gyda'r John Rees 'na.'

'Ei holi fe'n dwll, chi'n feddwl,' meddai Aled yn ysgafn.

'Rhyw filionêr wedi prynu'r lle,' atebodd June.

'Prynu Enlli? So'r ynys 'ma ar werth.' Roedd Carys yn bendant.

'Ma 'da popeth ei bris, sbo, pan ma arian yn brin,' atebodd Aled.

'Sai'n credu chi, June.' Fyddai Carys yn gwybod hynny. Yn gwybod petai milionêr wedi prynu Ynys Enlli. Meddyliodd. Efallai ei bod hi *yn* gwybod ond ei bod hi wedi anghofio.

'Nag wyt, sbo, Carys. Ond ma fe'n wir... Beth oedd ei enw fe 'fyd...?'

'Dim Bear Grylls?' gofynnodd Rose, ei llygaid yn fawr. Oedd hi'n ffan?

'Ti moyn *selfie*?' tynnodd Aled ei choes. Gwridodd Rose.

'Na, dim hwnnw. Y llall yna ...' Roedd June yn dal i feddwl.

'Rhywun wedi prynu Enlli?' Brwydrodd Carys i gadw'r siom iddi ei hun.

'Carew!' galwodd June. ''Na beth o'dd e. Ben Carew.'

'Meddwl dim i fi,' meddai Aled.

'Ei deulu'n dod o Gymru, 'nôl yn yr ache yn rhwle,

os dealles i'n iawn. O'dd Bryn a fe John Rees yn siarad shwt gyment ar y daith draw. Wyt ti'n cofio'r hanes, Rose? O't ti'n eistedd ar flân y cwch. O't ti siŵr o fod yn clywed cleber y ddau.'

Edrychai Rose yn anghyfforddus, sylwodd Carys. 'O'n i ffaelu clywed pob dim – gormod o sŵn 'da'r tonnau.' Taflodd y syniad i ffwrdd.

'Beth fydde'r Ben Carew 'ma moyn ag Enlli?' gofynnodd Lisa.

Roedd Carys yn gwybod yr ateb i hynny. 'Antur newydd. Dihangfa. Lle i ddianc rhag pawb a phopeth. Pob lwc iddo fe, weda i.'

Edrychodd ambell un arni hi a rhai eraill ar y llawr. Roedd meddwl Carys yn dechrau troi fel olwyn – pam fyddai Ben Carew o ddiddordeb i'w thad?

★

Aeth Carys i wneud disied i'w thad, er ei fod yn edrych fel petai e'n dal i gysgu pan aeth hi lan i'w weld yn hwyrach y diwrnod hwnnw, ac i June ddweud wrthi cyn mynd na fyddai e'n ei yfed. Daeth Rose i gadw cwmni iddi ac er bod yn gas gan Carys gyfadde, roedd hynny'n help achos fe allai rhai pethau fod yn anodd pan oedd eich llaw dde yn gafael mewn ffon.

'Ydy pen dy dad yn well?' Swniai Rose yn ddidaro wrth estyn y tebot o'r cwpwrdd cornel.

'Dim hangofyr sy 'da fe, Rose.' Roedd y pen tost yn ailymddangos. Beiai Carys ei brawd a'i botel wisgi am hwnnw.

'O'n i ddim yn awgrymu... Meddwl o'n i, 'na gyd.'

Gwyliodd Carys hi'n estyn dau fag te, yna'n newid ei meddwl a rhoi un yn y tebot, ac arllwys y dŵr berw ar ei ben. Trodd y te.

'O's rhwbeth yn becso ti, Rose?'

'Mmmm?'

Estynnodd y llwy o'r pot a rhoi'r caead yn ei le, i'r te gael mwydo.

'Rose? Beth yw e?' gofynnodd Carys yn garedig.

'Fi welodd... na, dim byd, anghofia fe,' dechreuodd ddweud cyn newid ei meddwl.

'Beth?'

'Fi sy 'di camddeall, siŵr o fod.' Agorodd Rose yr oergell a dechrau chwilota am y llaeth cywir.

'Beth welest ti?' Roedd mwy o ddur yn nweud Carys nawr.

'Weles i fe'n rhoi rhwbeth i Bryn, 'na gyd. Rhyw ſath o dabled. Wedodd e, "Ddyle hwn helpu chi". A ma hynny'n beth da, on'd yw e?'

'Rose, pwy welest ti?'

Roedd ei ffrind yn wynebu'r oergell o hyd, ei oleuni yn ei goleuo hi, ei chefn at Carys.

'Rose?'

Llyncodd honno ei phoer.

'Helpu o'dd e, wy'n siŵr.'

'Pwy?'

Trodd Rose tuag at Carys. Edrychodd arni, a golwg boenus ar ei ffrind.

''Na'i bethe fe, ontefe? Helpu pobol i wella,' meddai Rose.

'Nav? Welest ti Nav yn rhoi tabledi i Dad?'

Fe wyddai Carys yr ateb i'w chwestiwn ei hun.

'Rose, ateba fi...'

Daeth yr ateb yn ddistaw o'r diwedd. Prin y gallai Carys glywed y gair.

'Do.'

★

Doedd e ddim lawr staer. Aeth Carys lan i'w stafell nhw gyda'r gwely sengl a gwely Nav ar lawr, yn llawn fwriadu ei holi e'n dwll. Golchi'r gwir ohono fesul gair os oedd raid. Ond doedd e ddim yno. Roedd y stafell yn llwyd ac yn ddifywyd a'r oglau sitrws a'r tywel gwlyb ar y gwely oedd yr unig olion a ddangosai iddo fod yno. Caeodd Carys y drws yn dynn, gwasgu ei chefn yn ei erbyn a gwthio ei ffon yn sownd yn erbyn y llawr. Roedd hi eisiau sgrechen dros y lle i gyd, fel person o'i cho'. Ond gwnaeth ymdrech i wneud beth roedd y therapydd wedi ei dysgu i'w wneud, sef anadlu a phwyllo er mwyn iddi allu rheoli ei hemosiynau. Beth yn y byd oedd yn mynd trwy ei meddwl hi? Bod ei dyweddi – y dyn roedd hi wedi aberthu popeth er mwyn dechrau bywyd newydd yn ei gwmni, ar ynys oedd heb fod yn rhy bellennig – bod hwnnw wedi rhoi cyffur o ryw fath i'w thad oedd wedi hanner ei ladd? Oedd hi wir yn meddwl bod Nav yn ddansierus? Roedd yn syniad gwallgo. Roedd yn wir nad oedden nhw'n nabod ei gilydd ers blynyddoedd mawr ond roedd eu perthynas yn un agos. Roedd Carys yn teimlo fel petai'n nabod Nav cystal â neb arall, yn well efallai. Gwenodd wrth feddwl am eu caru gwyllt, anturus.

Dychmygodd Rose wedi cael un yn ormod, yn dod ar draws Nav a'i thad mewn lle dierth, mewn hanner tywyllwch, pan oedd natur tu allan yn chwarae gemau gyda'i dychymyg, yn creu ofnau o ddim byd. Roedd hi wedi camddeall. Dim mwy, dim llai. Ac eto... Beth oedd y pwynt o gyhuddo Nav o rywbeth fyddai e byth yn ei wneud? Roedd e'n cadw pils a photeli o bob math. Meddyginiaethau amgen, llysiau rhinweddol, diodydd egni. Weithiau, fe fyddai e'n rhannu ambell beth gyda hi, i wella ei ffitrwydd, i'w chryfhau. Ac roedden nhw wedi gweithio hefyd. Doedd hi ddim yr un joci ar ôl ei gyfarfod... nes...

Llithrodd y ffon yn erbyn y llawr a bu Carys bron

â cholli ei balans. Doedd hi'n fawr o athletwraig y dyddiau hyn. Doedd hi heb fod ar gefn asyn, hyd yn oed, ers misoedd mawr. Hyd yn oed os oedd e'n wir bod rhywun wedi gwenwyno ei thad, nid Nav fyddai'r un hwnnw. I ba bwrpas y byddai e'n ceisio lladd y penteulu? Roedd yn syniad hurt! Roedd e wedi cael beth oedd e eisiau – ei chael hi, Carys, iddo fe ei hun.

Ar y landin, ymddangosodd June o stafell ei thad, eu stafell wely nhw.

'Roies i'r baned 'na wnest ti ar y cwpwrdd bach,' meddai. 'Ma Bryn yn cysgu, ond ma fe'n iawn.'

Trodd ei chefn a chau'r drws y tu ôl iddi a chau Carys mas yr un pryd. Oedodd Carys. Roedd hi eisiau gweld ei thad. Ond gorffwys oedd yr eli gorau. Doedd ganddi ddim rheswm i amau June mewn gwirionedd. Os oedd Carys yn mynd i fod yn byw ar Enlli fe fyddai'n rhaid iddi ymddiried ynddi hi i ofalu am ei thad adre yn Nhynrhyd.

Aeth Carys i lawr y staer yn llai gofalus nag arfer.

'Ble mae e? Ble ma Nav?' galwodd.

Roedd hi'n dywyll yn y lolfa fach.

'Falle'i fod e mas yn rhedeg o hyd,' awgrymodd Elfed.

'Yn y gwyll?'

'Fydde fe ddim y tro cynta,' meddai Aled.

Rhuthrodd Carys ar hyd y cyntedd cystal ag y gallai

hi. Y clawstroffobia yn llenwi ei brest, yn gwasgu arni nes ei bod yn ei chael hi'n anodd anadlu. Agorodd y drws a gweiddi nerth ei phen.

'Naaaaaav!'

Yr unig ateb oedd sŵn ergyd.

12

Aeth pawb i glwydo yn gynnar ar ôl y fellten am ddiflaniad Nav. Roedd Aled ac Elfed wedi mynnu mynd allan i chwilio amdano, rhag ofn ei fod e wedi mynd i drafferthion yn rhywle wrth redeg ac angen help i gyrraedd 'nôl yn saff. Roedden nhw wedi pwyso ar Carys i aros yn y tŷ, ac er nad oedd hi'n bles o gwbl, roedd hi wedi bodloni. Roedd hi wedi trio disgrifio'r sŵn roedd hi wedi ei glywed, tebyg i ergyd gwn. Ond roedd ei brawd wedi wffifio'r syniad, ac yn eu diflastod roedd pawb arall yn barod iawn i roi'r mater i'r neilltu ar ôl hynny. Doedd dim awydd bwyd ar Carys, ac roedd hi wedi gadael i Rose a Lisa baratoi swper chwarel tra bod June yn tendio'i thad.

Roedd golwg flinedig ar Lisa ac ildiodd Carys ei gwely iddi, gan ddweud y byddai hi'n iawn o flaen y tân yng nghwmni Rose. Roedd y gwynt wedi gostegu rhywfaint ac roedd hwnnw wedi cydio am y tro cynta ers tridiau. Fe fyddai'n well ganddi gysgu lawr staer rhag ofn i Nav ddod adre ganol nos. Teimlai'n ddrwg am fod yn grac gyda Rose. Doedd e ddim yn deg i saethu'r negesydd am fod ganddo newydd drwg. Doedd Carys ddim yn poeni'n ormodol am Nav. Roedd ganddi ffydd ynddo, er ei rhwystredigaeth nad oedd wedi ymddiried ynddi wrth gynllwynio, os mai dyna fuodd e'n ei wneud.

'Drycha be sy 'da fi,' meddai Rose yn ddireidus ar ôl i bawb fynd. Estynnodd ddwy botel o gwrw.

'Ble gest ti'r rheina?' gwenodd Carys, yn falch i gael cyfle i gymodi.

'Stash preifet Aled.' Estynnodd Rose agorwr poteli o'i phoced. 'So ti'n grac 'da fi, wyt ti? Achos beth wedes i?'

'Nagw, Rose. Dim o gwbwl... Sut o't ti'n gwbod am stash Aled?'

'Nabod e'n iawn!' giglodd.

Meddyliodd Carys fod Aled fel brawd i Rose hefyd. Roedd hi fel aelod o'r teulu... ac Elfed erbyn hyn... a Huw ar ei ffordd hefyd... (er iddi wfftio hynny yn ei hanniddigrwydd pan welodd Carys eu bod nhw yno ar Enlli). Mowredd, roedd ei thad yn un da am gasglu rhai amddifad. Teimlodd ei chalon yn gwasgu wrth feddwl amdano'n dost yn y gwely.

Agorodd Rose y botel gyntaf a'i chynnig i Carys. Cymerodd hi. Roedd hi angen un bach i leddfu olion yr hangofyr ac i ymdopi â digwyddiadau'r dydd. Agorodd Rose ei photel ei hun a dod i eistedd. Estynnodd Rose y flanced, ei hysgwyd yn ysgafn a'i gosod drostyn nhw. Cwtsiodd y ddwy'n dynn i dwymo. Gwenodd Rose, ond gallai weld bod golwg drist ar ei ffrind.

'Fydd e'n olreit, ti'mod. Mae e'n fachgen mawr. Mwy nag abal i ofalu ar ôl ei hunan.'

'Odi, ti'n reit. Sdim pwynt mynd i gwrdd â gofid,' meddai Carys. Edrychodd yn annwyl ar ei chyfaill. 'Croeso i ti gysgu gyda fi heno.'

'Gwasgu ar y soffa – fel yr hen ddyddie?'

'Fel yr hen ddyddie,' cytunodd Carys er na allai gofio hynny.

Yfodd y ddwy yn dawel, y cwrw yn chwerw ac yn adferol, a gwres y tân yn gynnes fel gwên.

'So ti'n meddwl ei fod e wedi neud rhywbeth dwl, wyt ti?' gofynnodd Carys.

'Fel beth?'

'Sai'n gwbod. Mynd â'r cwch.'

'So fe'n gallu dreifo car heb sôn am lywio cwch! Sori, do'n i ddim yn meddwl...'

'Wy'n gwbod.'

Chwarddodd Carys, y cwrw ar stumog wag yn ei hailfywiogi. Oedd e'n gwneud synnwyr fod Nav wedi trio llywio'r cwch ar ei ben ei hunan? Dyma'r dyn o'r ddinas oedd ddim hyd yn oed wedi pasio'i dest. Roedd e'n dibynnu ar ei goesau, ei feic neu drafnidiaeth gyhoeddus i symud o le i le yng Nghaerdydd. Efallai petai wedi ystyried y byddai'n wynebu diffygion cefn gwlad un dydd y byddai e wedi dysgu dreifo.

Yna, trawodd hi. Doedd e ddim yn gyrru, yn ôl yr

hyn roedd e wedi ei ddweud wrthi hi. Roedd hi wedi cymryd ei air, fel yr oedd wedi ei wneud gyda phopeth arall. Ond pwy a ŵyr? Efallai mai celwydd oedd y cyfan. Efallai ei fod e'n gallu gyrru car a hwylio llong, petai'n dod i hynny. Ond ei fod e wedi cadw'r pethau hynny oddi wrthi, a bod yna reswm dros wneud hynny.

Siglodd ei phen. Fyddai e wir wedi mynd a'i gadael hi yn ffau'r llewod – heb air i'w chysuro hi yn gyntaf? A hynny pan allai e fod wedi dweud wrthi am ei gynlluniau, fel ei bod hi ddim yn poeni? Does bosib ei fod e eisiau rhoi syrpréis iddi wrth ailymddangos gyda gwylwyr y glannau. Yr arwr mawr yn achub y dydd! Doedd hi mo'i angen e i'w hachub hi. Ac eto, fe fyddai'n rhyddhad mawr petai yna achubiaeth i'w thad. Roedd John Rees y tu hwnt i help unrhyw un, druan, ac os nad damwain mohoni pwy fyddai nesaf? Siglodd ei phen i wared y syniadau.

Roedd Nav yn grac gyda'i thad am ei agwedd hen ffasiwn, am ei eiriau cwbl warthus. Oedd e'n grac gyda hi hefyd am beidio â'i amddiffyn e'n ddigonol? Roedd e'n iawn i droi ei gefn arni am beidio â thynnu sylw at hiliaeth annerbyniol ei thad a'i feirniadu yn gyhoeddus am ei dwpdra anwybodus. Yn sydyn, roedd hi'n wallgo gyda'i thad am yrru ei dyweddi oddi yno. Efallai mai dyna oedd ei fwriad o'r cychwyn cyntaf. Efallai mai dyna pam roedd yr hen ddyn wedi llusgo pawb i'r ynys

– un cyfle olaf i newid meddwl ei ferch fach, i'w hennill hi'n ôl. Ac efallai fod ganddo gynlluniau pellach. Nawr roedd hi'n swp sâl, yn hiraethu am Nav. Yfodd Carys eto.

Fe allai Nav fod yn benstiff ar y diawl, yn styfnig fel mul. Fyddai e ddim yn colli ei dymer yn aml, ond os oedd e wedi gweld yn chwith, y peth gorau i'w wneud oedd ei adael e i fod. Fe fyddai'n dod ato'i hun mewn da bryd ac er ei fod e'n gallu cymryd ei amser i gymodi, unwaith iddyn nhw wneud hynny fe fyddai'n gariad i gyd o fewn dim. Fe fyddai'r cweryl yn creu gwres rhyngddyn nhw. Ond a fyddai Nav mor ddi-hid nes diystyru ei theimladau hi? Y cymhlethdod yma yn ei gymeriad roedd hi'n ei garu amdano.

Eisteddodd Carys a Rose yn mwynhau cwmni ei gilydd, yn nabod ei gilydd yn ddigon da i beidio â theimlo bod rhaid llenwi'r gofod â geiriau. Pefriai'r fflamau'n wreichion a thaflu eu goleuni i'r mannau tywyll.

'Joies i'r noson 'na, ti'mod.' Crwydrodd meddwl Rose, ond ddim yn rhy bell.

'Pwy noson?'

'Parti plu Zofia yng Nghaerdydd.'

'Noson dda, on'd o'dd hi?'

'Wyt ti'n cofio hi nawr?' holodd Rose yn betrus. Roedd hi'n trio bod yn sensitif.

'Na… wel, bach falle… ond ma Nav wedi adrodd yr hanes cyment o weithie wy'n gallu gweld 'yn hunan yna…' Ac mi oedd hi. Y siots, y laffs, y *selfies* oedd yn mynd yn syth ar Insta, a'r sgert fach ddu roedd Carys yn siglo ei phen ôl ynddi a'r sodlau oedd bron â'i lladd hi.

Nodiodd Rose yn wybodus.

'Beth?' Gwyddai Carys yn syth ei bod hi'n amau gallu ei chof.

'Stori Nav yw'r stori ti'n cofio, 'te.'

'Beth sy'n bod ar 'ny?'

'Dim byd. Ma stori un person yn gallu bod yn wahanol iawn i stori person arall, 'na gyd. Fel 'sen nhw'n disgrifio dau ddigwyddiad hollol wahanol.'

Yfodd Carys y cwrw.

'Pan o'n i wrthi'n gwella, a fy meddwl i'n un cawl mawr, fydde Nav yn adrodd stori'r noson yna yn ddiddiwedd. Fel stori cyn cysgu. Yn fy lleddfu i.'

Adrodd stori'r noson roedd y ddau wedi cwrdd yn nhafarn brysur y Vaults, lle dierth iddi hi. Dyna oedd ffordd fach Nav o dawelu ei feddwl a darbwyllo ci hun bod eu perthynas yn fyw er bod ei ddyweddi yn sâl ac yn anghofus, tybiai Carys.

Chwarddodd Carys ar yr eironi. 'Nav, druan,' siglodd ei phen.

'Druan? Gwrddodd e â *love of his life*, glei,' meddai Rose gan giledrych ar ei ffrind.

'Do, fe wnes i ei achub e – yn ôl y sôn. O'dd rhyw fenyw arall wedi gobeitho ei fachu fe – meddylia! Dim byd amdani, cofia. O'dd hi'n gwisgo crys denim a jîns – wy'n credu 'na beth wedodd e. Denim dwbwl. *Eighties style*. Llond pen o gyrls tywyll. Mwng ceffyl wedi ei chwythu'n yfflon gan y gwynt, yn ôl Nav.'

Chwarddodd Carys yn afreolus ac ymunodd Rose yn yr hwyl.

'Wedodd e rwbeth arall? Ei henw hi falle?' Cododd Rose y flanced dros ei thrwyn.

'Sai'n credu bod e wedi trafferthu gofyn – o'dd hi'n amlwg ddim ei deip e – o'dd ganddi ddim gobeth gyda pishyn fel fe. Ond brynodd e ddrinc iddi, chware teg iddo fe. *Consolation prize*. Ma fe'n galon i gyd!'

Chwarddodd y ddwy. Yna eisteddon nhw'n dawel eto, ar goll yn eu meddyliau.

Yfodd Rose lwnc mawr o gwrw a thorri gwynt yn syth. Chwarddodd Carys a llyncu dau lwnc. Cneciodd am y gorau – yn uwch na'i ffrind. Chwarddodd a boddi chwerthin Rose.

'Doedd e'n gwbod dim byd amdana i pan gwrddodd e â fi gynta – yn wahanol i'r bois gatre sy'n gweld busnes Dad cyn fy ngweld i.' Dechreuodd Carys chwerthin, yna stopiodd. Weithiau roedd y gwir yn rhuthro allan o'i cheg fel ceffyl ar ddechrau'r ras, heb iddi sylweddoli.

'Ond yn achos Nav, *fi* oedd beth welodd e. *Fi* oedd

beth licodd e… Sai'n siŵr pam, cofia,' meddai'n ysgafn.

'Ma *lot* o bethe da ambytu ti.' Daliodd Rose yn dynn yn y botel a symud ei phen ôl i geisio dod o hyd i fan cyfforddus.

'Oes, ond mae e'n gorrrjys!'

'A tithe 'fyd!'

'Gyda'r trwyn 'ma…' Gwthiodd Carys ei thrwyn i'r ochr, fel ei fod hyd yn oed yn fwy cam nag arfer. 'A'r llygaid croes…' Croesodd y llygaid oedd ychydig bach yn rhy agos at ei gilydd.

Chwarddodd y ddwy.

'Ond wy'n beniog, ac yn ffraeth, yn hyderus – ac mi o'n i'n arfer bod yn ffit.'

'Mi ddoi di'n ffit eto.'

'Ma Nav yn lwcus iawn!'

'Cytuno cant y cant.'

Trawodd y ddwy eu poteli yn erbyn ei gilydd.

Dychmygodd Carys edrych i mewn i lygaid tywyll Nav am y tro cyntaf. Llygadu ei wefusau ac ysu am eu cusanu. Estynnodd ei breichiau, a'r botel, i'r awyr. Roedd hi'n teimlo ei hun yn cyffroi.

'Meddylia – ni dal gyda'n gilydd flwyddyn yn ddiweddarach, er gwaetha popeth.'

'*Tair* blynedd yn ddiweddarach,' cywirodd Rose hi.

'Ie, wy'n gwbod.' Doedd Carys ddim. 'A ni'n dwy dal gyda'n gilydd bron i *dri deg* mlynedd yn ddiweddarach.'

'A mwy.' Symudodd Rose yn agosach at Carys a gorffwys ei phen yn erbyn ei braich. Anwybyddodd Carys yr ergyd yn y dweud – dim ond un peth oedd ar ei meddwl.

'Dychmyga'i *cheek* e – Mr Secs God – yn sefyll mewn tafarn ddrewllyd yn siarad am *wellness* gyda pheint yn ei law...' Chwarddodd yn watwarus wrth ddychmygu Nav yn y Vaults yng Nghaerdydd. 'Lwcus bo' fi wedi credu ei *fod* e'n deall y pethe amgen 'ma... Fydden i ddim cystal joci hebddo fe.'

'Dyw hynny ddim yn wir,' meddai Rose yn dawel. Roedd yn gas ganddi glywed ei ffrind yn bychanu ei hun.

'Odi mae e. Dim ond hyn a hyn alli di gyflawni gyda thalent naturiol. Ti angen mwy na hynny i gystadlu yn erbyn y goreuon. 'Na beth ma Nav wedi neud i fi – newid fy neiet i'n gyfan gwbwl, llai o siwgr, mwy o brotin, creu cynllun ffitrwydd arbennig – cofia di, 'na un peth da am yr anaf yma, dim rhagor o *lunges*!'

Ceisiodd Rose chwerthin gyda Carys, ond yn dawel y gwnaeth hi hynny.

'Ti 'di neud lot iddo fe 'fyd,' mentrodd Rose.

'Odw i? Fe sy wedi rhoi'r gorau i fywyd y ddinas i ddod i fyw gyda fi ar ffarm wy ddim hyd yn oed piau hi yng nghefn gwlad Ceredigion. Ffarm a stablau na fydda i byth yn berchen arnyn nhw, achos bydd rhaid eu gwerthu nhw er mwyn i Aled gael ei siâr... 'Na ni. Peth lleia alla i neud yw dod 'ma i Enlli am flwyddyn fach – i ni ga'l cyfle i ddod i nabod ein gilydd 'to fel cwpwl...' Rhoddodd y gorau i barablu. 'Beth amdanat ti, Rose? Beth 'yt ti moyn mewn bywyd?'

Edrychodd Rose arni, fel petai ar fin dweud rhywbeth pwysig.

'Fi? Wy'n hapus yng nghanol y ceffyle,' meddai'n sionc.

'O ddifri, Rose – ma 'da pawb freuddwydion. A bydde bach o gwmni'n neis i ti ar noson oer...'

'Falle, ond wy'n hapus iawn 'y myd. Wy'n joio ar yr iard, er ei fod e'n waith caled a bod Bryn yn gallu bod yn fòs caled —'

'Tria fod yn ferch iddo fe!'

'A ma 'da fi ffrindie da – un ffrind yn arbennig...'

Cliriodd Carys ei gwddf yn fwriadol.

'Ac er ei bod hi ar fin fy ngadel i, wy'n maddau iddi... jest.'

'Mynd dros dro...' Yfodd Carys lwnc mawr o'r ddiod sur. 'Meddylia, fydden i wedi gallu colli fy nghyfle 'da Nav...'

'Pam ti'n gweud 'ny?'

'Wel, y fenyw arall yna. Fuodd hi bron â dwyn Nav dan 'y nhrwyn i.'

'Hi welodd e gynta.'

'Ie, yn gwmws... Welest ti hi, 'te?'

Crymodd Rose ei hysgwyddau.

'Rhyfedd. "Digwyddodd, darfu, megis seren wib." Wwwsh!... Wy'n gweld gwahanol bethe ar amrantiad... wy'n ca'l ambell fflach o'r noson yna erbyn hyn. Wy'n gweld 'yn hunan yn glir. Ond yr unig berson wy'n cofio gweld, ar wahân i Nav, yw ti, fy ffrind gore i.'

Nodiodd Rose yn araf. Trodd hwyliau Carys wrth iddi ddod i ddiwedd y stori. Yn sydyn, roedd hi'n ôl yn y Vaults yng Nghaerdydd.

'O'dd hi wedi ei dal hi, medde Nav.' Slamiodd ben ôl y botel ar y bwrdd bach, y cwrw wedi mynd i'w phen.

'Pwy?'

'Wel, y ddynes yn y Vaults.'

'O.'

'Fflyrtio fel caseg ar hît. Yn rhwbo ei cho's lan ei go's e. Yn gwasgu ei thits yn erbyn ei frest —'

'Tra'i fod e'n sefyll yno'n ddiniwed yn aros i'w dywysoges gyrraedd 'nôl o'r tŷ bach, sbo!' Roedd Rose wedi ei chyffroi.

'Ddim yn gwbwl ddiniwed, o nabod Nav. Ond fydden i ddim eisie dyn boring yn y gwely chwaith.'

'Na fyddet. Ti ddim yn ddiniwed dy hunan.'

'Ddim mor ddiniwed â ti, ife?'

Giglodd Rose. Edrychodd Carys arni. Roedd hi wedi cymryd yn ganiataol bod Rose yn wyryf, ond oedd hi'n naïf i feddwl hynny? Roedd llawer wedi digwydd yn y flwyddyn neu ddwy ddiwethaf a doedd hi ddim wedi bod yn effro i weld y cyfan.

'Ma Nav wedi bod yn onest iawn 'da fi. Ambytu ei fywyd cyn iddo gwrdd â fi. Gwd job iddo neud hynny...'

'Pam ti'n gweud 'ny?' gofynnodd Rose, ei thalcen yn grychau i gyd.

'Fel wedes i, ma pethe'n dod 'nôl i fi bob hyn a hyn. Wy'n cofio. Wedyn, os yw pobol wedi bod yn gweud celwydd wrtha i... wel, bydda i'n gwbod. Un dydd... fydda i'n dala nhw mas. A phan ddigwyddith hynny – *watch out!*'

Neidiodd Carys lan o'i sedd a bron â dychryn Rose fach o'i chroen. Eisteddodd Carys, yr un mor sydyn. Roedd hi allan o wynt. Carys oedd y cyntaf i dorri ar y distawrwydd.

'Rhaid bod ti eisie perthynas? Teulu? Rose...?'

''Na ti 'to. Canol y byd. Cymryd yn ganiataol mai ti yw'r unig un sy'n gallu ca'l y pethe yna. Ti'n meddwl bo' *fi* ddim mewn perthynas achos bo' *ti* ddim yn gwbod bo' fi mewn perthynas.'

'Ond ni'n ffrindie gore. Yn gweud popeth wrtho'n gilydd...'

Symudodd Rose ei phen i'r ochr ac yna i'r ochr arall, fel petai'n ymestyn y cyhyrau.

'Ma cariad 'da ti? Dere mlân, Rose… wy'n desbret am bach o newyddion da yng nghanol yr hunlle yma!'

'Hunlle? Alli di wastad newid dy feddwl, ti'mod, a dod adre i'r ffarm. Falle bod yr hyn sy 'di digwydd yn arwyddion…'

'Paid newid y pwnc. Wy eisie gwbod pwy yw e… dyn… menyw… beth bynnag?'

Tapiodd Rose ochr ei thrwyn.

'Dere. Amser cysgu,' meddai.

Yn y tawelwch, sylwodd Carys ar y tywyllwch. Roedd un o rinweddau awyr Enlli nawr yn ei dychryn hi.

DIWRNOD

3

13

Dihunodd Carys mewn hwyliau pigog, yn synhwyro chwys ddoe ar ei chorff. Ers faint o'n nhw yno? Dau ddiwrnod llawn? Roedd e'n teimlo'n hirach na hynny. Cofiodd am ei gobeithion am Enlli. Llonyddwch. Heb chwyrlïo a chwyno'r dyrfa yn gefndir byddai trydar y drudwy yn dod i'r amlwg. Byddai hud tawel Enlli yn dirgrynu. Eisoes roedd hi'n teimlo'r clawstroffobia o orfod rhannu popeth. Roedd y cartre rhamantus, oedd i fod yn ddelfryd iddi hi a Nav, yn teimlo'n fach ac yn gyfyng. Y to'n isel, y waliau'n denau a'r celfi a'r siang-di-fang di-chwaeth yn ormod ar gyfer y stafelloedd bychain. Roedd wedi dechrau teimlo fel arth mewn tŷ dol ac roedd y caethiwed, y crebachu, yn gwasgu arni. Roedd hi'n ôl yn Nhynrhyd, yn cnocio ar y drws os oedd hi am ddefnyddio'r tŷ bach, rhag ofn fod ei thad yno. Roedd newydd-deb y ffaith fod y cyfleuster hwnnw y tu allan wedi colli ei sglein yn y gwynt a'r glaw.

Teimlai lygaid pobol arni, yn ei gwylio, ac roedd hynny'n ychwanegu at y paranoia. Ni allai ddawnsio o gwmpas yn hanner noeth, canu mas yn uchel na rhegi wrth dynnu coes... Heb sôn am garu yn swnllyd, peth oedd yn amhosib heb Nav! Beth oedden nhw wedi'i ofyn iddi y noson gyntaf honno – faint mewn gwirionedd oedd hi'n ei gofio? Oedd, mi oedd e wedi mynd i rywle, a hynny heb adael nodyn. Ond stwffio nhw a'u blydi amheuon! Estynnodd ei jîns a'i thop, y ddau'n swp ar lawr, a gwisgo amdani. Gadawodd Rose i slwmbran ar y soffa.

Dilynodd ei thrwyn ac anelu i lawr am yr harbwr. Roedd hi'n llai gwyntog na ddoe. Natur yn fwy llonydd. Ond roedd min oer ar ei bochau. Tynnodd y got amdani a brasgamu ymlaen gerfydd ei ffon. Wyt ti yno, Nav? Lawr ar lan y môr? Anelodd i lawr tuag at y traeth gan fwriadu oedi ar ymyl y creigiau. Roedd yna wair a grug ar hyd y ffordd a cheisiodd osgoi y cerrig a'r clympiau o chwyn. Rhyfeddodd Carys at yr olygfa wrth iddi nesáu. Roedd yr ewyn yn fàth sebonllyd. Y pigau gwyn fel eira. Fe allai weld carreg fawr – carreg oedd hi neu forlo llwyd? Cyrcydodd wrth ymyl y dŵr a gwylio'r morloi yn segur yn y sebon, yn huno'n hapus. Meddyliodd am y teulu bach yn Nhŷ Pellaf. Oedd eu cwsg hwythau mor ddiofid o wybod beth oedd yn digwydd o'u cwmpas?

Ymhen ychydig, cododd un morlo ei ben a siglo symud ei gorff trwchus mas o'r bàth, ac yna un arall, ac un arall. Wrth iddyn nhw ddihuno, fe ddechreuon nhw siarad. Yn uwch nag unrhyw griw bad achub. Yn tuchan, yn rhochian ac yn chwerthin yn swnllyd. Roedd eu gweryru mor uchel ag unrhyw geffylau. Ceffylau'r môr, meddyliodd Carys, ac fe gododd hynny wên. Roedd yn drydanol i fod mor agos iddyn nhw a sylwi nad oedden nhw'n newid eu hymddygiad, er ei phresenoldeb hi. Roedden nhw'n byw ar Enlli ers canrifoedd, ac am nad oedd neb yn eu hela roedden nhw'n gysurus yng nghwmni pobol. Yn llawn chwilfrydedd hyd yn oed. Roedden nhw'n gymdeithasol ac yn byw mewn grwpiau, ond doedden nhw ddim yn rhai am fagu perthynas agos ac fe fydden nhw'n hela bwyd ar eu pen eu hunain. Tybed a oedd un o'r rhain yn cario, ac y byddai'n geni morlo bach gwyn cyn Dolig? Cymaint yr oedd hi'n canolbwyntio ei sylw arnyn nhw fel na chlywodd e'n agosáu.

'Ti'n ca'l unrhyw sens mas o'n nhw?'

'Mwy na wy'n ga'l gan fy nheulu fy hunan.' Doedd hi ddim yn meddwl hynny. Roedd hi'n ofni y byddai Elfed yn camddeall. Doedd hi ddim am iddo fynd cyn iddi gael cyfle i ddweud wrtho fe.

'Gofies i rwbeth,' meddai Carys.

'O, ie.'

Ddwedodd y ddau ddim byd am yn hir.

'Sdim diddordeb 'da ti mewn gwbod beth, 'te?' gofynnodd Carys yn y diwedd.

'Na, dim rili.'

Cafodd y nerth o rywle i ddweud ei dweud er ei agwedd ddi-hid.

'Y diwrnod cyn y ras. Buest ti'n edrych ar garnau Afallon,' meddai Carys.

'Do fe?'

'Do. Wy'n meddwl. Ti bownd o fod yn cofio?'

'Trin carnau yw gwaith gof. Pob diwrnod fel pob un arall. Pob ceffyl fel pob un arall.'

Hyd yn oed Tynrhyd Afallon? meddyliodd Carys. Nawr, doedd hi'n sicr ddim yn ei gredu.

Gwthiodd ymlaen. 'Y diwrnod cyn y ras... y diwrnod newidodd popeth?'

'I ti falle.'

Teimlodd ergyd chwip ei ddifaterwch. Fe wnaeth hynny hi'n fwy penderfynol i adrodd ei stori.

'Wy'n trial cofio, rhoi rhyw fath o drefn ar bethe yn 'y mhen i. O's syniad 'da ti mor anodd yw hynny?' gofynnodd Carys.

'Alla i tsieco 'nyddiadur – pan ni gatre, os ti moyn.'

'Elfed! O'dd rhwbeth yn bod ar garnau Afallon?'

Cododd Elfed ei ben, a syllu yn ei flaen yn gwylio'r gorwel trwy ei lygaid lliw lludw, ond ddwedodd e ddim byd.

'Sdim ots, sbo.' Cydiodd mewn carreg, ac anelu, yn barod i'w thaflu ar y creigiau. Yna cofiodd am y morloi. Rhoddodd y garreg i lawr.

'Beth yn gwmws 'yt ti moyn gwbod?' meddai Elfed.

Edrychodd y ddau ar ei gilydd.

'Y ddamwen… pam ddigwyddodd hyn i fi?' Cododd Carys ei ffon.

'Drych, sai'n gwbod, odw i? Ond y diwrnod cyn 'ny…'

'Ie, y diwrnod cyn 'ny…?'

'Deimlest ti wres yn un o garnau Afallon. Y go's gefen ar y dde. Ddangosest ti i dy dad, ac i Rose, wy'n credu. Rhag ofn y bydde hi'n cloffi. O'dd Bryn ddim yn gweld dim byd yn bod. Ofynnest ti i fi ga'l golwg hefyd.'

'A?'

'Dim byd.'

'Dim gwres?'

'Dim i fi ei deimlo… Ma jocis yn cwmpo trw'r amser, Carys. Ti ddim gwahanol i neb arall, sori.'

Teimlodd hi'r ergyd honno hefyd. Roedd ei phen yn brifo – y canolbwyntio yn ei gwneud hi'n dost, fel petai hi'n boddi wrth fynd yn rhy bell o'r lan.

'Ond ma rhwbeth arall. O'dd rhwbeth ddim yn reit, Elfed.'

'Gad e fod, 'chan.'

'Pam?'

'Achos 'na'r broblem 'da gofyn cwestiyne – falle fyddi di ddim yn lico'r atebion.'

Dechreuodd un o'r morloi besychu. Fel petai darn styfnig o froc môr yn sownd yng nghefn ei wddf.

'Wy'n mynd 'nôl,' meddai Elfed yn gadarn. Dechreuodd gerdded ar hyd y gwair, yna stopiodd. Oedd e wedi sylweddoli nad oedd Carys yn ei ddilyn? Taflodd bluen i ddal y pysgodyn. 'Dere! Falle fydd Nav wedi cyrraedd gatre.'

*

Roedd hi'n nabod Elfed ers blynyddoedd. Ond fe fyddai Carys yn orofalus wrth ei drin, yn methu dyfalu beth fyddai ei ymateb, ac yn ofni y byddai'n ei gwrthod hi am ryw reswm. Rhaid eu bod nhw'n ffrindiau os oedden nhw wedi nabod ei gilydd cyhyd, ac eto... Prin fyddai e'n edrych arni, yn edrych i fyw ei llygaid hi, yn edrych go iawn. Oedd hynny am ei fod e'n ofni gwneud hynny – yn ofni cael cerydd ganddi, yn ofni gweld cymaint roedd e'n ei feddwl iddi? Neu am nad oedd ganddo'r diddordeb lleiaf, nad oedd e'n ei lico hi hyd yn oed?

Ai Elfed oedd morlo Tynrhyd? Yn byw fel un o griw, ond heb ddymuniad i fagu perthynas agos. Er y dieithrwch, roedd hi'n hawdd cael ei denu i'w gwmni. Roedd dweud ei dweud neu dynnu coes fel gwisgo hen faneg, er mai hi fyddai'n chwerthin ar ei jôcs ei hun gan amlaf.

Faint oedd hi'n ei wybod am ei fywyd personol? Roedd e'n trin ceffylau ond doedd ganddi ddim cof o'i weld yn reidio. Roedden nhw'n arfer hacio mas gyda'i gilydd, medden nhw, ond doedd e byth yn sôn am hynny wrthi. Roedd e'n ddigon golygus – petaen nhw ddim yn ffrindiau fe fyddai'n fodlon cydnabod ei fod e'n olygus. Roedd e'n dal, ond ddim yn rhy dal, ac er bod ffedog y gof yn cuddio'r rhan fwyaf o'i gorff ar yr iard, roedd y breichiau cyhyrog yn amlwg iawn. Hoffai rwbio ei ben moel pan fyddai'n meddwl, ei aeliau tywyll yn crychu uwchben dwy lygad lwyd fel y cymylau. A phan oedd yn yr hwyliau iawn, roedd ganddo wên i doddi menyn. Peth blin yr olwg oedd Dibs, ei fwngrel ffyddlon a fyddai'n eistedd ger y fan yn aros yn ufudd iddo orffen ei waith, yn chwyrnu'n dawel ar bobol ond byth yn cyfarth ar y ceffylau – am ei fod yn ofni mentro?

Pan fyddai hi'n gofyn i Elfed sut oedd e, ei ateb fyddai 'digon da'. Fyddai e byth yn gofyn sut oedd hi. Roedd e'n hen deip. Fyddai e ddim yn gofyn unrhyw beth personol iddi, dim ond gwrando. Roedd yna amser pan oedd hynny'n ddigon. Ai dyna fyddai hi'n arfer ei wneud? Arllwys ei chalon gan dybio ei bod yn ei ddiddanu?

Roedd e'n rhentu stafell yn nhŷ ffrind. Doedd dim sôn am gariad. Roedd hynny'n od i ddyn ei oed e, does bosib. Ond efallai ei bod hi'n cymryd pethau'n ganiataol, yn meddwl bod y diffyg rhannu yr un peth â dweud nad oedd ganddo rywbeth i'w rannu petai e'n dymuno gwneud hynny. Efallai mai dewis cadw ei fywyd preifet rhagddi roedd Elfed. Roedd yna lawer roedd e'n dewis peidio â'i ddweud. Gwaith corfforol iawn, pedoli ceffylau. Gwaith caled. Roedd rhaid codi troed trwm yr anifail i'w drin, tynnu'r hen bedol, siafio'r carn, poethi'r bedol a'i churo, yn ôl ac ymlaen rhwng y ceffyl a'r engan, nes bod y bedol yn ffitio fel hosan, yna ei phlymio yn y dŵr oer gan godi mwg a chreu drewdod rhyfeddol. Efallai fod yna rywun wedi torri calon Elfed rywbryd a bod arno ofn mentro ers hynny. Ond doedd gof ddim yn gallu gwneud ei waith heb ddisgwyl ambell gic.

Credai Carys y gallech chi ddweud llawer am berson wrth y ffordd roedd yn trin anifeiliaid. Doedd hi ddim yn ymddiried yn unrhyw un oedd ddim yn eu hoffi. Weithiau, fe fyddai Elfed yn ddiamynedd, yn ffwr-bwt wrth siarad â cheffyl ifanc ond, wrth fod yn gadarn ei weithredoedd, roedd hefyd yn ofalus.

A fyddai yn ei natur i gam-drin Afallon mewn rhyw ffordd? Beth fyddai i'w ennill o wneud hynny? Ei gweld hi'n colli'r ras? Ei sbeitio hi? Does bosib! Doedd dim byd i'w ennill yn ariannol. Fe fyddai Elfed yn colli ei swydd a'i enw da petai rhywun yn dod i wybod beth roedd e wedi ei wneud – ei fod wedi amharu ar garnau un o brif geffylau rasio y pencampwr, Brynli Thomas. Ble fyddai e wedyn? Fe fyddai'n colli mwy na'i waith.

Ai dial oedd y cymhelliad? Dial ar ei thad? Neu arni hi, yr un roedd e'n gwybod fyddai'n eistedd yn y cyfrwy ar ddiwrnod y ras? Beth allai hi fod wedi ei wneud i Elfed fyddai'n haeddu hynny? Ai hi oedd yr un oedd wedi ei siomi, wedi torri ei galon?

Dychmygai Carys ei hun yn ei holi:

'Ti heb edrych arna i ers y ddamwain. Falle mai un fel'na wyt ti – wy ddim yn cofio... Ond falle bod yna reswm arall. Falle 'mod i wedi neud rhwbeth i ti, i dy frifo di, a dy fod ti ffaelu maddau i fi.'

Yna, dychmygai ei ateb:

'Cyfleus, on'd yw e? Gallu anghofio beth wyt ti eisie, a bwrw mlân gyda phopeth arall. Twll tin pob un. *Typical* o bobol fel ti, sy 'di ca'l popeth ar blât.'

Roedd ar flaen ei thafod hi i'w holi: 'O'n ni'n gariadon?' Ond byddai gofyn hynny'n gyfaddefiad o fath. Yn gyffes y *gallai* e fod yn fwy na ffrind yn ei meddwl hi, y *gallai* hi ei ffansïo fe. Y byddai hi'n dymuno rhwygo'r crys polo yna oddi ar ei gyhyrau – ac wedyn beth?

Oedd e wedi gweld cyfle i ddial ar yr ynys? Roedd Nav wedi diflannu yn ddisymwth. Beth os oedd rhywun wedi ei frifo, beth os oedd Elfed wedi ei frifo... ac wedi gwenwyno ei thad? Oedd e'n gobeithio y byddai hi'n cwympo 'nôl mewn cariad ag e yn ei galar? Ac eto, allai Elfed ddim bod yn fwy di-hid. Roedd hi wedi rhoi cyfle euraid iddo ddangos ei deimladau ond roedd e wedi dewis peidio. Doedd y peth ddim yn gwneud sens.

Oedd Elfed mor grac â hi fel ei fod e'n methu dangos ei deimladau? Doedd bosib ei fod e mor ddwl â meddwl y bydden nhw'n gallu dychwelyd i'r ffarm gyda'i gilydd, y byddai hi'n anghofio am golli Nav, am golli ei thad, ac y bydden nhw'll dau yn cymryd awenau'r busnes! Ac eto, roedd hynny'n rhywbeth roedd hi'n ei wneud yn dda nawr – anghofio a symud ymlaen.

Siglodd Carys ei phen a cherdded i ffwrdd cyn iddi yrru ei hun yn wallgo. Yng ngherydd isel y gwynt fe ddaeth iddi eiriau ei thad, 'Rhaid gwylio'r rhai tawel'. Daliodd ati yn ddygn i gyrraedd y tŷ er gwaetha clymau'r gors. Hi oedd y cyntaf i afael ym mwlyn y drws.

14

Daeth cnoc ar y drws ddiwedd y pnawn. Pig aderyn wedi colli ei ffordd. Neidiodd Aled o'r soffa, a llwyddo i ddychryn ei chwaer a sawl un arall ar yr un pryd.

'Hale-ffycin-liwia!' bloeddiodd.

Brasgamodd am y drws a'i agor led y pen, yn amlwg yn disgwyl newyddion da.

Yno, roedd dryw bach o ddyn ar ei ben ei hun. Llyncodd Carys ei siom. Oedd hwn yma i'w hachub nhw? Doedd e ddim yn arbennig o dal ac roedd yn denau fel rhywun oedd yn gwneud gormod o ymarfer corff. Tybiai Carys ei fod yn tynnu am ei hanner cant. Gwisgai dop rhedeg a throwsus tywyll ac roedd sgidiau cerdded mwdlyd am ei draed. Roedd ei ddillad yn wlyb stecs ac o dan ei het roedd ei wallt hir, llawn glaw yn glynu am ei fochau. Roedd yn anadlu'n ddwfn ac yn gafael yn ei frest bob hyn a hyn fel petai e mewn poen. Beth oedd e wedi bod yn ei wneud i fod mor fyr ei anadl?

Rhythai'n syn ar Aled, y storm yn ei lygaid. Yna, gwegiodd heibio iddo fel un wedi meddwi. Edrychai ychydig yn fwy o faint, unwaith roedd e yn y tŷ.

'Hei, hei, ble ti'n mynd?' holodd ei brawd.

'Peidiwch gadel neb mewn!' galwodd June, oedd bellach ar y landin, yn ffieiddio at y syniad.

'Falle bod ffôn 'da nhw… signal…' meddyliodd Carys yn uchel.

Aeth y dieithryn heibio i Aled, ei ysgwydd yn taro yn erbyn ei ysgwydd e. Estynnodd Aled ei fraich i afael ynddo, ond roedd y dyn wedi pwyllo ac yn sefyll yn stond, ar ôl i'w lygaid addasu i'r golau pŵl. Cerddodd ymlaen at y soffa yn y gegin a chamu dros ddannedd y stribed fetel. Roedd y stafell yn orlawn a hwyrach bod hyn wedi taflu'r dieithryn oddi ar ei echel achos fe ddechreuodd simsanu eto, fel petai ar fin cwympo.

'Wow, 'chan.' Cydiodd Elfed ynddo a'i sadio gyda'i freichiau cryf, cyhyrau oedd yn gallu llonyddu stalwyn er mwyn ei bedoli.

'O'n i ddim yn gwbod bod tafarn ar yr ynys. Fydden i wedi ymuno â ti am gwpwl o beints,' meddai Aled, yn tynnu coes.

Gwgodd Lisa. Crymodd Aled ei ysgwyddau, fel petai'n awgrymu na fyddai un peint bach yn gwneud dim drwg. Roedd rhai'n well am gadw'u pennau. Rose oedd yr un oedd yn eistedd wrth y bwrdd, yn chwarae gêm o ddraffts ddi-raen roedd wedi dod o hyd iddi gyda Huw.

Roedd yn rhyfedd o fyd. Dieithryn llwyr wedi glanio

yn eu canol nhw. Doedd y sefyllfa ddim yn helpu hunanfeddiant Carys. Un gwan yr olwg oedd e, ond a ddylen nhw ei ofni? Teimlodd ias i lawr ei hasgwrn cefn.

'Beth yw dy enw di?' gofynnodd Aled. Yna, *'What's your name?'* pan atebodd e ddim.

'Rhowch bach o lonydd iddo.' Roedd June wedi ymuno a nhw lawr staer erbyn hyn ac wedi newid ei chân. 'Dyw'r dyn bach ddim yn gallu anadlu a chithau'n crowdo rownd fel 'sech chi mewn parti cerdd dant.'

Gwrandawodd y dynion ar June a chamu 'nôl ychydig bach, ond roedden nhw'n dal i sefyll o fewn cyrraedd i'r dieithryn, rhag ofn.

'Do you speak Welsh?' holodd Elfed.

Nodiodd y dyn. 'Yndw,' meddai'n dawel a llyncu ei boer.

'Fyddi di'n deall pan fydda i'n dweud wrthot ti am fynd o 'ma i sobri, 'te.'

'Nage wedi meddwi mae e. Ma'r dyn mewn po'n,' ceryddodd June.

'Ma fe 'di dod i'r lle reit, 'te. Ni gyd yn godde fan hyn.'

Rhythodd Carys ar Elfed. Doedd e ddim fel fe i siarad mor blaen. Rhwbiodd ei ben moel a chrychu ei aeliau.

'Beth yw'ch enw chi?' Triodd Carys tro hyn.

'Dwi'm... dwi'm... yn cofio...'

'Ma pawb yn gwbod ei enw, w,' meddai June yn gecrus.

'Ma 'mhen i…' dechreuodd y dyn ddweud, fel petai am egluro, ond yna rhoddodd y gorau iddi. 'Dwn i'm.'

Roedd ei lygaid yn flinedig, y croen oddi tanyn nhw yn gysgodion.

'Peidiwch gwrando ar y lleill. Croeso i chi aros nes eich bod chi'n teimlo'n well,' meddai Carys.

'Na, fedra i'm aros. Tydi hi'm yn saff i aros mewn un lle. Ma'n nhw ar 'yn ôl i. Os na fydda i'n symud, fyddan nhw'n fy nal i…'

Dyna pryd y sylweddolon nhw eu bod wedi gadael y drws ffrynt ar agor. Cipiwyd e gan y gwynt ac fe gaeodd yn glep gan wneud i bawb neidio.

★

Gymerodd e dipyn o berswâd ond fe wnaeth yr un dienw fodloni i eistedd a chymryd disied.

Gwelodd Aled y cyfle i ddod i flaen y llwyfan. 'Beth y'ch chi'n galw dyn heb enw? Lwcus. Fydd ei wraig e ffaelu galw 'no fe!'

'Tyfa lan,' meddai Lisa.

Edrychai June ar y dyn yn amheus. Yn ei stripio gyda'i llygaid, yn chwilio am arwyddion ei fod e'n gwaedu, wedi ei anafu, wedi ei gleisio.

'Sdim lla'th i ga'l 'da ni, sori – dim hyd yn oed lla'th almwn,' meddai June.

Derbyniodd y dieithryn y ddisied yn ufudd. Sipiodd yn amheus, yna yfed yn fwy awchus.

'Licech chi lased o ddŵr?' Astudiodd June y dyn. 'Aled? Cer i ôl dŵr iddo fe.'

'Pam fi?' Fe ufuddhaodd er gwaetha'r gŵyn.

Yfodd y dyn y dŵr ar ei ben. Roedd yn anadlu'n fwy naturiol erbyn hyn ond yn dal i rwbio'i ben.

'Pwy y'ch chi, 'te, bach?' gofynnodd June.

Siglodd y dyn ei ben yn araf.

'Dwi fod i wbod,' meddai.

'Wel, odych. June ydw i.'

'O'dd June yn arfer bod yn nyrs... 'Na le mae'n ca'l ei *bedside manner*... Tsiecwch ei bocedi fe tra bo' chi wrthi, June.'

Roedd hi'n amlwg wrth ei hwyneb nad oedd June yn hoffi geiriau Aled. Atebodd yn siarp,

'Howld on nawr, Aled. So ni'n mynd trwy bocedi neb.'

'Gwedwch chi, June.' Roedd yna gnoad yn nweud Aled ac awgrym bod June yn hapus i helpu ei hun i bres ei dad. Culhaodd hi ei llygaid cyn mynd ymlaen i holi,

'O's ffôn 'da chi, bach? Ym mhoced 'ych trowsus chi falle?'

Fe wnaeth y dyn sioe o deimlo ei drowsus rhedeg, ond yna roedd fel petai wedi cofio rhywbeth...

'Maen nhw'n mynd â'ch pethau chi i gyd,' meddai.

'Beth? Ma mwy nag un ohonoch chi?' meddai Carys.

Nodiodd y dyn.

'Blydi hel. Perffeth!' galwodd Aled.

'Sawl un o'n nhw sy, 'te, bach?'

'Miss Marple,' sibrydodd Aled.

Doedd Carys erioed wedi clywed June mor fwyn. Ai fel hyn roedd hi wedi hudo ei thad, yr un fu'n dweud am flynyddoedd na fyddai e byth yn ailbriodi? Na fyddai neb cystal â Siân, mam Carys?

'Dwi'm yn saff, 'chi.'

'Pam bo' nhw ar 'ych ôl chi, 'te? Chi 'di neud rhwbeth o'ch chi ddim i fod?'

Roedd June yn ei helfen. Petai wedi blino ar nyrsio fe allai fod wedi cael job gydag MI5, meddyliodd Carys. Doedd dim tystiolaeth iddi fod yn nyrs, meddyliodd yn chwareus, dim ond ei stori ei hun.

'Dwi'm yn siŵr iawn... Cofio rhedag – dwi'n ffit, dwi'n meddwl. Dwi'm 'di rhedag mor galed ers tro... Doedd gynna i'm llawer o fwyd na dŵr... Aeth hi'n nos arna i... Ar yr ynys, mae 'na gymylau dros 'yn pennau ni o hyd.'

'*Rest* sy eisie arnoch chi, weden i.'

Hoeliodd y dyn ei sylw ar June, ei lygaid yn llawn anghrediniaeth.

'Alla i'm aros. Ma'n nhw ar 'yn ôl i. Alla i'm gadael iddyn nhw 'nal i. Dach chi'n dallt?'

★

Er gwaetha'i eiriau, bodlonodd y dieithryn i setlo ar y soffa yn y lolfa fach, gydag Elfed ac Aled yn ei wylio tra bod y lleill wedi dianc nôl i'r gegin i ôl rhagor o ddŵr. Roedd rhesymeg ei eiriau yn garbwl fel rhywun oedd wedi ei amddifadu o ddŵr. Er gwaetha mwynder yr holi, doedd June ddim yn ei hoffi o gwbl. Sibrydai'n fygythiol wrth Carys a Rose oedd wedi ymuno â nhw wrth i Lisa gymryd ei thro i ddiddanu Huw.

'Pwy fath o berson sy â phobol yn ei gwrso fe? Dim person call. Ma'n amlwg yn cymysgu gyda'r bobol rong – drygis a *whatnots*... Os dalan nhw fe fan hyn, allen nhw'n lladd ni i gyd.'

''Na ddigon o'r *amateur dramatics*, June.' Tynnodd Carys ei chardigan yn dynnach amdani. O'n nhw'n gallu ei chlywed hi yn y lolfa?

'Eitha gwir i chi... Arhoswch chi nes eich bod chi 'yn oedran i. Neb yn gwrando, er eich bod chi'n siarad yn gall â nhw. Wy'n sylwi ar bopeth. Sai 'di cysgu winc ers bo' fi 'ma. Wy'n gwbod yn iawn pwy sy 'di bod yn mynd miwn a mas.'

Cododd Lisa ar hynny, gan adael Huw yn gegrwth

yng nghanol gêm. Cydiodd yn y gwydryn a mynd allan o'r stafell. Dilynodd Carys hi.

Yn y lolfa fach cynigiodd Lisa y dŵr i'r dieithryn.

'Wedoch chi bo' nhw ar eich ôl chi. Chi'n cofio gweud hynny?' gofynnodd Lisa.

Nodiodd y dyn.

'Pwy y'n nhw?'

'Oes gynnau gyda nhw?' torrodd Carys ar ei thraws.

'Nag oes... oes.' Mwmblodd rywbeth pellach.

Edrychodd Carys o un i'r llall yn fuddugoliaethus. Roedd hi 'di dweud, on'd do! Anwybyddodd June hi.

'Beth wedoch chi, bach?'

'Dwi'n cofio... enw...' meddai'r dyn.

'Eich enw chi?' meddai Carys.

'Na... dim fy enw i... enw arall. Oedd 'na rywun yn fy ffordd i... ar y llwybr... Oedd o'n fawr, yn gry'... Oedd o'n cau symud... Gydiodd o yndda i. Oedd o'n cau gadael fynd... Ofynnais i pwy oedd o...'

'Atebodd e chi?' gofynnodd Carys.

'Nav.'

Roedd clywed ei enw fel mellten yn ei tharo.

'Beth?' Roedd hi mas o wynt.

'Dyna oedd ei enw o... Nav.'

Gwasgodd Carys ei llaw yn erbyn ei cheg ond roedd pawb eisoes wedi clywed yr ochenaid a ddaeth o'i genau.

★

Aeth Aled yn ôl i'r gegin a dilynodd Carys ac Elfed ef. Roedd June wedi mynd at Bryn a doedd dim golwg o Huw chwaith, ond hwyrach fod hwnnw yn y tŷ bach. Unwaith eu bod nhw ar eu pen eu hunain ystumiodd Aled gyda'i geg, 'Ma fe 'di ca'l bang ar ei ben.' Anelodd ei fys at ochr ei dalcen, arwydd nad oedd e'n meddwl bod y dieithryn yn hanner call.

'Ydy e'n ddansierus?' sibrydodd Elfed. Safai ger y drws yn cadw llygad rhag ofn i'r dyn ddod i'r golwg.

Ochneidiodd Carys yn ddig.

'Pam fydde pobol ar ei ôl e?' Doedd Carys ddim eisiau ei gredu.

'Falle'i fod e'n *criminal mastermind*,' gwamalodd Aled. 'Unwaith iddo gofio hynny bydd e'n ein lladd ni i gyd!'

'Dyw e ddim yn ddoniol!' Trawodd Carys ei brawd. Oedd e'n cofio bod John Rees wedi marw? Bod Nav ar goll?

'Allith e ddim aros fan hyn,' meddai Aled.

Rhythodd Carys ar ei brawd

'Beth? Sdim gwely sbâr 'da ni i ddechre. Sdim digon o fwyd i ni heb sôn am dramps a gwehilion.'

'Pwy fath o bobol y'n ni os y'n ni'n gwrthod helpu rhywun mewn angen?' meddai Carys.

'Rhywun sy newydd gyhuddo dy ddarpar ŵr di o'i fygwth e,' atgoffodd Aled hi.

'Dim 'na beth wedodd e.' Roedd Carys yn dal i bendroni.

'O'dd e'n swno'n eitha siŵr o'i bethe. Dyw "Nav" ddim yn enw cyffredin iawn ar Enlli,' meddai Elfed, ei lais yn fflat.

'Wel, dyw Nav ddim yn ddyn drwg,' meddai Carys yn gadarn. Edrychodd y ddau arall arni. 'Wy'n nabod e!'

'Faint o bobol eraill sy ar yr ynys 'ma? Ti siŵr o fod yn gwbod, *sis*.'

'Sneb arall i fod yma. Dim ond fi, Nav a John Rees.'

'Ond so ti'n gwbod hynny.'

'Wel, nagw, sbo.'

Plediodd Aled arnyn nhw,

'Beth yw'r dewis arall? Mai un ohonon *ni* laddodd John Rees?'

Atebodd Elfed cyn iddyn nhw gael cyfle i ystyried hynny,

'Falle bod dim "nhw" i ga'l a bod ti'n iawn, Aled – bod y dyn 'ma off ei ben,' meddai.

'Ma fe 'di dod o rywle, on'd yw e?'

'Tase rhwbeth yn digwydd i fi…' cynigiodd Carys.

'Rhwbeth *arall*, ti'n feddwl.'

'Ie, diolch, frawd. Tasen i angen help… yn cnoco ar ddrws dieithriaid yn gofyn am gymorth… byddech chi eisie i bobol fy helpu i, fyddech chi?'

Roedd Elfed yn edrych ar y llawr, patrwm geometrig y leino o ddiddordeb mawr yn sydyn iawn. Anadlodd Aled mas yn uchel.

'Wel?'

'Bysen, sbo… Allen ni wastad ei helpu fe i gysgu'r nos,' meddai Aled.

'Wow, nawr. Am be ti'n siarad?' Edrychai Elfed yn anghyfforddus.

'Tabled fach, 'na gyd. Un ffordd o sicrhau bod e ddim yn ein lladd ni yn ein cwsg.'

'Sdim byd fel'na i ga'l 'da ni,' meddai Carys.

Atebodd Aled fel adlais,

'Na, ond ma digon 'da Nav,' meddai.

'Dim 'na beth sy 'da fe. Meddyginieth amgen yw pethe Nav.'

Roedd anwybodaeth Aled yn anhygoel weithiau. Crymodd Elfed ei ysgwyddau yn awgrymog.

'Na!' meddai Carys yn gadarn, gan gofio beth oedd wedi cael ei awgrymu eisoes, mai Nav oedd wedi tawelu ei thad.

'Iawn iddo aros – am y tro,' meddai Aled. 'Ond bydd rhaid cadw llygad arno fe.'

Aeth Carys ac Aled heibio i Elfed ger y drws gan anelu am y lolfa fach. Daliodd Carys lygad Elfed wrth iddi fynd.

'Ti 'di ca'l dy ffordd dy hunan 'to, 'te,' meddai wrthi hi.

15

Cawl. Dewis perffaith. Fe allen nhw chwilota am hyn a'r llall o'r oergell a'r cwpwrdd, gan gynnwys pethau oedd yn tynnu at ddiwedd eu hoes. Fyddai dim cig wrth gwrs – ffaith oedd wedi achosi i Aled droi ei drwyn yn syth. Ond fe fyddai'r cawl yn dwym ac yn llenwi'r bola, a siawns y byddai bach o faeth ynddo fe hefyd. Heb fawr o siâp cwcan ar Carys ei hun, fe anfonodd hi Aled a Lisa mas i'r ardd fach yn y cefn, oedd yn edrych ar ei gwaethaf nawr ei bod hi'n aeaf ac am nad oedd neb wedi ei chymoni ers tro byd, ac fe ddaethon nhw 'nôl â lwmpyn o genhinen, cwpwl o foron truenus yr olwg a rhywbeth gwyrdd nad oedd unrhyw un yn gallu rhoi enw iddo. Y cwbl yn stecs bawlyd. Roedd Nav wedi dod ag ychydig o berlysiau o'r tir mawr ac fe aeth Carys ati i'w torri nhw, gan drio cofio sut oedd cogyddion yn gwneud hynny ar y teledu. Yna aeth ymlaen i ymosod ar y domen fach o blanhigion briwedig roedd Aled a Lisa wedi eu casglu. Edrychodd arnyn nhw, wedi eu torri bob siâp. Fe allai'r cais am le ar *MasterChef* aros, meddyliodd. Aeth y cwbl i fewn i ychwanegu at flas y cawl.

Roedd gan Lisa fwy o glem yn y gegin na'r brawd a'r chwaer, ac roedd hi'n amlwg yn hapusach o gael rhywbeth i'w wneud. Fe aeth ati yn dawel i blicio a thorri'r llysiau a'u meddalu mewn ychydig o olew. Doedd Lisa heb wneud ffŷs am y ffaith bod Nav a Carys yn bwyta deiet difraster a ddim wedi dod â menyn gyda nhw. Wrth i'r llysiau ffrwtian yn dawel fe sylweddolodd Carys fod angen bwyd arni.

Ymosododd June ar y cawl fel rhywun oedd heb weld bwyd ers diwrnodau. Roedd Bryn yn cysgu, ac roedd hi wedi cadw powlaid iddo. Cywilyddiodd Carys wrth ystyried efallai i'r fenyw hon fod yn mynd heb fwyd er mwyn i'w thad gael digon i lenwi ei fol, i gryfhau. Roedd ymateb rhai o'r lleill i'r swper yn fwy llugoer: Lisa yn pigo fel aderyn ar ei chreadigaeth ac Aled yn bwyta'r pryd llysieuol fel petai'n amsugno gwenwyn. Roedd Carys yn amau ai dyma ddewis fwyd Huw, ond roedd e'n foi mawr ac roedd e angen bwyd, felly bwytaodd y cwbl. Roedd compliments yn brin, Rose yr unig un werthfawrogol, ond bwytai Elfed yn ddigon bodlon ci fyd ac roedd yn rhaid i Carys gyfadde iddi hi ei hun bod y cawl yn ddigon derbyniol – er bod yna ryw adflas nad oedd at ei dant hi.

Roedd y dyn dieithr yn pendwmpian – roedd Aled wedi dechrau ei alw e'n Dai Death am ei fod yn edrych fel petai ar ei wely angau pan ddaeth i'r drws. Esiampl arall o hiwmor amheus ei brawd. Ond roedd Carys yn rhy flinedig i ddadlau. Ro'n nhw wedi dewis y soffa yn y gegin fel gwely dros dro iddo fel eu bod yn gallu cadw llygad arno. Bodlonodd Huw i gysgu ar y gadair esmwyth. Ond roedden nhw'n poeni mai ffugio cysgu oedd e ac felly doedd neb wedi dweud rhyw lawer dros fwyd.

Nyrs June oedd y cyntaf i godi, yn awyddus i sicrhau y byddai bwyd ar gael unwaith y byddai Bryn ar ddihun, siŵr o fod. Ond prin roedd hi wedi esgusodi ei hun cyn ei bod hi'n gafael yn ei bola ac yn gwasgu ei llaw am ei cheg. Stwmblodd i'r cyntedd ac am y drws, ond methodd ei agor cyn i'r chwŷd dasgu allan, yn un fochfa. Roedd hi'n amlwg ei bod hi'n bell o fod yn iawn. Eisteddai'r lleill wrth y bwrdd, wedi rhewi wrth wrando ar yr hyn oedd yn digwydd. Fe allai Carys ddychmygu mai June fyddai'r cyntaf i lanhau ei hannibendod ei hun, ond fe wnaeth honno ymdrech arall i agor y drws a llwyddodd y tro hwn. Aeth Lisa ar ei hôl i'r toiled tu fas. Fe arbedodd hynny Huw, oedd wedi dechrau codi. Rhoddodd Rose law warchodol ar ei ysgwydd. Doedd Carys ddim yn siŵr a ddylai chwerthin neu grio. Doedd fawr o chwant bwyd ar neb ar ôl hynny. Cododd Carys i lanhau'r stecs wrth y drws.

★

Roedd hi'n anodd dewis un person i'w feio am salwch June. Sut allai rhywbeth fod o'i le ar y cawl? Roedden nhw i gyd wedi ei fwyta – ar wahân i Bryn a Dai Death oedd wedi cael sbarion eraill a mynd yn ôl i gysgu – ac roedd y lleill yn iawn, ar hyn o bryd. Efallai fod gan June alergedd ofnadwy nad oedd neb yn gwybod amdano? Nad oedd hi ei hun, y nyrs ysbïwr, yn gwybod amdano. Neu oedd rhywun wedi rhoi rhywbeth amheus ym mwyd June? Planhigyn gwenwynig o ryw fath?

Lisa oedd yn gyfrifol am ei baratoi a'i goginio, ac felly fe allai hi fod wedi heintio cawl June. Ond roedd Aled a Carys yn y gegin hefyd. Aled a Lisa aeth i'r ardd i fforio ond fuon nhw i gyd yn chwilota am gynhwysion yn yr oergell a'r cypyrddau. Fe aeth rhai o berlysiau Nav i'r berw hefyd – Nav. Pam oedd pob peth yn dod yn ôl ato fe? Triodd Carys gofio pwy oedd wedi rhoi'r bowlen gawl i June – ai Rose neu Huw? A beth am y dieithryn? Allen nhw fod yn hollol sicr bod hwnnw heb ymyrryd?

Pam fyddai un ohonyn nhw'n dymuno gwneud June yn sâl? Digon gwir fod Carys ddim yn hoffi'r fenyw, ond byddai ceisio ei lladd yn fater arall. Roedd Lisa yn y gegin, ond fe fu Elfed yn helpu i gymoni'r bwrdd bach ac estyn y powlenni cynnes o un person i'r llall. Efallai y byddai June ei hun yn cofio pwy fu'n gweini arni, ond doedd hi a Lisa ddim wedi dychwelyd o'r tŷ bach eto. Beth oedd Carys yn mynd i'w ddweud wrth ei thad?

Yna trawodd syniad arall Carys – roedd yna gymaint o fwrlwm wrth y bwyd, efallai fod June wedi cael y fowlen gawl yn ddamweiniol. Efallai nad June oedd y targed o gwbl.

DIWRNOD

4

16

'Oes rhywun 'di gweld June bore 'ma?' gofynnodd Rose.

'June?'

Am funud roedd yn rhaid i Carys ystyried am bwy roedden nhw'n sôn. Doedd hi byth yn anghofio ei henw ei hun – dim hyd yn oed pan oedd y doctor wedi galw arni i geisio ei dihuno y tro cyntaf hwnnw, yn dilyn y ddamwain. Roedd ei chlywed hi'n dweud 'Carys' wedi ei dihuno. Roedd ei hisymwybod yn deall bod y meddyg yn galw arni.

'Dyw e ddim fel hi i beidio bod ar ei thraed, yn llenwi'r lle...'

'... ac yn paratoi brecwast i Dad,' cofiodd Carys gyda braw.

'Ie, a hynny 'fyd,' meddai Rose a gafael mewn llestr arall i'w sychu.

'Falle bod Huw 'di glychu ei byjamas a bod angen help arno fe i newid.'

'Aled!'

Chwarddodd Carys a cheryddu ei brawd yr un pryd, ond caeodd ei cheg yn go glou wrth weld yr olwg syber ar wyneb Rose.

'Aled!' gwaeddodd Lisa o lan lofft.

Ond Carys gododd yn gyntaf. Roedd Lisa wedi cynnig mynd i tsiecio ar Dad. Beth os oedd rhywbeth yn bod arno? Teimlodd Carys y lwmp yn ei gwddf. Beth os oedd e wedi gwaethygu dros nos? Beth os oedd e...? Erbyn iddi gyrraedd gwaelod y staer, roedd hi mas o wynt, cyfuniad o ofid ac ymdrech. Roedd ei brawd yn llawer mwy chwim na hi y dyddiau 'ma, roedd yn gas ganddi gyfadde, ond ar waelod y stepiau pren taflodd Carys ei ffon o'r neilltu ac ymestyn ei breichiau fel ei bod yn llenwi'r staer fel na allai Aled ennill y blaen arni. Trodd Aled a gweiddi dros ei ysgwydd ar weddill y criw,

'Rhoswch chi fan'na.'

Tybiodd Carys iddi glywed llais Rose, yn gobeithio bod pawb yn olreit.

Cydiodd yn y reilen dderw gyda'i llaw dde a'i defnyddio i roi momentwm iddi allu tynnu ei chorff i fyny. Teimlodd bìn siarp yn ei bys bawd. Anadlodd i atal ei hun rhag gweiddi mas, rhag tynnu sylw ei brawd at unrhyw wendid. Fe allai ddelio â'r sblinter wedyn.

'Aled...' galwodd Lisa eto, ond roedd ei llais yn wahanol, yn llawn ansicrwydd y tro hwn.

'Wy'n dod,' atebodd Aled.

Oedd yna rwystredigaeth yn ei lais? Teimlodd Carys ei hun yn simsanu. Roedd angen y llaw ar y reilen i gadw'i hun rhag colli ei balans. Doedd hi ddim yn gwybod beth oedd hi'n mynd i'w weld ar ôl cyrraedd top y landin. Oedd y dieithryn wedi dianc lan staer? Na, roedd e ar y soffa o hyd. Oedd e? Cwestiynodd Carys ei gallu i gofio yn gywir. A'i chalon yn ei gwddf, ewyllysiodd ei hun ymlaen. Clywai ei hanadl yn dod yn fân ac yn fuan a gobeithiai na allai Aled synhwyro ei hofn. Fe ddaeth yn ôl iddi fel fflach – ar y cae rasio, fyddai Carys byth yn dangos unrhyw wendid o flaen y cystadleuwyr eraill, yn enwedig y dynion. Ac roedd yna rywbeth arall, ar ymylon y cof, rhyw niwl ofnadwy, rhyw arogl dychrynllyd. Roedd hi'n gallu cuddio ei hofnau rhag pobol eraill, felly, ond oedd hi'n gallu eu cuddio rhagddi hi ei hun?

Er ei bod hi'n fore, roedd hi'n dywyll ar dop y staer. Yn sydyn hedfanodd ffigur tuag ati. Ystlum yn ymbalfalu. Na, nid ystlum, ond menyw, yn freichiau i gyd. Cydiodd Carys ynddi. Bu bron i'r ddynes ei bwrw hi'n glewt ar lawr.

'Be sy'n bod, Lisa?'

Siglodd Lisa ei phen. Roedd hi'n crynu ac yn crio'n dawel, fel llygoden fach wedi'i chornelu. Ac eto, nid llygoden mohoni gyda'i breichiau a'i choesau hir.

'Hei, bydda'n ofalus 'da Carys, groten.' Wrth glywed y cerydd yn llais ei gŵr, oedodd Lisa yn ddigon i Carys allu ymddihatru rhag y breichiau octopws.

Doedd hi ddim eisiau gadael ei chwaer yng nghyfraith a hithau angen cysur, ond teimlodd yr awydd cystadleuol i fod y cyntaf i'r blaen ac fe gamodd Carys yn reddfol at y stafell wely lle roedd ei thad a'r fenyw yna, haf – June – yn cysgu. Roedd y drws yn hanner agored. Anadlodd Carys yn ddwfn i geisio lleddfu ychydig ar yr ansicrwydd oedd yn ei dinerthu. Clywodd Aled yn dweud wrth Lisa i fynd lawr staer at Rose ac yna ei gamau baglog y tu ôl iddi. Mentrodd ymlaen, gan afael yn y ffrâm cyn gwthio'r drws ar agor. Fe'i llenwyd lond ei thrwyn â drewdod ofnadwy – meddyliodd Carys eto am yr arogl aflan ar yr iard, y sŵn taro. Fe'i dallwyd hi, bron, gan yr arogl atgas a chyn i'w llygaid ddod atyn nhw eu hunain clywodd Carys duchan o'r gwely. Roedd ei thad yn griddfan.

'Dad, chi'n iawn?' galwodd, yn gymysg o ansicrwydd a rhyddhad ei fod e'n fyw ac felly nad oedd hi am weld corff marw arall – a hwnnw'n eiddo i'w thad annwyl y tro hwn.

'Dad – chi'n iawn, Dad bach?' gofynnodd Carys, gan geisio yn galed i feddwl beth oedd y drewdod... fe fyddai gallu rhoi enw iddo yn lleihau ei effaith.

'Beth yffarn yw'r stinc yna?' galwodd Aled.

Roedd Carys yn dal i bendroni pan agorodd ei thad ei lygaid a dechrau gweiddi 'Help! Help!' fel dyn o'i go'.

★

Gyda chymorth Aled, fe lwyddon nhw i dawelu eu tad, ac fe gwympodd hwnnw'n ôl i ryw fath o gwsg anesmwyth.

Roedd June yr ochr arall iddo, ei chefn tuag atyn nhw. Roedd Carys yn edmygu ei gallu i gysgu mewn creisis pan groesodd rhywbeth arall ei meddwl.

'June, chi'n teimlo'n well heddiw?' gofynnodd.

Yna, cofiodd Carys beth oedd yr oglau atgas – cyfog. Cyfog oedd wedi bod yno ers amser. Roedd rhywun wedi chwydu cynnwys ei stumog ac wedi bod yn rhy wan i glirio ar ei ôl... Ai June ofalus oedd hi?

Roedd arogl y cyfog yn ddigon i wneud i Carys fod eisiau chwydu hefyd. Ond fe yrrwyd hi ymlaen gan gonsýrn. Roedd June yn dawel iawn. Wrth i Carys droi cornel y gwely a chamu ymlaen, symudodd ei thad yn annisgwyl. Gwthiodd June yn ddamweiniol a chafodd honno ei hyrddio ymlaen tuag at ochr y matres. Rhuthrodd tuag at Carys fel corff yn chwilio am goflaid.

Cafodd Carys bwl penysgafn. Cofiodd am gael ei gyrru, yn ofnus, i stafell wely ei mam pan oedd honno'n sâl. Roedd yn brofiad go wahanol i chwilio am gwmni ei mam pan oedd hi'n iach. Cafodd rybudd i fod yn 'ferch gref' ac roedd hynny'n golygu dim holi a dim dagrau, rhag ofn iddi ypseto Mam. Gwelodd ei hun yn sefyll yno fel delw, yn edrych ar y fenyw yn y gwely a phrin yn ei nabod hi. Gweld sgerbwd, ei chroen yn dynn am ei hesgyrn ac yn felyn fel cwyr. Y gŵn nos yn ei llyncu hi. Ei llygaid yn bŵl, ei gwallt yn denau.

'Rho gusan i Mam, Carys fach.'

Cofiodd fod Carys fach eisiau troi ar ei sawdl, ond iddi lyncu ei phoer a mynd yn ei blaen. 'Merch gref.'

'Iesu mawr!' sgrechiodd Aled.

Daliodd Carys ei gwynt.

Roedd llygaid June led y pen ar agor, ond doedd hi ddim yn effro. Roedd ei cheg yn gam a llysnafedd sych yn diferu'n un llinell ohoni, wedi ei daenu ar hyd y blanced, yn bwll gludiog ar lawr.

Afiach, meddyliodd Carys.

'Mae'n drewi 'ma!' poerodd Aled.

Merch gref, meddyliodd Carys a chamu yn ei blaen.

'June… June! Chi'n clywed fi?' galwodd yn betrus.

Aled oedd yr un estynnodd ei law at ei hysgwydd a rhoi siglad fach iddi. Symudodd June yn anystwyth a llonyddu eto. Roedd ei llygaid ar agor o hyd, ond doedd hi'n gweld dim.

*

Roedd yr oriau nesaf yn hunllef. Doeddech chi ddim i fod i symud corff, ond roedden nhw'n brin o le yn Nhŷ Pellaf ac roedd angen y gwely ar Bryn. Yn ei waeledd doedd hwnnw ddim wedi sylweddoli bod June, y ddynes roedd e'n bwriadu ei phriodi yn ôl datganiad honno, wedi marw. Croesodd eu meddwl nhw i'w chladdu hi, i ddweud gair ac i ganu emyn wrth ymyl y bedd, i esmwytho ei thaith i'r byd arall.

Fe fyddai hynny'n gysur i Huw hefyd, efallai. Roedd hi'n anodd dweud. Aled a Lisa gafodd y gwaith o dorri'r garw gan mai nhw oedd fwyaf cyfarwydd â siarad â phlant. Roedd Huw yn oedolyn o ran ei oedran, ond yn rhoi'r argraff ei fod llawer yn iau o ran aeddfedrwydd, rhywbeth doedd yr un ohonyn nhw wedi bod yn ddigon dewr i holi Bryn yn ei gylch. Roedd Huw wedi derbyn y newydd yn syndod o ddiffwdan. Bron fel petai'n ei ddisgwyl. Roedd wedi nodio ei ben, ei lygaid yn wlyb, ac yna roedd e wedi gofyn a fyddai'n cael gweld ei fam. Roedd Aled ac Elfed wedi cario'r corff i'r stafell folchi erbyn hynny a'i roi i orwedd ar y llawr wedi ei guddio gan orchudd. Roedd Elfed wedi cau llygaid June ac roedd Carys wedi sychu ei cheg, er mwyn Huw. Gwyddai hi mor anodd oedd gweld eich mam yn gwywo. Aeth Huw allan am dro gydag Elfed ar ôl hynny – doedden nhw ddim yn ymddiried ynddo i fynd ar ei ben ei hun. Roedd Carys a Rose wedi prysuro eu hunain yn newid y dillad ar wely Bryn, yn falch bod y dieithryn yn dal i bendwmpian. Roedd yn gyfle i feddwl, a phan ddaeth Carys i lawr staer a chlywed ei brawd a Lisa yn dal i drafod y gwasanaeth claddu, fe roddodd stop ar y siarad.

'Allwn ni ddim neud hynny,' meddai.

'Pam?'

'Wy ddim eisie bod yn *morbid* ond pan ddaw'r heddlu yma byddan nhw angen astudio'r dystioleth. Fyddan nhw ddim yn gallu neud hynny'n iawn os byddwn ni wedi claddu'r ddynes pedair troedfedd dan ddaear.'

'Tystioleth? Ti'n siarad fel tase rhwbeth yn mynd mlân 'ma, fel 'se rhywun eisie ca'l gwared arni hi June.'

Crychodd Rose ei llygaid ar Aled. Carys siaradodd gyntaf.

'Falle a falle ddim, ond mae e bach yn od, so chi'n meddwl? John Rees... Dad yn dost yn gwely... a nawr June... Beth os oes yna ryw gysylltiad rhwng y pethe hyn i gyd?'

'Bod rhywun ar ein hôl ni...?' gofynnodd Rose ac fe deimlodd Carys yn euog am greu gofid.

'Ysbryd? Wwww!' Cododd Aled ei freichiau a'u symud yn araf.

'Aled —'

'Beth? Gwaeth nag ysbryd. Llofrudd, 'te?'

'Aled!'

'Dere mlân, *sis*, ni gyd yn gwbod bod ti'n lico drama.'

'Wy ddim!'

'Lico bod yn ei chanol hi, 'te.'

'Wy jest yn tynnu sylw at y ffeithiau. Ti'n cytuno, Rose?' Edrychodd Carys ar ei ffrind am gefnogaeth.

'Falle bod Carys yn iawn,' meddai Rose. 'Beth wedodd y dyn dierth 'na… bod rhywun ar ei ôl e? Beth os yw e'n gweud y gwir?'

'O'dd y dyn 'na'n meddwl bod Nav ar ei ôl e!'

Plethodd Carys ei breichiau.

'A beth am Ben wotsit? O's 'da fe fyddin o bobol â gynnau?' Roedd Aled yn benderfynol.

'So ni'n gwbod bod gwn 'da neb. Sdim arwydd bod neb 'di ca'l ei saethu.' Ceisiodd Elfed dawelu'r dyfroedd.

'Wy'n gwbod beth glywes i!'

'*Chill out, sis.*'

'Ac yn y cyfamser fydd rhaid i ni gyd-fyw â June. Sdim byd yn tawelu'r meddwl fel byw gyda chorff ac ofni pwy fydd nesa,' meddai Lisa.

17

Fe fodlonwyd ar gyrchu June yn ddigon pell oddi wrthyn nhw i dŷ'r cychwr, trwy'r gwynt a'r glaw. Roedd pawb yn cytuno nad oedden nhw ei heisiau hi dan yr un to. Doedd fawr o groeso iddi pan oedd hi'n fyw, ond doedd neb am rannu llety gyda chorff marw. Fyddai e ddim yn beth iach i Huw.

Taflodd Carys y dillad gwely gludiog, drewllyd i'r hen beiriant golchi, gan feddwl ar yr un pryd na fydden nhw fyth yn ddigon glân iddi hi fodloni i gysgu ynddyn nhw. Bu Rose ac Aled ar eu gliniau yn ceisio golchi'r llysnafedd o'r carped. Agorwyd drws y stafell wely ac, er gwaetha'r tywydd, y ddwy ffenest fach, dros dro er mwyn ceisio lleddfu'r oglau drwg. Daeth blas o dafod oer y gwynt i newid naws y tŷ.

Fe groesodd feddwl Carys efallai y dylai hi newid June allan o'r slip a'r gardigan cyn ei chludo hi oddi yno – doedd hi ddim wedi dod â gŵn nos, wrth gwrs – ond fedrai Carys ddim wynebu ymdopi â'r corff noeth. Bodlonodd ar roi ei chot amdani. Yn absenoldeb Nav rhoddodd Aled ac Elfed hi mewn blanced am mai nhw fyddai'n ei dwyn hi i dŷ John Rees, ger y goleudy, gyda hen ddrws yn stretsier. Teimlai Carys yn anesmwyth wrth feddwl am y daith honno. Beth petai rhywun yn dod i'w hachub nhw, ac yn dal ei brawd a'i ffrind yn cario corff ymaith, yn eu dal yn gwaredu'r dystiolaeth?

Hiwmor oedd yr unig beth gadwodd nhw i fynd. Hiwmor sych oedd yn tynnu'r dolur o'r diflastod.

'So ti erioed 'di bod yn fawr o gwc, ond 'co'r gwaetha 'to,' meddai Aled, gan amneidio ar y corff yn y blanced.

'Paid gweud shwt beth,' ceryddodd Lisa.

'Dim fi!' protestiodd Carys.

Doedd dim tewi ar ei brawd, oedd yn desbret am rywbeth i dynnu ei feddwl oddi ar yr orchwyl o'i flaen.

'Ma rhwbeth 'di ypseto'i stumog hi. A *ti* oedd yn gyfrifol am swper neithiwr... Credu ga i decawê heno.'

Daeth Rose i achub cam ei ffrind. 'Petai bai ar y cawl bydden ni i gyd yn sâl. Wy'n iawn, a sdim lot yn bod arnot ti chwaith – ma dy dafod di mor finiog ag arfer.'

Ond arhosodd yr hyn roedd Aled wedi ei ddweud ym meddwl Carys. Pan gafodd gyfle rhannodd ei gofid gyda Rose.

'Beth os fydd pobol yn meddwl 'mod i wedi gwenwyno June, er mwyn ca'l gwared arni, neu rwbeth?'

'Wnelet ti *byth* ddim byd fel'na.'

'Ti'n gwbod 'ny, Rose, achos ti'n fy nabod i. Ond beth

ambytu pobol erill? Beth fyddan nhw'n feddwl? Fyddan nhw'n meddwl mai *fi* laddodd John y cychwr hefyd?'

'Paid bod yn ddwl... So ni'n gwbod beth ddigwyddodd i June. A hyd yn o'd petai rhywun wedi ei gwenwyno hi, wel, dyw e ddim yn meddwl bod y person hwnnw yn y tŷ 'ma nawr.'

Roedd rhywbeth arall wedi bod yn chwarae ar feddwl Carys. Hyd yn oed pan ddihunodd hi o'r coma, pan oedd cymaint o atgofion annwyl yn angof, roedd yn cofio un peth – ei henw ei hun. Doedd Dai Death ddim wedi gallu rhannu hynny gyda nhw. Oedd e'n dal rhywbeth yn ôl?

'Ti'n credu'r dyn yna – Dai Death, fel mae Aled yn ei alw? Ti'n meddwl bod mwy o bobol ar yr ynys, pobol beryglus?' gofynnodd Carys.

'Falle... falle ddim... Ddwedodd e bod mwy... Ond dyw e ddim wedi gallu gweud dim byd amdanyn nhw... dim ond —'

Stopiodd Rose ei hun. Ond yn rhy hwyr, i feddwl Carys. Roedd Dai Death wedi galw un o'r bobol wrth ei enw – Nav.

Dyna hi, Rose, yn amau Nav eto. Beth oedd e wedi'i wneud i beri iddi greu'r fath glymau o'i gwmpas?

★

Aeth Carys i weld ei thad. Roedd yn cysgu'n dawel. Roedd Carys ar fin gadael pan glywodd ei lais.

'Wy'n sâl,' meddai'n ddistaw. Roedd ei lygaid ar gau o hyd, fel petai'n siarad yn ei gwsg. Aeth Carys yn ôl ato a chydio yn ei law i'w gysuro.

'Wy'n gwbod, ond chi'n gwella. Ma help ar ei ffordd – fyddwch chi'n iach fel cneuen whap – y bòs mawr yn rhoi pawb yn eu lle.' Gwenodd Carys wrth feddwl am hynny, gwên fach, a daeth dagrau i'w llygaid.

'Ma gobeth i'r hen warier 'to,' meddai ei thad yn fwyn. Gwasgodd Carys ei law.

'Ma un peth licen i neud… Licen i briodi… Wyt ti'n meddwl y gallet ti fodloni ar hynny?'

Daeth y dagrau yn gynt nawr. Methodd Carys ateb ei thad oherwydd y lwmp yn ei gwddf. Bodlonodd ar anwesu ei law. Sut oedd dweud y gwir wrtho? Roedd cymaint i'w ddweud – dweud nad oedd hi am iddo ailbriodi, ac nad oedd hi am iddo briodi'r fenyw yna. Efallai y dylai Carys fod yn ddiolchgar i June am ei harbed rhag gorfod cyfadde hynny, am fod y fenyw fach wedi marw, druan, ond sut oedd dweud hynny wrth ei thad? Ai'r un person a wenwynodd June oedd wedi gwneud ei thad yn sâl? Fe fyddai'n rhaid cadw llygad arno, cysgu tu fas i'w stafell mewn shiffts, nes ei fod yn ddigon cryf… i beth? I wynebu popeth oedd o'i flaen.

Yna daliodd rhywbeth ei sylw, rhywbeth doedd Carys

ddim wedi sylwi arno o'r blaen. Neu efallai iddi sylwi ond ei bod hi heb nodi ei arwyddocâd. Roedd ei thad yn gwisgo pyjamas. Ei byjamas e. Y rhai siec glas tywyll o M&S Aberystwyth. Pam fyddai'r rheini ganddo os oedd e ond yn bwriadu bod ar Enlli am un prynhawn? Doedd June ddim yn gwisgo ei gŵn nos, felly doedd hi ddim yn gwybod y byddai'n rhaid iddyn nhw aros dros nos – doedd neb yn gwybod, oedden nhw? Doedd e ddim yn gwneud synnwyr y byddai June wedi pacio pyjamas i'w thad ac wedi esgeuluso ei gŵn nos ei hun.

Daeth y gwir i'r golwg. Roedd ei thad yn gwybod y byddai'n aros dros nos felly – oedd e? Oedd e'n gwybod na fyddai'n dychwelyd i'r tir mawr? Oedd yr hyn oedd eisoes wedi croesi meddwl Carys yn wir – ei fod e wedi trefnu hyn i gyd? Na, does bosib. Er ei allu diarhebol i roi pawb ar waith, doedd hyd yn oed ei thad ddim yn gallu trefnu'r tywydd. Beth oedd e'n ei wneud yma? Oedd e angen eu rhoi nhw, hi a fe, mewn byd arall, mewn man dierth, er mwyn gallu dod o hyd i'r geiriau oedd yn rhy amrwd i'w hyngan ar iard stablau Tynrhyd? Os felly, beth oedd y geiriau hynny? Neu a oedd ei fusnes gyda rhywun arall... gyda Nav... neu Ben Car-Carew hyd yn oed?

Aeth Carys allan o'r stafell a thynnu'r drws yn ddistaw ar ei hôl. Roedden nhw wedi cau'r ffenestri ers sbel ond roedd naws oer o gwmpas y lle o hyd. Roedd hi ar fin mynd pan glywodd lais cryg yn dod o'r stafell wely. Roedd ei thad dan deimlad, yn canu,

'Nid wy'n gofyn bywyd moethus,

Aur y byd na'i berlau mân,

Gofyn wyf am galon hapus,

Calon onest, calon lân...'

Arhosodd Carys yno, yr ochr arall i'r drws, yn meddwl am ei mam, y dagrau a fu mor araf yn dod yn llifo'n hallt.

DIWRNOD

5

18

Roedd hi'n gynnar a dim ond hi a Rose oedd wrth y bwrdd y bore hwnnw. Roedd y baned heb laeth yn ddigon derbyniol a doedd fawr o awydd bwyd ar Carys ar ôl y noson gynt.

'Ma Aled a Lisa siŵr o fod yn ffaelu aros i fynd gatre...'

'A sawl un arall,' atebodd Carys.

'Meddwl am y plant o'n i... a ma busnes 'da Lisa.'

'Ti'n gwbod bod ei thad yn gwerthu ei fusnes, wyt ti?'

Siglodd Rose ei phen. Teimlai Carys ei bod hi'n braf troi ei meddwl at rywbeth arall.

'Ond sdim arian 'da nhw i brynu'r busnes, yn ôl Lisa.'

'Ma mwy o ddiddordeb 'da nhw yn Tynrhyd,' meddai Rose yn bendant.

'Pob lwc iddyn nhw, 'te.' Sipiodd Carys ei the.

'Fydd angen mwy na lwc.'

'Pam ti'n gweud 'ny? Rose?'

'Anghofia fe.'

'Dere mlân. Ma rhwbeth ar dy feddwl di, wy'n nabod ti.'

'Glywes i… O, dim byd… O'n i ar y ffordd i'r tŷ bach a… Sdim ots…'

'Gwed 'tha i, Rose…'

'O'dd hi'n grac 'da Aled. Hi… Lisa…' Edrychodd Rose ar Carys trwy gil ei llygad. Oedd hi'n ceisio penderfynu a ddylai hi barhau?

'Pam? Beth wedodd hi?' arweiniodd Carys hi.

'O'n nhw 'di treial siarad 'da Bryn y noson o'r blân. Sai'n credu bo' nhw 'di ca'l lot o lwc.'

'Ca'l y sgwrs 'ma 'da Dad ar Enlli? Ond pam? Fydde digon o amser i drafod popeth pan fydden nhw gatre… a finne mas o'r ffordd…'

'Falle bo' nhw'n meddwl y byse fe'n helpu? Trafod ar dir niwtral?'

Synhwyrai Carys fod mwy i'r stori na hyn.

'Beth arall glywest ti? Dere mlân, Rose…'

'Sai'n credu bod e'n lico rhai o'u syniade nhw.'

'Poera fe mas, Rose!' Syllai Carys arni. Hebog ar lygoden.

'Sai'n meddwl hyn yn gas, ond… dy dad… dyw e ddim y mwya modern ei feddwl, falle. Sai'n credu o'dd e'n lico'r syniad am Ganolfan Llesiant.'

'Aled, y diawl bach!'

Os oedd rhywun am ddatblygu busnes llesiant yn

Nhynrhyd, Nav ddylai hwnnw fod. Doedd ei thad heb ymateb yn dda iawn pan oedden nhw wedi awgrymu hynny iddo fe. Teimlodd Carys ei chalon yn curo yn gyflymach.

'Be sy angen ar Dad yw etifedd i'r busnes sy'n bodoli nawr. 'Co fe Aled, yn siarad am waredu'r ceffyle a throi'r iard yn encil ioga. Sdim rhyfedd bod Dad yn sâl.'

Edrychodd Rose arni.

'Ti'n meddwl mai 'na beth sy'n bod ar —?'

Torrodd Carys ar draws ei ffrind,

'Trueni bod dim mwy 'non ni blant... Fydd e ddim yn gallu priodi June nawr, wrth gwrs. Ond sai'n credu bydde Huw 'di rhedeg y busnes.'

'Na, sai'n credu 'ny chwaith,' meddai Rose.

'Ond ma fe'n trin Huw fel mab.'

'Ma Huw yn lico cwmni'r ceffyle, a ma dy dad yn dda am roi hyder iddo fe pan mae e yn y cyfrwy. Ma fe'n amyneddgar iawn.'

'Dad? Anodd credu... os o'dd un ohonon ni'n cwmpo pan o'n ni'n dysgu reidio, o'dd e'n mynnu'n bo' ni'n mynd 'nôl ar ben y ceffyl yn syth. "Tân dani" o'dd hi!'

★

Roedd pen Carys yn troi, fel aderyn y môr yn cylchdroi, ei chorff yn teimlo fel petai'n cael ei wasgu. Ro'n nhw wedi caniatáu i'r dieithryn aros tra'i fod yn dod ato'i hun ond doedd Nav ddim wedi dychwelyd o hyd. Allan â hi trwy'r drws. Clywodd gri uwch ei phen, fwy nag un. Roedd y gwylanod yn sgrechian. Oedden nhw'n ceisio ei rhybuddio hi?

Roedd rhaid iddi gael symud, rhag gyrru ei hun o'i cho'. Roedd cymaint i'w wneud ar yr iard yn Nhynrhyd, i ofalu am y ceffylau, i'w cadw nhw'n heini, i gadw trefn ar y stablau. Doedd Carys ddim wedi dod i Enlli i laesu dwylo. Roedd hi wedi bwriadu dechrau ar yr adnewyddu trwy dwtio'r tŷ. Ond roedd hwnnw'n llawn heddiw. Doedd hi ddim yn rhy wlyb i beintio sìl y ffenestri, nag oedd? Oedd, roedd hi'n wyntog a'r tonnau'n dal i hyrddio tua'r harbwr, ond roedd hi wedi dal yn sych hyd yn hyn. Fe fyddai'r awyr iach yn fuddiol.

Roedd Carys wedi edrych mlaen at ymroi i fywyd syml ac roedd hi'n fodlon y bydden nhw heb rai cyfleusterau, y byddai'r dŵr yn dod yn oer o'r ffynnon, y tŷ bach tu allan a dim ffonau symudol. Fe fyddai'r dyddiau'n fyr ac yn anghynnes trwy'r gaeaf, ac fe fyddai digon o waith corfforol i'w wneud – cynnal a chadw, peintio, garddio a gofalu am yr anifeiliaid – rhai cannoedd o ddefaid, gwartheg a gwenyn. Roedden nhw'n dweud ei fod yn lle unig, ar ynys, ond anodd credu hynny, hithau'n ddiddig gyda Nav, yr anifeiliaid fferm, a'r creaduriaid gwyllt, y morloi, y palod, y brain coesgoch a'r adar drycin Manaw. A phwy a ŵyr na ddeuai ceffylau i fyw ar yr ynys eto?

Roedd person fel hi'n cymryd pethau yn ganiataol erioed. Popeth o fewn ei chyrraedd. Roedd Carys yn edrych ymlaen at wynebu mai hyn o hyn o adnoddau oedd ar gael i ddyn, realaeth bod yn gynaliadwy. Enlli eu byd bach, y blaned gyfan.

Yma, roedd hi am brofi beth oedd tywyllwch, beth oedd tawelwch. I glywed sŵn y môr a'i donnau o'u cwmpas, i drochi yn ei ddyfroedd. I adael i amser fynd yn angof. Roedd Carys am brofi beth oedd tywydd. I ymgolli yn y lle gwyllt a gwyntog hwn, ac yna ddychwelyd i Geredigion mewn blwyddyn neu ddwy, wedi ei thrawsnewid. I Enlli ddaeth y Brenin Arthur am ysbaid o orffwys, yn ôl y stori ddwedodd hi wrth Lisa. Os oedd yn ddigon da i Arthur… Doedd hi ddim yn disgwyl gwyrthiau. Fe fyddai'n fwy na bodlon i fod yr un oedd hi cyn y gwymp.

'Wel, wy 'di gweld y cwbwl nawr,' meddai Elfed yn uchel gan dorri ar ei meddyliau wrth iddo weld ei bod hi wedi estyn brwsh a phot paent.

Roedd e'n trio tynnu ei sylw hi. Anwybyddodd Carys y gwatwar.

'Sut mae Huw?' gofynnodd.

'Galed gweud. Mae e'n chware cardie gyda Rose. Sai'n siŵr shwt ma'n nhw'n canolbwyntio chwaith.'

'Pam?'

'Aled a Lisa… cweryla am y plant, wy'n credu,' sibrydodd.

'A beth am "Dai Death", fel ma Aled yn galw fe?'

'Enw twp! Ma fe byw, am wn i.'

Parhaodd Carys â'r ymdrech i dynnu'r caead oddi ar y tun paent gyda chyllell. Roedd hynny'n anoddach na'r disgwyl, yr hen baent wedi ei ludo yn sownd i'r pot.

'Be ddiawl sy mlân 'da ti, 'chan?' Roedd yna dinc chwareus yn ei lais er ei fod yn dannod iddi.

'Sgwn i?' Rhoddodd Carys y ffon bren yn y pot a throi'r hylif trwchus.

'Ti'n peintio heddi? Ti 'di mynd i fyd y tylwyth teg!'

Brathodd hynny hi. Beth oedd hwn yn ei wybod am y siom o golli ffitrwydd, am y frwydr i ailafael mewn nerth corfforol?

'Sa i fel ti, t'wel – yn joio bod yn segur,' meddai Carys yn wawdlyd.

'Na, dwyt ti ddim fel fi – yn poeni bo' fi ddim yn ca'l fy nhalu tra bo' fi'n styc fan hyn.'

Daliodd Carys y brwsh i fyny, yn wlyb gan baent coch. Ai glaw roedd hi newydd ei deimlo, ynghyd â'r gwynt yn codi? Teimlai'n fwy rhwystredig.

'Ddewises i'r lliw coch yma achos fod tipyn bach o frown ynddo fe, yn debyg i liw gwaed,' meddai Carys yn chwareus.

'Ti'n gwbod beth ddylet ti neud, 'te?' meddai Elfed. 'Peintio croes fawr goch ar y drws, 'run peth ag adeg y Pla Mawr... rhybuddio pobol erill i beidio dod dros y rhiniog.' Yna gwawdiodd mewn llais mawr: 'Ma pawb yn y tŷ 'ma'n mynd i drigo!'

Cafodd Carys ei hatgoffa o ffilmiau arswyd gan ddarlun Elfed, gan liw gwaedlyd y paent. Roedd yn deimlad anghysurus.

'Ai 'na beth ti'n feddwl? Bo' ni gyd yn mynd i farw? Ti'n gwbod beth, Elfed? Ti'n treulio gormod o amser gyda 'mrawd.'

Rhoddodd Carys y brwsh yn y paent, yn flin fod Elfed yn swnio mor debyg i Aled wrth dynnu arni.

'Falle ddylen ni beintio croes goch arnot ti,' awgrymodd Carys, yn bryfoclyd. 'Arwydd mai ti fydd y nesa i fynd.'

'Dere mlân, 'te!'

'Wy'n mynd i, paid becso!'

Fe ddechreuon nhw gogio cleddyfa – Carys yn llamu ymlaen ac yn ei fygwth gyda'r brwsh paent ac Elfed yn brasgamu mas o'r ffordd ar yr eiliad olaf. Seiniai Carys ei hergydion yn uchel ac roedd Elfed yn lleisio ei orfoledd wrth iddo lwyddo i osgoi tafod y brwsh bob tro. Roedd y ddau yn eu byd bach eu hunain, wedi ymgolli yn y gêm.

'Ti'n ffaelu bob tro, 'chan!' meddai Elfed yn

watwarus, yn codi ei aeliau yn awgrymog.

'Alla i ddal ti pryd bynnag fi moyn, gwd boi.' Edrychai Carys i fyw ei lygaid.

Roedd yna fin ar y chwarae, y ddau wedi cyffroi. Teimlai Carys y cynhesrwydd rhyngddyn nhw. Yna, fe welodd gip o rywun yn y ffenest ger y drws, yn eu gwylio wrth iddi hi lamu ymlaen yn llawen. Allai hi ddim gweld pwy oedd yno. Fe aeth hynny â'i sylw. Collodd y gallu i ganolbwyntio ac aeth y brwsh yn erbyn cot Elfed yn un dafod goch gynddeiriog.

'Ti'n jocan! Yr iâr ddwl!' Amneidiodd.

Cododd Carys ei llaw i'w cheg, yna dechreuodd chwerthin.

'Dyw e ddim yn ddoniol.' Astudiodd Elfed y marc ar ei got.

'Mae e'n ddoniol iawn!' Chwarddodd Carys yn afreolus.

'Shwt ddiawl wy'n mynd i —?'

'Dry cleaners?'

Ochneidiodd Elfed yn uchel. 'Fydd rhaid i glwtyn neud y tro, sbo.'

Trodd Elfed yn ôl am y tŷ. Hyd yn oed yn ei siom doedd e ddim yn ddig gyda hi. Roedd hynny'n deimlad braf i Carys. Oedd e'n deimlad cyfarwydd hefyd? Ai fel hyn oedden nhw'n arfer bod, hi ac Elfed, fel brawd a chwaer? Cafodd bwl o golled am ei gwmni. Roedd hi'n dechrau bwrw'n galetach erbyn hyn, y gwynt yn chwibanu. Roedd hi am deimlo'n glyd, yn gysurus. Ac roedd hi wedi diflasu'n llwyr. Taflodd gipolwg i gyfeiriad y ffenest. Doedd dim sôn am neb yno. Teimlodd y glaw ar ei phen. Rhoddodd Carys y caead yn ôl ar y tun.

19

Daeth Carys yn ôl i mewn i'r tŷ yn chwilio am rywbeth, yn chwilio am gysur. Roedd y dyn dieithr wedi codi ac yn eistedd ar gadair ger y ffenest yn syllu tua'r gorwel. Roedd e'n codi cryd arni. Ystyriodd ei holi a oedd e'n iawn, ond roedd ei meddwl ar ei phobol ei hun. Ar ôl golchi ei dwylo, daeth o hyd i Elfed yn y lolfa fach, ar ei ben ei hun. Eisteddodd Carys yn glewt ar y soffa, yn rhy agos i Elfed, yn fwriadol.

'Ti'n meddwl bydd Rose yn iawn, hebdda i?'

Synhwyrai ei fod yn anesmwyth, ei gorff yn anystwytho, ond symudodd e ddim. Chwarddodd yn ddirmygus yn hytrach.

'Iesu, ma gan rywun feddwl o'i hunan.'

'Beth?'

'Ti'n meddwl bo' pobol ffaelu côpo hebddot ti?' Saethodd Elfed ei gwestiwn ati. Roedd wedi tynnu ei got. Doedd dim sôn amdani yn y cyntedd pan basiodd Carys.

'Na, 'thgwrs ddim... Ond ni'n gyment o ffrindie, on'd y'n ni?' Dywedodd Carys y 'ni' yn fwriadol o annelwig. Edrychodd ar Elfed a'i astudio. Roedd y pen, roedd wedi methu ei eillio ers diwrnodau, yn dangos ôl blew. Gwisgai hanner coron o wallt o glust i glust ar gefn ei ben. Roedd yn ei heneiddio. O gwmpas ei wefusau roedd y farf frith yn tewhau ac roedd yn gweddu iddo. Os sylwodd Elfed arni'n ei lygadu ddangosodd e ddim. Syllai ei lygaid llwyd yn syth o'i flaen.

'*Ma* fe'n drueni, on'd yw e… bod neb gyda hi? Bydden i'n lico tase Rose yn ca'l cwmni, 'na gyd,' meddai Carys. Ciledrychodd tua'r drws. Croesodd ei choesau a dechrau troi ei throed yn chwareus, gan daro'n ysgafn yn erbyn Elfed.

'Pam?' atebodd Elfed yn oer. 'Ma Rose yn ddigon hapus fel ma ddi.'

'Odi hi? Ma pawb eisie rhywun i garu… a rhywun i'w caru nhw'n ôl.'

Edrychodd Carys o'i chwmpas a symud yn agosach at Elfed. Edrychai Elfed yn anghyfforddus. Roedd hi wedi dweud y peth anghywir ac roedd ei geiriau wedi ei gynhyrfu. Doedd e ddim yn un i ddangos llawer o emosiwn na diddordeb fel arfer. Ond doedd hynny ddim yn golygu nad oedd e hefyd yn gallu bod yn ffraeth, yn garedig, yn barod i roi help llaw, yn ei hwyliau gorau.

'Beth sy, Elfed?' Ciciodd e'n dyner.

Ochneidiodd e'n uchel, ond gallai synhwyro ei fod yn twymo rhywfaint i'r sgwrs.

'Meddylia faint o bobol sy'n difaru bo' nhw 'di gwastraffu eu hamser a'u harian ar berthynas ffôl. Canno'dd… milo'dd!'

'O, dere mlân.'

'Wel, ti'n gwbod beth ma'n nhw'n weud am briodi ar hast…'

'Medde'r arbenigwr.'

Doedd Elfed ddim yn hoffi hynny. Deallodd yn syth beth roedd hi'n ei ddweud: nad oedd rhywun fel fe, oedd erioed wedi priodi, yn ddigymar, yn gwybod dim byd am berthynas gariadus.

'Sai'n siarad am briodi. Bach o gwmni, secs, hwyl. Sai moyn iddi fod yn unig. Mewn na mas o'r gwely… Sai moyn iddi fod yn wyryf am byth. Lleian ar Enlli. Fydde hynny'n drist!'

'Ti'm yn gwbod ei bod hi.' Roedd geiriau Elfed yn galed.

'Rose? Wrth gwrs bod hi… Fydde hi 'di gweud 'tha i fel arall.'

'Falle bod hi *wedi* gweud 'thot ti. So ti'n cofio popeth, wyt ti?'

Tro Carys oedd bod yn bwdlyd. Teimlodd droed Elfed yn cicio ei throed hi. Oedd e wedi gwneud hynny'n fwriadol?

'Wy ddim eisie iddi fod ar ei phen ei hunan, 'na gyd, yn enwedig wrth iddi fynd yn hŷn.' Edrychodd

Carys arno. Pam oedd ei agwedd ddi-hid mor ddeniadol?

'*Classic* Carys. Os wyt *ti* moyn rhwbeth, ma'n rhaid bod pawb arall eisie fe hefyd. Ond fydde ambell berson priod yn rhoi crocbris am bach o ryddid.'

'Paid bod yn haerllug.'

'Ti sy'n haerllug. Jest achos bod hi ddim yn briod dyw e ddim yn golygu bod Rose yn hen ferch, neu ryw enw salw arall.'

Derbyniodd Carys y gic. Roedd yn ei haeddu. Beiai hi ei magwraeth am rai o'i hagweddau gwaethaf. Edrychodd eto tua'r drws a dal ati i bryfocio.

'Beth ambytu ti, Elfed? Oes rhywun ti'n ffansïo? Ti'n heini, ifanc-ish, ti'm yn salw ofnadw...'

'Diolch!'

'Croeso. Ma Dibs yn biwt bach, ond ci yw e. So ti moyn rhywun i garu, i garu ti?'

'Mindia dy fusnes.' Roedd tôn Elfed yn chwareus nawr. Rhaid ei fod yn hiraethu am y mwngrel bach.

'Dere mlân, so ti'n siarad ag unrhyw un fan hyn,' meddai'n fwy tyner. 'Carys sy 'ma. Ni'n hen ffrindie.'

'Ti'n cofio hynny?'

'Ma'r cof yn beth rhyfedd iawn. Ma rhai pethe... ma'n nhw'n teimlo'n iawn. Ti'n gwbod?'

Rhoddodd Carys ei llaw ar ei goes a theimlo'r cnawd yn gynnes.

'Gad hi.'

'Be sy'n bod? O't ti arfer lico 'na... o't ti'n lico hyn 'fyd.' Symudodd Carys ei llaw i fyny ei goes. Roedd yn ei chyffroi. Teimlodd gyhyrau ei goes yn tynhau. Rhoddodd Elfed ei bawen fawr arw am ei llaw hi. Daliodd ei llaw yno. Edrychodd i fyw ei llygaid gyda'i lygaid llwyd anarferol.

'Ma sawl blwyddyn ers 'ny.'

'Falle.'

'Lot 'di newid yn dy fywyd di... Nav, y dyn ti'n troi dy gefen ar bopeth er ei fwyn e.'

'Dros dro... Ond bydda i'n ôl,' meddai Carys gan feddwl wrth ei ddweud y byddai hynny'n beth braf.

'Byddi, sai'n amau 'ny. Ond wyt ti wir yn ddigon o ben bach i feddwl y bydd dim byd na neb wedi newid yn dy absenoldeb?'

'Fydd rhai pethe byth yn newid – y ffordd wy'n teimlo am geffyle yn un peth. Y ffordd ti'n teimlo am geffyle...' Wrth iddi siarad, symudai Carys ei llaw yn araf bach.

'Na, wedes i! Ma'n hen bryd i ti ddechre parchu —'

Stopiodd Elfed. Roedd rhywun arall yn y stafell. Rose.

'Sori i dorri ar 'ych traws chi,' meddai hi, ei llais yn wawdlyd. 'Ma Aled eisie gair 'da Elfed.'

Diflannodd Rose fel petai'n methu aros i fynd. Faint o'r sgwrs oedd hi wedi ei glywed?

'Gobeitho bo' ni ddim 'di ypseto hi,' meddai Carys gan wrido.

Roedd Elfed ar ei draed erbyn hyn, wedi cynhyrfu.

'Gad hi, ocê? Jest gad hi!'

20

Aeth Carys allan. Allai hi ddim godde'r tyndra. Teimlai ei bod ar fin ffrwydro. Ei cholli hi am fod rhywun yn sefyll yn y lle anghywir, wedi neidio mewn i'w gofod hi. Dechreuodd gerdded a cherdded, heb feddwl gormod ble roedd hi'n mynd ond yn bell oddi wrth y goleudy. Dychmygodd Afallon a hi ar ddiwrnod braf o haf, yn carlamu trwy'r dail tafol a'r blodau menyn yn y cae neidio. Dychmygodd yr hedd ar Enlli yn ei llenwi hi. Oedd hi'n gweld y groes Geltaidd o'i blaen? Daeth lwmpyn anghyfforddus i'w gwddw. Dilynodd ei thrywydd fel pererin. Yna, daeth yn ôl ati ei hun a sylweddoli: roedd y tywydd yn troi.

Nid nepell o adfeilion yr abaty clywodd y gwynt yn sisial, y glaw yn ei tharo fel cerrig mân. Roedd y diferion yn galed ac yn rhewllyd a theimlai Carys ei chroen yn crebachu yn yr oerfel. Roedd y storm yn ddig gyda rhywbeth neu rywun. Ofnai y byddai'r gwynt yn codi, yn rhuo rhwng waliau'r abaty, yn bloeddio i'w hwyneb, yn ei bygwth: os na fyddai hi'n troi'n ôl... Aeth Carys yn ei blaen. Ond roedd y gwynt yn cryfhau a hithau'n teimlo ei ddyrnau yn ei gwthio hi. Ofnai y byddai'n cael ei thaflu oddi ar ei hechel. Trodd am 'nôl, a throi eto. Dihangfa dros dro, dyna oedd Enlli i fod. Ond doedd dim byd yn real ar yr ynys hon. Lle roedd pobol dda yn cael eu cosbi fel pobol ddrwg.

Daeth ysfa arni i ddianc. Dechreuodd redeg, ond cafodd ei baglu gan dwmpath trwchus o gennau a bodloni ar gerdded yn gyflym. Edrychodd o'i chwmpas, ar y waliau cerrig, ar y croesau tal, ei meddwl yn adfeilio ger yr abaty. Beth os *oedd* yna lofrudd yn llechu yma, yn cuddio ymhlith y meirw, nes i'r ysfa i weithredu fynd yn fwy na fe neu hi ei hun? Gwelodd ffigur yn y pellter. Ysbryd. Ai hwn oedd e? Rhewodd, a chael siglad gan y gwynt. Croten ddrwg. Fe allai newid cyfeiriad a mynd ymlaen tua'r arfordir, ond i beth? Mynd i lygad y storm? Aeth Carys tuag adref, orau gallai hi, yn benderfynol o'i osgoi. Efallai na fyddai wedi sylwi arni. Clywodd sŵn. Crac fel darn o bren yn ffrwydro yn y grât. Cwympodd cangen. Sgrechiodd Carys. Fuodd honno bron â'i tharo! Roedd yr ysbryd yn agosáu, yn symud yn gyflym. Doedd dim modd ei osgoi. Galwodd arni. Ni allai glywed y geiriau. Ond nabyddodd ei lais.

Nav.

Stopiodd Carys yn stond, ei chalon yn curo fel drwm. Ond roedd Nav ar goll – on'd oedd e? Neu ai wedi drysu oedd hi? Roedd e yma nawr. Fe allen nhw fynd adref gyda'i gilydd. Fe ddylai hi deimlo rhyddhad. Roedd hi'n ei nabod e, on'd oedd hi? Beth oedd dieithryn Tŷ Pellaf wed'i ddweud? Dweud mai 'Nav' oedd yr un oedd wedi ei frifo? Ai dyna ddwedodd e? A beth am amheuon Rose? Am June? A'r cychwr, beth am ei dranc e? Fyddai'r creulondeb ynddo fe, Nav, i'w lladd nhw?

'Be sy mlân 'da ti?' gofynnodd iddi, yn hanner ei cheryddu.

Roedden nhw'n cerdded tuag at ei gilydd. Onid hi ddylai fod yn ei holi fe?

'Ble ti 'di bod?' gofynnodd Carys iddo. 'Sneb 'di gweld ti ers... ers dou ddwrnod.' Roedd hi'n iawn, on'd oedd hi?

Roedd Nav yn wlyb at ei groen, ei wallt yn stribedi dyfrllyd, ei farf yn diferu. Roedd yn crynu.

'Est ti heb adael nodyn...' meddai, yn meddalu ychydig.

'Mi *wnes* i adael nodyn.' Roedd ei lais yn gadarn.

Gafaelodd Nav ynddi, y ddwy bawen fawr yn ei thynnu hi i'w fynwes wlyb gan law. Ildiodd. Safodd yno'n stiff, yn anghyfforddus. Rhaid ei fod wedi synhwyro hynny ac fe ollyngodd hi. Edrychodd arni, ei lygaid yn flinedig, ond yn daer.

'Ddweda i'r cwbwl wrthot ti – ond mae'n rhaid i ti addo un peth...'

'Beth?' Ceisiodd Carys lyncu'r dagrau yn ôl.

'... na fyddi di ddim yn ddig.'

TAITH NAV

21

Doedd e ddim yn natur Nav i wneud dim byd. Deffrodd ar eu trydydd bore ar yr ynys wedi'i styrio gan awgrym ei dad yng nghyfraith nad oedd e'n ddigon, a gyda'r awydd i weithredu. Roedd yn hen syniad. A hwnnw wedi bod yn troi yn ei feddwl. Ond nawr roedd wedi dihuno yn yr amser hudol yna rhwng nos a dydd, pan oedd pawb o'i gwmpas yn huno o hyd. Gwrandawodd, a deall yn syth. Nid sŵn y storm oedd wedi ei ddihuno ond y distawrwydd. Rhaid oedd achub ar y cyfle.

Roedd hi, Carys, yn cysgu cwsg y meirw. Ystyriodd ei dihuno hi, rhannu'r hyn roedd e'n bwriadu ei wneud. Ond gwyddai y byddai Carys yn mynnu dod gydag e. Roedd mentro ei fywyd ei hun yn un peth ond... Gadawodd lonydd iddi. Byddai Nav yn aml yn codi'n blygeiniol i fynd allan i redeg, ac roedd yn gyfarwydd â bod lan ac yn barod i fynd mas trwy'r drws o fewn munudau. Cyn gadael y stafell, edrychodd o gwmpas yn frysiog am bapur er mwyn llunio nodyn i esbonio, ond doedd dim byd wrth law. Cydiodd mewn pensel o'i bag colur a sgrifennu brawddeg ar gefn papur bisgïen. Aeth. Fyddai e ddim yn hir.

Cyn nos fe fyddai'n ôl ar yr ynys gyda'r criw achub. Byddai peryg mewn llunio esboniad hirach, esbonio yn ormodol. Beth petai Carys yn dihuno, yn ei ddarllen ac yn anfon Aled neu Elfed i rwystro Nav cyn iddo gael cyfle i adael y lanfa? Gwell mynd, a gobeithio y byddai ei gofid hi'n diflannu, y byddai'n cael maddeuant unwaith iddo ddychwelyd gyda phobol i'w helpu. Gwridodd Nav wrth feddwl 'nôl am ei naïfrwydd.

Roedd yr awyr yn rhyfeddol o dywyll ond aeth yn ei flaen, gan drybowndian i lawr tuag at y tŷ cwch yng ngolau'r tortsh. Rhedeg ar hyd y llwybr anwastad, ei hoff dirwedd, gan deimlo'r gwynt yn rhewi ei fochau. A'i ysgwyddau yn ymlacio, edrychodd yn syth o'i flaen, allan tua'r gorwel, a gweld llygedyn o olau'r bore bach.

Erbyn iddo gyrraedd cwt y cychod, roedd Nav yn chwysu yn y got. Ond byddai ei hangen hi ar y môr mawr. Roedd yn anadlu'n gyflym, arlliw o ddrewdod yn mynd i mewn ac allan, i mewn ac allan, yn ddigon iddo oedi ei gerddediad. Roedd y llanw i mewn a gwelodd y cwch ar y môr wedi ei glymu gan raff. Oedd e'n gwneud y peth iawn? Doedd y môr ddim yn llonydd ond roedd y tonnau mawr wedi gostegu, yr ewyn bratiog yn arwydd bod y dŵr yn dal i ddangos ei ddannedd, oedd, ond yn fwy dof nag y bu. Fe allai wneud hyn.

Y cam cyntaf fyddai bachu'r allwedd. Aeth at ddrws cwt y cychod a throi'r handlen. Agorodd. Methodd Nav gredu ei lwc wrth gael mynediad mor hawdd ac, ar ôl edrych o gwmpas, iddo allu dod o hyd i'r allwedd yn union ble y dylai hi fod, ar y bachyn. Roedd yn arwydd y dylai fwrw ymlaen. Amdani. Cipiodd hi, heb aros i feddwl a ddylai fod yn gwneud hyn, a ddylai ddwyn eiddo yn ôl llythyren y gyfraith. Y prif beth oedd ar feddwl Nav oedd trio cael help, cael pobol oddi ar yr ynys, ei gariad, ei dad yng nghyfraith oedd yn sâl yn ei wely, y teulu i gyd, ac wedyn beth...? Wel, doedd e ddim wedi meddwl mor bell â hynny. Aeth allan o'r tŷ ac anadlu'r heli'n ddwfn i'w ysgyfaint, gan wisgo'r siaced achub wrth fynd – penderfyniad oedd wedi achub ei fywyd. Oedd, roedd hi'n goleuo. Datglymodd y rhaff.

Roedd tanio'r cwch yn ddigon tebyg i ddechrau car. Troi'r allwedd yn y twll a chlywed y cwch yn grwnian, yn adfywio o'i gwmpas. Cofiodd y cyffro. Roedd gobaith. Er nad oedd gan Nav drwydded i yrru car, roedd wedi gwylio pobol eraill wrthi. Roedd yn deall y pethau sylfaenol. Wrth iddo redeg i lawr y bryn at ymyl y môr, ofnai Nav y byddai'n rhaid ffeindio ffordd o rifersio'r cwch, ond roedd John Rees wedi gwneud hynny wrth lanio ac felly roedd yn wynebu'r ffordd iawn. Roedd Nav ar ei ffordd i'w hachub nhw, i'w hachub hi, Carys. Rhywbeth roedd e wedi methu ei wneud ar ddiwrnod y ras honno. Roedd e'n gwybod y byddai hi'n gwrthod y fath syniadau traddodiadol, yn mynnu ei bod yn hen ddigon abl i ofalu amdani'i hun. Ond os oedd e wedi methu arbed ei chwymp fawr, doedd e ddim yn mynd i fethu'r eilwaith. Nawr bod yna gorff ar yr ynys roedd pethau'n wahanol iddyn nhw i gyd. Ceisiodd anwybyddu'r ffaith fod y tonnau'n teimlo'n fwy nerthol nawr ei fod ar y môr. Cydiodd yn y lifer a'i gwthio ymlaen, a neidiodd y cwch.

Ar ôl sawl diwrnod tywyll, roedd hi'n syndod o olau ar y lanfa erbyn hyn. Ond wrth iddo symud yn gyflym ac yn anwastad, gwelai Nav y cleisiau duon yn dod tuag ato. Prin yr oedd wedi gadael y bae cyn i'r tonnau chwyddo ac i'r cwch ddechrau codi a disgyn fel reid ffair, yn ei siglo a'i ysgwyd, a'i stumog hefyd yn ei sgil. Cafodd llinell yr arfordir ei llyncu gan lwydni, a sylweddolodd am y tro cyntaf efallai na fyddai'n ddigon iddo anelu trwyn y cwch ymlaen a gobeithio'r gorau. Gobeithiai Nav ei fod yn teithio tuag at y tir mawr yn Aberdaron, ond beth os oedd e'n mynd ymhellach i ffwrdd? Faint fyddai hi cyn y byddai ar drugaredd y môr mawr? Palodd blaen y cwch yn erbyn ton gref a theimlai fel petai wedi bwrw wal. Ysgydwyd ef. Roedd natur yn gwgu arno. Diflannodd pob diferyn o ddewrder oedd yn perthyn iddo. Sylweddolodd Nav: 'Ddaw hi ddim fel hyn', cyngor ei dad yng nghyfraith oedd o leiaf yn hanner cyfrifol am ei sefyllfa. Byddai'n rhaid iddo droi'n ôl.

Un peth oedd penderfynu. Mater arall oedd gweithredu ar hynny. Er i Nav droi'r olwyn â'i holl nerth, a llwyddo i symud blaen y cwch rhyw ychydig, doedd y cerbyd ddim yn troi digon i ddechrau mynd am yn ôl. Fe fyddai'n dechrau symud i'r chwith, ond yna fe fyddai ton yn eu bwrw o'r ochr a'r cwch yn cael ei hyrddio i'r dde. Fe fydden nhw'n siglo'n ôl ac ymlaen am ychydig wedyn nes i Nav fagu'r cryfder i drio eto. Roedd yr olwyn yn llawer trymach nag olwyn car ac roedd hyd yn oed ei freichiau e'n dechrau gwegian. Rhoddodd gynnig arall arni, ac un arall, nes ei fod yn methu gwneud dim. Yno fuodd e, yn symud i fyny ac i lawr ar y dŵr nes i'r awyr oleuo… tywyllu… goleuo… a thywyllu unwaith yn rhagor. Nid oedd Nav wedi bod yn edrych ymlaen at gyrraedd yn ôl gyda'i gynffon rhwng ei goesau a gorfod cyfadde i'r fenyw roedd e'n ei charu yn fwy na dim byd ar y ddaear iddo drio, ond methu. Ond nawr roedd syniad arall yn cydio. Syniad llawer gwaeth. Beth petai e'n methu cyrraedd yn ôl o gwbl? Beth petai e'n marw ar y môr ac yn gadael ei ddyweddi mewn sefyllfa waeth o lawer, yn weddw, yn galaru ar ei ôl? Yn chwilio am atebion i'r hyn roedd Nav wedi ei wneud, heb fodd o gael hyd iddyn nhw fyth?

Fe hoffai Nav ddweud iddo ymwroli, rhoi cynnig arall arni ac i hwnnw lwyddo, ond roedd yr olwyn wedi mynd yn fwy ac yn fwy stiff, ac erbyn hynny roedd bron yn amhosib i'w throi. Y môr ei hun drodd y cwch. Ton enfawr yr oedd Nav yn siŵr y byddai'n ei fwyta'n fyw. Ond trwy ryw wyrth fe ergydiodd yn erbyn ochr flaen y cwch, ac yna dal ei gynffon a gwthio honno i'r un cyfeiriad. Trowyd y cwch gant ac wyth deg gradd i'r cyfeiriad arall. Oedodd Nav ddim. Gwthiodd y sbardun i'r gwaelod.

Pan gyrhaeddodd y lan, anelodd Nav yn araf am gwt y cychod. Ar ôl stopio ac ailddechrau cwpwl o weithiau, fe lwyddodd i barcio, yn gam. Allai e ddim bod wedi llamu oddi ar y blydi peth yn gynt, er iddo wneud hynny'n drwsgl. Roedd e'n sychedig ofnadwy a'i fola'n rwmblan. Ond doedd hynny'n ddim byd o gymharu â'r oerfel. Hyd yn oed yn ei got, roedd e'n wlyb o'i gorun i'w sawdl, ei gorff yn crynu. Ymestynnai ei ddwy fraich o'i flaen fel mymi, ei fysedd wedi rhewi'n gorn. Ymdrechodd i dynnu'r siaced achub. Ei reddf gyntaf oedd ei baglu hi 'nôl at Carys, gofyn iddi am faddeuant am iddo fod mor ffôl. Ond roedd angen rhoi'r allwedd yn ôl ar y bachyn gyntaf. Ac wrth iddo wneud hynny, clywodd yr ergyd. Gwyddai'n syth nad taran oedd hi. Roedd Nav newydd glywed ergyd gwn.

22

Roedd ei ben yn powndio erbyn hyn, meddai Nav. Roedd wedi mynd â bar protin a photel o ddŵr gydag e. Ond roedd oriau ers iddo yfed a bwyta nawr, er nad oedd e'n sylweddoli bod cymaint o amser wedi mynd heibio ar y pryd. Roedd e'n wlyb ac yn oer. O edrych yn ôl, doedd e ddim yn meddwl yn glir. Ond roedd yr ergyd wedi ei fywiogi. Doedd dim yn bwysicach iddo na gweld pwy oedd yn saethu gwn. Yn lle gwyro i'r dde a dringo i fyny i Dŷ Pellaf ar waelod Mynydd Enlli, fe aeth yn ei flaen, tuag at y tir mawnog, yr hen ysgol a'r wylfa adar ar y dde ac adfeilion Abaty'r Santes Fair ar y chwith – ffordd oedd yn llai cyfarwydd. Roedd e'n ymwybodol bod ei gorff yn flinedig, ond aeth yn ei flaen, gan ddyfalu y byddai ei gyhyrau'n cynhesu wrth iddo symud, un cam ar y tro, nes i ruthr o rywbeth ymddangos yn sydyn a gwthio heibio iddo. Cydiodd Nav ynddo. Doedd e ddim yn siŵr pam. Roedd e wedi dod o hyd i berson arall, person allai eu helpu, efallai, a doedd e ddim am golli'r cyfle hwn. Stopiodd y person yn y fan a'r lle. Gollyngodd Nav e, ond yna cydiodd y dyn yn Nav. Roedd Nav yn meddwl bod y dieithryn am ymosod arno. Roedd yn barod i daro'n ôl. Crafangodd yn y dyn gerfydd y cyhyrau caled ar dop ei freichiau, yn barod i'w siglo, i'w wthio'n ôl. Ond fe'i synnwyd pan welodd yr ofn yn ei lygaid. Ofn Nav. Roedd e wedi gweld hynny o'r blaen, wrth gwrs. Pobol yn ei ofni, achos ei fod yn ddierth, yn wahanol iddyn nhw. Cyn i Nav gael cyfle i gynddeiriogi dechreuodd y dyn barablu. Doedd e ddim yn siŵr ym mha iaith. Roedd ei lais yn annisgwyl, ac roedd e'n anadlu'n fân ac yn fuan.

'Ara' bach,' meddai Nav wrtho, ac fe wnaeth y dyn lwyddo i arafu digon i Nav allu deall ambell air, hanner brawddeg fan hyn a fan 'co, rhyw stori am gael ei gwrso, pobol yn ei gwrso, yr angen i ddianc, am flinder affwysol.

'Weli di'r tŷ yna ar y tir uchel? Tŷ Pellaf. Mae 'nghariad i yno, Carys. Fe 'neith hi ofalu amdanat ti.'

Nodiodd y dyn yn ddiolchgar. Fe allai Nav ei weld nawr am yr hyn ydoedd, un eiddil o gorff. Sylweddolodd mor ffôl fuodd e i ofni'r dieithryn. Deallodd pam roedd e, Nav, wedi codi ofn arno. Daeth awydd drosto i'w helpu, i ofalu amdano. Arweiniodd y ffordd yn ôl at ymyl Mynydd Enlli a dechrau dringo'r llwybr i fyny at y tŷ. Unwaith y gallen nhw weld y waliau gwelw, oedodd Nav.

'Ble ma'n nhw? Y bobol 'ma sy'n dy gwrso di? Mynydd

Enlli?' Dychmygodd y byddai'r tir creigiog a'r clogwyni serth yn ardal berffaith i bobol guddio.

Nodiodd y llall. 'Briwgerrig,' sibrydodd.

Edrychai wedi ymlâdd. Syllodd Nav i'w lygaid. Oedd yna rywbeth yn gyfarwydd ynddyn nhw? Roedd golwg bell ar y dyn. Ai dychmygu oedd e bod yna bobol ar ei ôl? Doedd e ddim i'w weld yn ddigon cryf i ymladd cath.

'Oes gynnau ganddyn nhw?' gofynnodd Nav, gan gofio beth roedd e wedi ei glywed.

Wnaeth y dyn ddim ymateb.

'Dwi'n mynd i weld beth yw'r sefyllfa – wna i gadw'n ddigon pell,' meddai Nav, yn teimlo'n warchodol. 'Cer di mlân, cnocia ar ddrws Tŷ Pellaf. Dwed wrth Carys mai fi sy 'di anfon ti – Nav.'

Gwyliodd Nav y dieithryn o bell, nes iddo weld ei fod yn anelu i'r cyfeiriad iawn, bron yn saff. Yna trodd Nav yn ei unfan, yn benderfynol o ddod 'nôl â rhywbeth fyddai o ddefnydd ar ôl llanast y daith gwch, ac yn llawn chwilfrydedd i weld beth neu bwy oedd wedi codi cymaint o ofn ar y dyn.

Dyna lle fuodd e, weddill yr amser, yn cuddio yng ngherrig Mynydd Enlli, yn gwylio'r gweithgarwch ym Mriwgerrig. Yna, gan ofni y byddai'n rhewi yn garreg ei hun petai'n aros yno'n hirach, fe grwydrodd am yn ôl gan anelu am adfeilion yr abaty ar ei ffordd. Gwelodd y garreg groes, yr un roedd wedi gweld enfys uwch ei phen un tro. Anelodd tuag ati. Y peth nesaf roedd e'n cofio ei weld oedd hi.

★

'Welest ti nhw?' gofynnodd Carys.

'Do.'

'Beth o'n nhw'n neud, 'te?'

'Dwi ddim ym hollol siŵr.'

'Ond fuest ti'n gwylio nhw? Am faint?' Roedd Carys yn ddiamynedd gyda Nav ddywedwst.

'Dydd a nos...'

'Wel?'

'Maen nhw'n griw. Llai na hanner dwsin. Mae bês 'da nhw yn y tŷ cerrig. O'n nhw mewn a mas. Yn cerdded o gwmpas. Yn gwneud ymarferion, weithiau.'

'Cadw'n ffit?' gofynnodd Carys gan gofio dillad y dyn oedd wedi cnocio ar eu drws.

Siglodd Nav ei ben. 'Mwy na hynny. O'dd rhai 'nyn nhw wedi eu gwisgo mewn lifrai...'

'Fel milwyr?'

'Ie. O'dd gwn gydag ambell un.'

'Y twpsyn! Beth 'sen nhw 'di gweld ti. 'Set ti 'di gallu ca'l dy ladd.'

'Wnes i aros yn ddigon pell... yn trio penderfynu allen

nhw'n helpu ni...' Doedd Nav ddim yn hoffi dangos gwendid. 'Fues i'n cysgodi mewn hen gwt cerrig yn cadw llygad ar y cymylau. Tase'r tywydd wedi gwella falle allen i fynd 'nôl at y cwch a —'

'Nav.' Ochneidiodd Carys, yn tyneru at ei wroldeb ffaeledig.

'O'n i'n gwbod, tra bo' fi yno yn eu gwylio nhw, eich bod chi'n saff.'

'June, fuodd hi farw yn ei chwsg,' meddai Carys, heb wybod sut i dorri'r newyddion.

Edrychodd Nav arni am eiliad. 'Ydy *e*'n saff?' gofynnodd.

'Fe?'

'Ben.' Daeth y wybodaeth fel fflach i gof Nav. Gwyddai pam roedd y llygaid yn gyfarwydd.

'Am bwy ti'n siarad, Nav?'

'Y dyn. Yr un ddaeth at ddrws Tŷ Pellaf. Ti'n cofio?'

'Odw, odw, wrth gwrs bo' fi'n cofio – dyn dierth... Do'n i ddim yn siŵr beth i neud ag e. A ddylen i adel e mewn hyd yn oed. Nav, ma rhwbeth rhyfedd iawn amdano fe. Fuodd e'n cysgu am beder awr ar hugen a nawr dyw e'n neud dim byd ond eistedd, yn syllu mas trw'r ffenest.'

Rhoddodd Nav ei fraich amdani. Rhoddodd nerth iddi.

'Dim unrhyw un yw'r dyn yna. Dyna Ben Carew.'

23

Fe ddaeth dychweliad Nav â gwth o egni yn ei sgil. Roedd hyd yn oed Bryn wedi adfywio ac yn dod allan o'i wely, ond yn bell o fod yn fe ei hun. Roedd y dyn dieithr wedi codi o'i gadair cyn gynted ag yr oedd Nav wedi ei gyfarch gyda 'Helô, Ben', er mai prin roedden nhw'n nabod ei gilydd. Roedd Nav wedi cymryd un cip arno a datgan bod angen bwyd ar Ben Carew. Bwyd oedd eisoes yn brin. Roedd cael enw i'r dyn dieithr wedi creu ffrwydrad o gwestiynau oddi wrth bawb, ond roedd Nav wedi llwyddo i'w tawelu ac i'w cael nhw i ganolbwyntio eu hegni ar her arall.

Roedd methiant Nav i gyrraedd y tir mawr hefyd yn arwydd bod yn rhaid iddyn nhw weithredu os oedden nhw am oroesi nes bod help yn dod. Roedd yn rhaid wynebu'r peth yr oedden nhw wedi bod yn ei osgoi ers diwrnodau – mynd i fwthyn John Rees i ddod o hyd i fwyd.

Roedd Lisa wedi mynnu mynd gyda Carys, er ei bod hi'n dal i chwythu ac i fwrw glaw tu allan. Roedd wedi diflasu'n llwyr ar y sefyllfa, meddai hi, ac yn ysu i gael gwneud rhywbeth i ddiddanu'r meddwl a'i gadw rhag troi fel chwyrligwgan o gwmpas lles y plant a'r busnes. Ceisiodd Carys ei chysuro y byddai Cai yn ymdopi'n iawn am ychydig o ddiwrnodau, ond rhoddodd Lisa hi yn ei lle yn syth: 'A phob parch, Carys fach, dwyt ti ddim yn deall.' Ac roedd hynny'n wir.

Fel rhiant oedd yn gweithio fel ffisiotherapydd, doedd Lisa ddim yn gyfarwydd ag amser rhydd. Ac roedd gormod o amser gan bawb yn llygad y storm. Roedd yr oriau'n hir a'r sefyllfa'n waeth gan fod pawb ar ben ei gilydd. Roedd hi'n anodd peidio dechrau sylwi pwy oedd yn defnyddio fwyaf o fagiau te. Amhosib oedd mynd i wneud paned heb fod rhywun arall yn gofyn am ail baned yn eich sgil, ac o leiaf un corff arall wrth y bwrdd yn eich gwylio yn ceisio gwneud paned i dri gydag un bag te. Ac fe fyddai Lisa wedi croesawu'r cyfle yma i ymlacio yn encil enwog Enlli. Ond roedd y tywydd wedi eu gorfodi i glwydo. Roedd hi'n teimlo'n fwy rhwystredig wrth yr awr.

Petai hi wedi canfod ei hun mewn sefyllfa lle roedd gan Aled a hithau wyliau i ddau i'w mwynhau, dychmygai Carys y byddai Lisa'n dewis bod mewn gwesty moethus, neu'n crwydro ar hyd llwybr yr arfordir yn yr haul. Roedd yna ddigon o awyr iach o'u cwmpas, er gwaetha'r glaw, a'r gwynt oedd yn eu ceryddu gyda'i ergydion oer. Ond roedd meddylu yn fwy blinedig na rhedeg ras, gwyddai Carys hynny. Gallai gydymdeimlo â'i chwaer yng nghyfraith. Roedd teimlo cymaint o gyrff o'i chwmpas yn dechrau gyrru Carys o'i cho'. Neidiodd ar y cyfle i gael mynd i dŷ John Rees, y cychwr, i chwilio am gelc o fwyd, er y gwyddai beth fyddai'n eu disgwyl nhw yno. Gwyddai hefyd nad hi oedd y mwyaf nerthol o blith y criw ond roedd ganddi gystal hawl ag unrhyw un i chwarae ei rhan.

Roedd Aled yn frwd i ddod gyda nhw ond sylwodd Carys ar ryw newid yn Lisa pan welodd ei gŵr yn styrio o'r soffa – arlliw o siom ac awgrym y byddai'n well ganddi fynd ei hun y tro yma. Cynigiodd Carys fod Aled yn aros gyda Dad, rhag ofn fod hwnnw angen y math o ofal y byddai'n fwy gweddus i un o'i blant ei roi. Roedd wedi codi a gwisgo ac yn cerdded 'nôl ac ymlaen fel gafr ar daranau. Cyn i Aled ddechrau dadlau, gofynnodd Carys i Elfed ddod gyda nhw. Cododd hwnnw ei aeliau a'i ben ryw ychydig, yn arwydd ei fod yn cytuno'n anfoddog. Ond fe gythrodd ei gorff yn ddigon clou serch hynny. Oedd, roedd e'n barod iawn i gynnig pob help, er yr hoffai roi'r argraff fod popeth yn drafferth.

Gwisgodd y tri eu cotiau a'u sgidiau cerdded, y lleill yn eu gwylio'n ofalus. Llerciai Aled ger y ffenest, yn pwdu. Eitha reit â fe, meddyliodd Carys, gan gofio beth roedd Rose wedi ei glywed e'n ei ddweud wrth eu tad am ei gynlluniau ar gyfer Tynrhyd. Roedd Carys yn ymwybodol o lygaid Nav arni. Roedd e eisiau gofalu amdani, a hithau eisiau dangos i bawb ei bod yn gallu gofalu amdani ei hun. Bodlonodd i warchod y lleill a'r dieithryn. Roedd Rose wedi cynnig chwarae gêm o gardiau arall gyda Huw. Un dda oedd hi. Wrth adael, clywodd dwrw Aled wrth iddo eistedd wrth y bwrdd yn herio'r lleill a bygwth eu 'dinistrio' nhw.

Tu allan, baglodd y tri ar hyd y gwair hir a'r tir anwastad, eu calonnau'n drwm wrth feddwl am y goleudy, y ffagl oedd yn arwydd o obaith i bobol oedd yn cyrraedd yr ynys, bellach yn arwydd o argoel drwg. Roedd golau'r goleudy yn dal i droi drwy law bellennig heb angen am ddyn na dynes ar yr ynys, ond yn hytrach nag arwydd o gysur i rai mewn peryg teimlai bellach fel rhybudd, cipolwg o'r olygfa ysgeler y tu fewn i gartref yr hen ddyn oedd yn arfer gwarchod yr ynys. Teimlai Carys ias wrth iddi agosáu at y goleudy pedronglog gan glywed clonc, clonc cadwyni trymion yr hen dortshys tân yn eu rhybuddio rhag mynd yn rhy agos i ymyl y clogwyn… yn canu fel petaen nhw'n galw ar bobol i gyflwyno'r meirw.

'Arhoswch gyda'ch gilydd,' rhybuddiodd Elfed.

Tynnodd Carys ei chot yn goflaid amdani.

Ers i'r dieithryn ddod i guro ar eu drws roedden nhw i gyd yn ymwybodol bod yna bosibilrwydd eu bod nhw'n rhannu'r ynys gyda rhai eraill. Roedd yr amheuon hynny wedi eu cadarnhau ar ôl clywed stori

Nav. Roedden nhw wedi dewis cadw'r newydd am y lifrai milwrol a'r gynnau yn dawel am y tro. Os oedd beth ddwedodd Ben Carew yn wir, roedd y lleill oedd yma'n hanner call a dwl. Ond roedd e wedi dweud sawl peth. Roedd wedi cyhuddo Nav, ei chariad hi. Ac allai hynny ddim bod yn wir, allai? Os oedd yna bobol o gwmpas na allen nhw ymddiried ynddyn nhw, beth am greaduriaid? Cadno neu gath wyllt? Allai'r rheini fod ar Enlli? Beth os oedd un ohonyn nhw wedi sleifio i'r tŷ yn chwilio am swper? Dychmygodd Carys fynd i mewn i'r gegin a dod o hyd i'r gorchudd a guddiai John Rees wedi ei styrbio.

'Af i mewn, arhoswch chi tu fas.' Torrodd Elfed ar draws meddyliau hunllefus Carys ac roedd hi'n falch o hynny.

'Wy'n dod gyda ti,' atebodd Carys yn syth.

'Wel, sai'n aros fan hyn ar ben 'yn hunan bach er mwyn i rywun ymosod arna i,' meddai Lisa. 'Dyn a ŵyr pwy neu beth sy o gwmpas y lle 'ma.'

'Ma lan i chi, ond so ni'n gwbod pwy sy mewn 'na chwaith,' meddai Elfed. 'Os o's 'na ryw foi off ei ben ar yr ynys 'ma, fydde fe'n lle da iddo fe gwato, on' bydde fe – yn y cysgodion.'

'Os o's rhywun mewn 'na, bydd angen help 'not ti.' Cododd Carys ei ffon damaid bach, yn arwydd ei bod yn barod i daro petai'n rhaid.

'Sai moyn i neb ga'l dolur,' meddai Elfed yn fwy addfwyn.

Edrychodd y ddau ar ei gilydd, roedd yna dynerwch yn ei lygaid. Fe barodd am eiliad neu ddwy cyn iddo boeri,

'Yr arogl, unwaith i ti ogleuo fe, wnei di byth anghofio.'

Oedd e'n gofidio y byddai'r galar am ei mam yn dod i'r brig? meddyliodd Carys.

'Wy'n ferch ffarm,' atebodd.

'Dewch, wir dduw, i ni ga'l cwpla!' Cipiodd Lisa y gair olaf.

Sleifion nhw tuag at y drws ffrynt yn dawel bach, er parch i'r meirw, fel petaen nhw'n ofni eu dihuno nhw o'u trwmgwsg. Roedd sŵn y gwynt yn uwch na sŵn unrhyw symudiad. Os oedd yr hyn roedd Elfed wedi ei awgrymu yn wir, roedd peryg iddyn nhw styrbio rhywun arall hefyd... a hwnnw'n fyw ac yn barod i ymosod. Rhoddodd Elfed ei fys yn erbyn ei geg a blew newydd ei farf. Dychmygodd Carys y cyffyrddiad yn ysgafn fel cusan. Teimlai'r blew bach ar gefn ei gwddf yn codi. Yng ngolau'r tortsh roedd yn fwy ymwybodol fyth o bob sŵn, pob symudiad wrth iddyn nhw agor y drws gwichlyd a chamu i mewn, eu gwynt yn eu dwrn.

Yr unig ymosodwr oedd yr oglau, ac fe'u bwrodd nhw

fel paffiwr, gan orfodi dwylo i saethu i fyny i warchod eu trwynau, eu cegau, fel petaen nhw newydd flasu dwrn yr un.

Er eu bod yn synhwyro beth oedd o'u blaenau roedd camu i mewn i'r tŷ yn dal i fod yn sioc. Roedden nhw wedi agor y ffenestri er mwyn cael gwared ar unrhyw aer drwg ond roedd yr ymdrech honno'n fethiant llwyr. Hitiodd yr oglau ffroenau Carys yn syth.

'Yffarn!' Crychodd Elfed ei wyneb yn boenus. Dyma ddyn oedd yn gyfarwydd ag oglau ffiaidd mwg y bedol boeth yn taro dŵr llonydd.

Pesychai Lisa wrth ei ochr.

Doedd Carys erioed wedi ogleuo unrhyw beth tebyg, o'r hyn y gallai ei gofio. Cig yn pydru, yn dew yn yr aer, yn glynu i'r ffroenau. Ond roedd yna rywbeth arall hefyd, rhyw oglau rhyfedd, rhyw felystra troëdig.

'Chi'n gwbod bod hyd yn oed y meirw yn gallu symud, on'd y'ch chi?'

'Trysto ti, Elfed, i neud sefyllfa wael yn waeth.'

'Rhybuddio chi, 'na gyd,' meddai'n amddiffynnol.

Roedd hi'n gythreulig o oer, fel petaen nhw newydd gerdded i mewn i gorffdy, y cyrff fel ysbrydion, yn gorffwys dros dro cyn atgyfodi'n annisgwyl. Eneidiau Enlli. Er ei bod hi'n oer tu allan, roedden nhw wedi magu gwres wrth frasgamu yn gyflym ar hyd y tir, ond nawr eu bod wedi arafu roedd yr oerfel wedi eu taro wrth i'w cyrff lonyddu.

'Dyw e ddim yn edrych fel tase unrhyw un wedi'i styrbo fe,' meddai Carys, i gysuro ei hun yn fwy na dim.

Gorweddai John Rees ar lawr y gegin, ar ei ochr, yn y man roedd wedi syrthio. Roedd blanced dros ei ben ond gallai Carys weld ei goesau, wedi troi ar ongl, yn arwydd iddo gwympo yn lletchwith – llithro ar rywbeth a tharo ei ben? – pwy a ŵyr? Dyna roedden nhw wedi ei obeithio. Ond gyda chorff arall wedi ymuno ag e roedd yn fwy anodd credu hynny, yr ofn mawr yn awr yn baranoia.

24

Er parch iddi hi ac i'r hen gychwr roedd y criw wedi dewis rhoi June i orwedd yn y stafell wely. Fe aeth yn drafodaeth rhwng Aled ac Elfed ynglŷn â beth fyddai'n fwyaf parchus, ei gosod ar lawr neu ar wely John Rees. Penderfynwyd yn y diwedd na fyddai June yn dymuno mynd o un gwely i'r llall ac fe'i rhoddwyd hi i orwedd ar lawr.

Roedden nhw'n difaru nawr nad oedden nhw wedi symud corff John Rees o'r ffordd – o'r golwg. Ar y pryd, roedd hi'n bwysig cadw lleoliad y ddamwain fel ag yr oedd. Roedd yn haws prysuro gyda thasg y dydd heb fod y corff yn gorwedd ar lawr – yn llythrennol yn eu ffordd. Roedd y stafell yn fach ac er nad oedd hi'n foethus, roedd hi'n llawn. Ar hyd wal y ffenest, roedd unedau cegin a sinc *stainless steel*. Roedd drws wedi dod oddi ar un o gypyrddau'r gegin a heb gael ei ailosod, a gwelai Carys y botel Fairy Liquid y tu fewn. Roedd llun yn hongian mewn ffrâm syml uwchben y llestri oedd yn aros i gael eu cadw, llun o draeth a Gweddi'r Arglwydd wedi ei phrintio arno, y ddau wedi gwelwi gan amser. Nesaf, roedd sawl llun o geffylau mynydd, a bachau gwag lle'r aeth y lluniau yn angof. Beth oedd yn arfer bod yno, tybed? meddyliodd. Yn y gornel roedd stof nwy o'r pumdegau gyda thegell arni, a hwnnw'n oer, a drws nesa, ger y soffa frown felfaréd, roedd tân nwy. Llenwyd y gegin gan fwrdd pren ac arno bob math o drugareddau – dau fŵg, platiau gyda thamaid o gacen ar un, tebot clai, pentwr o lyfrau, camera, a radio a chwaraewr tapiau coch oedd yn perthyn i'r wythdegau. Gorweddai John ar y leino patrwm brown a melyn oedd yn atgoffa Carys o flodau. Llenwai'r corff y gofod rhwng y soffa, y bwrdd a'r gegin fel ei bod hi'n anodd cyrcydu o flaen y cypyrddau heb boeni am darfu arno.

'Chi moyn i fi symud e?' cynigiodd Elfed wrth weld bod Lisa yn straffaglu braidd.

'Na, ma'n ddigon gwael ein bod ni'n mynd trwy ei bethau fe,' meddai Carys.

Er ei fod wedi marw, ac roedd hynny'n glir, teimlai Carys yn anghyfforddus iawn am yr hyn roedden nhw ar fin ei wneud. Nid yn unig yr oedden nhw'n tresbasu, yn busnesu yng nghartref y dyn caredig yma nad oedd wedi gwneud dim byd ond eu helpu nhw, roedden nhw ar fin dwyn ei eiddo. Ond pan awgrymodd Carys hynny chafodd hi fawr o gydymdeimlad gan Elfed.

'So fe'n reit, odi fe? Dim ni sydd piau'r pethau yma.'

'Sai'n credu bod lot o whant swper arno fe, wyt ti?' atebodd Elfed yn dywyll.

'Dyw e ddim yn teimlo'n iawn, nag yw e? Bywyd syml o'dd y dyn bach yn byw a nawr dyma ni yn mynd â'r chydig oedd ganddo fe, yn twrio yn ddidrugaredd…'

'Wna i anfon hamper ato fe unwaith fyddwn ni'n ôl ar y tir mawr.' Doedd dim llawer o amynedd gan Elfed.

'Drycha, Carys, wy'n deall beth ti'n weud, reit, ond wy'n credu, dan yr amgylchiadau, bod ein hangen ni yn fwy na'i angen e,' meddai Lisa yn siort.

Nodiodd Carys a chytuno i fwrw ymlaen.

Aeth Lisa ati gan agor y cypyrddau a dechrau chwilota. Doedd neb eisiau bod yno yn hirach nag oedd angen.

'Jest bacha beth bynnag sy 'na,' meddai Elfed. Roedd yn amlwg fod mwy o chwant bwyd arno fe nag oedd ar Carys. Yn sydyn, fe glywodd y ddau arall sŵn gyddfol oddi wrth Lisa.

'Be sy'n bod?' gofynnodd Carys.

'Lot o duniau. Rhai 'di bod 'ma ers blynydde wrth eu golwg nhw.'

'Be ti'n ddisgw'l? *Michelin star*?' Roedd Elfed yn chwilota o gwmpas y gegin, yn cicio unrhyw beth oedd yn ei ffordd, yn bapurach ac yn froc môr.

Rhoddodd Elfed waedd.

'Be sy?' Roedd ofn yn llais Lisa.

'Bwrw fy nhro'd – yn erbyn blydi pedol o bob peth!'

'Dim ond ti!' Hanner chwarddodd Lisa a gafael mewn tun arall. *Mushy peas,* meddai'n ffroenuchel.

'Ma 'na lysiau yn yr ardd yn yr haf a'r hydref,' meddai Carys. Doedd hi ddim yn hoffi'r ffordd roedden nhw'n difrïo'r hen ddyn oedd wedi byw ar yr ynys 'ma ar hyd ei oes.

''Co, ma bocs fan hyn,' meddai Elfed, wrth ei fodd iddo ddod o hyd i rywbeth defnyddiol. Estynnodd y bocs i Lisa. Edrychai'n siomedig ei fod yn wag.

'Wel, cer â'r bocs a dechre ei lenwi fe.'

Ufuddhaodd Lisa a throi'n ôl at y dasg, gyda Carys wrth ei hochr.

'Bîns a mwy o bîns, brand siop... Fray Bentos *steak and kidney...*'

'*Blast from the past.* Fydd Dad yn hapus.'

'*Corned beef, ravioli,* www, *peaches,*' meddai Lisa yn cyffroi wrth weld y ffrwythau.

'Dere, wir dduw, ti ddim yn Tesco – well 'da fi ga'l brechdan Spam na starfo.'

Yn sydyn, fe ollyngodd Lisa sgrech a lenwodd y lle. Aeth calon Carys i'w gwddf. Llenwyd y tywyllwch gan gyffro. Roedd rhywun yn symud, yn dod amdanyn nhw. Clywodd droelli, gwibio, yn tarfu ar y tawelwch, yn torri trwy'r aer. Roedd Lisa yn symud ei breichiau fel petai'n ceisio ymladd yn erbyn y diafol.

'Tortsh!' gwaeddodd Carys ar Elfed. Arhosodd hi

ddim yn ddigon hir iddo allu ymateb. Ymbalfalodd trwy'r tywyllwch. Daeth o hyd i ffrâm drws y gegin a llithro ei llaw agored ar hyd y wal nes iddi ddod o hyd i'r switsh, er iddyn nhw gytuno na fydden nhw'n ei gyffwrdd. Disgwyliodd am y golau. Ddaeth e ddim.

Trodd Carys yn ôl at y lleill yn siomedig a'r peth nesaf roedd llaw yn dod tuag ati yn barod i'w tharo. Clywodd y fflapian a sylweddoli. Na, nid llaw, aderyn du ei liw oedd yno. Brân oedd wedi hedfan mewn trwy'r ffenest agored a methu ffeindio ei ffordd allan.

'Shw, shw!' gwaeddodd Lisa ac ysgwyd ei breichiau cystal ag unrhyw aderyn. Roedd hi'n ceisio symud y frân tuag at y ffenest, ond roedd hi wedi ei chyffroi'n lân ac roedd hi nawr yn hedfan mewn cylchoedd uwch eu pennau. Roedd ei symudiadau yn ddychrynllyd.

'Mas â ti!' Doedd Lisa ddim yn mynd i ildio.

Tynnodd Carys ei chot a'i defnyddio i geisio symud y frân tuag at y ffenest. Cydiodd Elfed yng ngwaelod y dilledyn nes ei fod fel hwyl hir yn cwhwfan rhwng eu dwylo, i ddwyn perswâd ar yr aderyn i ryddhau ei hun o gell y gegin. Gydag un chwifiad olaf o'r got, diflannodd y frân trwy'r ffenest. Mewn chwinciad, roedd wedi mynd. Roedd y tŷ yn ddistaw unwaith eto. Chwarddodd Elfed yn fuddugoliaethus, yna mae'n rhaid ei fod wedi cofio am yr amgylchiadau a distawodd, er parch. Aeth Lisa yn ôl ar ei gliniau a gorffen llenwi'r bocs, chwarae teg iddi, yn dawel y tro yma.

Hanner baglodd Carys yn ôl ac eistedd ar un o gadeiriau'r bwrdd, er nad oedd hi wedi bwriadu gwneud hynny. Doedd hi ddim am gyfaddef ar goedd ond roedd ei choesau'n flinedig. Edrychodd o'i chwmpas ar y bwrdd bwyta pin, ei llygaid yn mynd ar hyd y trugareddau: dau fŵg, dau blât a thamaid o gacen ar un ohonyn nhw... edrychai'n ddigon bwytadwy ond gwyddai Carys iddo fod yno ers dyddiau... paned a chacen, meddyliodd. Fe fyddai hi'n rhoi unrhyw beth am baned a chacen! A beth am John Rees? Stopiodd Carys yn stond. Oedd gan y cychwr gwmni cyn iddo farw? Oedd yntau wedi bod yn mwynhau disied a thamed bach ffein gyda ffrind? Roedd hi'n anhrefn llwyr yn y gegin fach, llestri brwnt a llestri glân yn gymysg i gyd ac felly roedd hi'n amhosib bod yn siŵr... ond, unwaith i'r syniad ei tharo hi, roedd hi'n methu ei ollwng yn llwyr. Oedd John Rees wedi eistedd a chael te a chacen gyda'i lofrudd cyn i hwnnw ei ladd?

'Wel, wel, o'dd gan yr hen foi gyfrinach! *Secret stash!*' Ymddangosodd wyneb Elfed o'r tu ôl i ddrws cwpwrdd hir yng nghornel bellaf y stafell.

'Bisgits, bara brith, a, y wobr gynta – potel o rỳm!' cyffrôdd.

'Te cnebrwng,' meddai Carys a chnoi ei gwefus yn syth.

Fe ddaeth y tri allan o fwthyn y cychwr gan anadlu'n

ddwfn, yn llowcio awyr iach, er ei bod hi'n arw, yn methu dod oddi yno'n ddigon clou, fel petaen nhw'n dianc rhag tân, yr oglau cyfoethog, gorfelys yn llenwi eu hysgyfaint fel mwg.

Roedden nhw'n barod i ddweud hanes eu hantur fawr pan gyrhaeddon nhw'n ôl yn y tŷ ar ymyl Mynydd Enlli ond pan gamon nhw dros y rhiniog, y bocs bwyd fel cist drysor ym mreichiau Elfed, roedd rhywbeth chwithig am yr awyrgylch, rhywbeth am yr wynebau syfrdan oedd wedi eu taro'n fud.

25

Roedd pawb yn siarad dros ei gilydd, yn llawn cyffro ac yn orawyddus i rannu'r stori gyda Carys, Elfed a Lisa. Roedd yr hyrdi-gyrdi'n ei gwneud hi'n anodd canolbwyntio, anodd dilyn trywydd y stori i ddod at y gwir, ond o'r hyn allai Carys ei ddirnad dyma oedd wedi digwydd.

Roedd Rose wedi mynd lan staer i wneud yn siŵr fod Bryn yn iawn. Roedd e wedi mynd am nap ar ôl bod yn troedio 'nôl ac ymlaen ac roedd hi wedi eistedd ar y gadair fach wrth ei ymyl, meddai hi, a dechrau adrodd straeon am ei hoff stalwyni, Glaw ar y Mynydd ac Esgair y Graig, gan obeithio y byddai hynny'n creu rhyw ddiddordeb yn ei feddwl. Roedd hi'n methu goddef ei weld yn gorwedd yno, yn edrych mor fregus. Roedd cymylau du wedi dechrau symud ar draws ei meddwl hi: beth os oedd rhywun wedi niweidio Bryn yn fwriadol?

Tybiodd Rose iddi gwympo i gysgu, cwsg anesmwyth, achos y peth nesaf, teimlai fel petai hi yng nghanol hunlle. Gallai glywed gweiddi. Lleisiau cryf, lleisiau dynion yn arthio ar ei gilydd yn flin. Er ei bod hi yno, yn saff rhwng pedair wal gyda'r dyn oedd wedi gofalu amdani erioed, fe gafodd hi ofn.

'Pwy sy 'na, 'merch i?' Deffrodd Bryn a chodi ar ei eistedd yn drafferthus.

'Rose sy 'ma, Bryn,' gwenodd, yna gwgodd. 'Arhoswch chi fan hyn. Af i lawr i weld be sy'n digwydd.'

Aeth mewn dychryn at dop y staer ac yno y bu'n gwrando, fel plentyn bach ofnus oedd i fod yn y gwely yn clustfeinio ar ei fam a'i dad yn ffraeo.

Clywai Rose ambell beth, ychydig o eiriau. Roedd y cyfan yn codi mwy o arswyd arni.

'Dwn i'm be ydy'r broblem.'

'Ti – yn caniatáu i bobol gario gynnau ar yr ynys.'

Gynnau. Yn ei braw, a hithau newydd ddihuno, fe gymerodd bach o amser iddi benderfynu pwy oedd yn dweud beth, i nabod y lleisiau a beth roedden nhw'n ei ddweud. Ond wedyn roedd e'n glir fel dŵr iddi. Un o'r lleisiau oedd Nav. Roedd hynny wedi ei dychryn hyd yn oed yn fwy. Roedd Nav wedi bod ar goll am gyfnod ac roedd hi'n dal i ryfeddu at allu ei glywed. Roedd e wedi diflannu ac wedi ailymddangos yr un mor ddisymwth. Teimlodd Rose ofn trwy ei chalon.

Clustfeiniodd, gan drio gweithio mas beth oedd yn digwydd. Roedd y lleisiau wedi distewi erbyn hyn, yn fwy aneglur ond yn fwy bygythiol ar yr un pryd. Fel petaen nhw'n poeri atgasedd ar ei gilydd. Roedd hi'n siŵr o un peth. Roedd llais un o'r dynion yn ddierth. Am y tro cyntaf ers iddo gyrraedd Tŷ Pellaf roedd Ben Carew yn siarad yn glir.

Gorfododd Rose ei hun i gerdded i lawr y staer, gan afael yn y rheilen gyda phob cam. Cyrhaeddodd waelod y grisiau a gweld drws y gegin ar agor, yn ôl ei arfer. Roedd y sŵn yn dod o'r stafell honno. A mwyaf roedd hi'n ei glywed, yn ei ddeall, mwyaf oedd ei braw.

'Ti'm yn meddwl y medra i ei ladd o… a ti… a phawb arall 'swn i isio?'

'Cŵl 'ed nawr. Paid neud dim byd byddi di'n difaru.' Nabyddodd y llais y tro yma. Roedd ofn yn llais Aled, oedd wastad yn llawn hyder.

Doedd hi ddim yn gwybod beth ddaeth i'w phen, meddai Rose. Ond doedd Aled byth yn ofnus. Ac fe ddaeth rhywbeth drosti, rhyw awydd i weithredu. Gafaelodd yn y peth cyntaf welodd hi, darn o froc môr yn pwyso yn erbyn y wal.

Fe allai Rose weld y dynion erbyn hyn. Roedd cefn rhywun yn ymyl ffrâm y drws a chorff arall o'i flaen. Y tu hwnt iddyn nhw roedd Nav, yn ei hwynebu hi, ei lygaid yn aflonydd. I'r chwith safai Huw yn gwbl ddiymadferth. Sylweddolodd Rose mewn fflach beth oedd yn digwydd. Roedd yr un oedd â'i gefn ati hi wedi cripian i fyny y tu ôl i Aled ac yn ei ddal yn dynn gyda'i fraich. Oedd rhywbeth yn llaw yr un oedd yn ymosod?

Oedd ganddo gyllell? Oedd min y gyllell yn pwyso yn erbyn gwddf Aled?

Nabyddodd Rose yr un â'r gyllell. Y dieithryn, Ben Carew. Yr un ddaeth i'r drws i ofyn am eu help. Doedd Rose ddim yn gwybod sut y gwyddai hyn. Ond roedd yn amlwg iddi nawr nad dyn bach diniwed oedd hwn.

Gwelodd Nav hi'n agosáu, y broc môr yn ei llaw. Oedd Nav yn nodio arni, yn arwydd y dylai hi weithredu?

'A dyna pryd wnes i ei daro fe, Ben Carew, ar gefn ei ben.'

Dechreuodd Rose grio, hwban mawr hyll oedd yn llenwi'r lle. Siaradai fesul tamaid nawr, rhwng y nadu mawr a'r ochneidio llafurus i gael ei gwynt ati.

'Fydden i wedi gallu ei fwrw fe yn galetach – do'n i ddim eisie... ei ladd e. Dim ond stopo fe. Stopo fe rhag brifo Aled, ma fe fel brawd i fi... Chi gyd... fy nheulu i.'

'Rose fach!' Gafaelodd Lisa ynddi â'i chwtsio hi'n dynn. Toddodd Rose yn y goflaid, pwyso ei phen yn erbyn brest Lisa ac wylo.

Safai Carys yn ddiymadferth, yn syllu ar Rose ym mynwes Lisa, yn edrych ar Nav.

'Rhaid bod ti 'di camddeall, Rose,' meddai Nav. 'Wnes i ddim dy annog di i fwrw neb.'

'Do, wnest ti nodio arna i...' Tagodd Rose ar ei dagrau.

'Naddo, wir.' Roedd Nav yn siglo ei ben nawr.

'Wnest ti'r peth iawn, Rose,' meddai Aled. 'O'dd e'n haeddu stidad. Falle bod e'n edrych fel cyw bach gwantan ond ma ganddo fe nerth ar y diawl yn y breichie 'na. 'Se fe 'di gallu torri 'ngwddwg i 'da'r gyllell yna... fydden i'n gwaedu fel mochyn, nage'n magu cnoc fach ar 'y mhen.'

'Odi fe byw?' gofynnodd Carys, ei llygaid ar Nav o hyd, hithau'n methu credu ei fod yn ei ôl ac yn ymddwyn fel petai e heb fod i un man.

'Odi, gwaetha'r modd,' meddai Aled.

'Yn y lolfa fach. Ni 'di rhoi fe ar y soffa.'

'Mwy nag o'dd e'n haeddu,' atebodd Aled Nav.

'Wy eisie gweld e.'

Aeth Carys gydag Aled a Nav i'r lolfa, ddim yn siŵr iawn beth i'w ddisgwyl. Roedd Ben Carew yn edrych fel petai'n cysgu. Doedd dim niwed i'w weld ar ei wyneb a doedd dim gwaed yn dod o'i drwyn, rhywbeth allai fod yn arwydd o anaf i'r ymennydd.

'Oes rhywun 'di whilo cefn ei ben am lwmpyn?' gofynnodd Carys.

'Ar ôl y gnoc, do,' meddai Aled. 'O'dd pac iâ yn y rhewgell. Lapion ni fe mewn lliain sychu llestri a'i roi fe i bwyso yn erbyn ei ben.'

Fe allai Carys weld bod clustog yn dal y cyfan yn ei le.

'Fe ddyle fe weld doctor, os yw e wedi paso mas.'
Roedd Carys yn ofidus.

'Dda'th e ato'i hunan ar ôl yr ergyd. Roion ni baned
iddo fe â bach o wisgi yndo fe.' Doedd ei brawd ddim
yn cytuno â hi.

'A rhwbeth i ladd y boen,' ategodd Nav.

'A'th e i gysgu wedyn yn ddigon hapus,' meddai Aled,
ond doedd Carys ddim yn siŵr.

'Os cysgu mae e... Os o's clais ar yr ymennydd fe alle
fe farw.'

Yng nghanol y trafod am iechyd y dyn oedd yn dal i
fod yn ddieithryn, fe darfwyd arnyn nhw gan sŵn bang
o lan staer.

'Dad!' Edrychodd Carys ac Aled ar ei gilydd. Fe
ruthron nhw am y grisiau a'u dringo mor glou ag y
gallen nhw, Carys yn defnyddio'r rheilen i'w helpu hi i
esgyn, Nav y tu ôl iddi.

'Beth yffarn?' clywodd ei brawd yn tasgu.

Erbyn i Carys gyrraedd top y landin roedd Aled wedi
ei gynhyrfu'n lân. Deallodd pam yn syth. Safai cysgod
dros wely ei thad. Y clorwth, Huw.

'Os dwtshi di flân dy fys yn fy nhad, gei di glatsien
nes dy fod ti'n tasgu!'

Trodd Huw i edrych ar Carys, Aled a Nav, ei lygaid
yn llawn ofn. Yn amlwg, roedd wedi teimlo'r min yn
y geiriau. Rhedodd heibio iddyn nhw, ei ben i lawr a'i

bawennau i fyny, fel arth wedi ei niweidio. Roedd e'n crio.

'Aled! Be sy'n bod 'not ti, ddyn?' poerodd Carys.

'Sai'n trysto'r bwbach 'na. Beth o'dd e'n neud fan hyn?'

'Dod lan i weld Dad. Neud yn siŵr ei fod e'n fyw yng nghanol yr holl gynnwrf.'

'Neu gweld ei gyfle, tra bod pawb arall yn fishi.'

'Gweld ei gyfle i neud beth? O'dd Dad wastad yn neud ei ore iddo fe. Gwed 'tho fe, Nav.'

'Ma Bryn a Huw yn deall ei gilydd. I Bryn, mae e'n aelod arall o'r teulu.'

Roedden nhw'n dweud y gwir. Cofiodd Carys beth roedd Rose wedi'i ddweud wrthi am Bryn yn rhoi gwaith i Huw ar yr iard. Doedd e ddim wedi para'n hir, meddai Rose. Roedden nhw'n gwybod nawr mai Bryn oedd wedi ei arbed rhag embaras trwy ddweud i Huw 'gael cynnig gwell'. Roedd Ryan Rowland yn un o bartners Bryn yn y Rotari, yn ogystal â bod yn ddyn busnes cefnog. Doedd yr un ohonyn nhw'n siŵr beth yn union oedd natur dyletswyddau Huw yn y garej. Ond roedd e'n dal i weithio yno ac roedd hynny'n beth da.

'Ti ddim yn amau Huw, wyt ti?' gofynnodd Nav i Aled.

'Sai'n gwbod. Ma gyment wedi digwydd ers i ni gyrraedd yr ynys yma. Ma'n anodd meddwl yn strêt.

Ond ma pobol 'di marw. Ma hi'n mynd yn fwy ac yn fwy anodd i gredu mai damwen o'dd pob un. Ti'mod? Y bobol arall ar yr ynys, ydyn nhw'n ddansierus, Nav?'

Dyna'r cwestiwn roedd Carys eisiau ei ofyn hefyd. Edrychodd Nav ar Aled ac arni hi.

'Dewch, paned gynta,' meddai Nav.

Teimlodd Carys don o rwystredigaeth. Oedd e o ddifri? Cododd Aled ei aeliau arni a rhoi pwt fach chwareus i'w chwaer. Dilynodd y ddau Nav gan obeithio cael atebion i'w cwestiynau.

Aethon nhw'n ôl i'r gegin lle roedd Lisa wrthi'n cadw'r tuniau o dŷ John Rees. Doedd dim awydd bwyd o gwbl ar Carys. Chwiliodd am Rose gyda'i llygaid gan wybod ei bod hi'n dda am ddistewi ofnau Huw. Doedd Carys ei hun ddim yn awyddus i fynd ato i'w gysuro. Beth os oedd Aled yn iawn? Doedd Huw ddim fel pobol eraill, rhywbeth nad oedd neb yn holi Bryn na June amdano o'i blaen hi. Stopiodd Carys ei hun. Roedd meddwl fel'na yn annheg, does bosib. Hyd yn oed os oedd e'n wahanol, doedd hynny ddim yn golygu ei fod e'n beryglus. Ei fod e am eu lladd nhw… Lladd ei fam ei hun.

'Ble ma Rose?' gofynnodd Carys i roi taw ar y meddylu.

Trodd Lisa fel petai hi'n disgwyl ei gweld yn eistedd yn ufudd wrth y bwrdd bach. Roedd cwpan ar y bwrdd, ond roedd y te heb ei gyffwrdd a dim sôn am Rose.

'Wedi meddwl, falle bo' fi wedi clywed y drws,' meddai Lisa.

'Af i ar ei hôl hi,' atebodd Elfed. A chyn i neb allu cynnig mynd yn gwmni iddo roedd e wedi diflannu.

★

Clywyd y drws ffrynt yn agor a'r gwynt yn gwthio ei ffordd i mewn i'r tŷ.

'Ffindest ti Rose?' gofynnodd Aled gan alw ar Elfed. Dilynodd Carys ei brawd i'r cyntedd.

Cafodd y ddau fraw pan welson nhw mai Rose oedd yn sefyll yno. Roedd hi wedi dod ati ei hun yn rhyfeddol ar ôl iddi daro'r dieithryn mewn ofn. Newidiodd hynny pan welodd yr olwg gythryblus yn llygaid Aled.

'Popeth yn iawn?' gofynnodd, ei llais yn fain.

'Elfed. A'th e mas i whilo amdanot ti...' Edrychodd Aled y tu ôl i Rose fel petai'n disgwyl gweld y gof yn sefyll yno, er bod Rose wedi cau'r drws ar ei hôl.

'Do fe?' Roedd ei llais hi'n dyner. 'Sai 'di'i weld e.'

'Ti'n siŵr?' gofynnodd Aled.

'Wel, odw, wrth gwrs.'

Aeth Aled heibio Rose at y drws a'i agor. Siglwyd y tri ohonyn nhw wrth iddo adael y tywydd i mewn.

'Ca'r drws ar dy ôl!' galwodd Carys.

Llygadodd Rose hi yn llawn pryder.

'Ble mae e'n mynd?' gofynnodd.

'Eith e ddim yn bell heb ei got.'

'Odi Elfed ar goll?'

'Fydd e'n ôl whap. Dere, wna i baned o ddŵr poeth i ti.' Ceisiodd Carys gysuro ei ffrind, ond synhwyrai na allai geiriau ei llonyddu y tro hwn.

26

Roedd pawb ar eu cythlwng. Fe fu sawl un ar eu gliniau yn dihysbyddu'r cypyrddau bwyd roedd Lisa wedi eu trefnu mor ofalus. Gwyliodd Carys nhw, heb fentro i'w canol gyda'i choes glec. Cafodd tuniau eu hagor yn flêr gan hen agorwr a'r topiau eu rhwygo'n rhydd. Neb yn poeni wrth i'r dannedd dur fygwth torri'r croen. Roedd y rhan fwyaf yn bwyta'n syth o'r tun gyda fforc, heb drafferthu rhoi'r bwyd ar blât. Yn sicr, doedd yr un lliain yn harddu'r bwrdd. Eisteddai'r criw blith draphlith, yn llowcio'n swnllyd, fel anwariaid. Byddai ambell un wedi bwyta gyda'u dwylo, tybiai Carys, petai neb yn eu gwylio nhw. 'Pethe ifanc' fyddai ei thad wedi eu galw. Fydden nhw'n ymddwyn fel hyn o'i flaen e, o flaen June?

Roedd Nav wedi dod â bwyd iddo fe a Carys. Cymysgedd o ffa a chorn melyn mewn bowlen yr un.

'Posh,' tynnodd Aled arnyn nhw.

Heb ei got, fuodd e ddim yn hir yn chwilio am Elfed ac roedd e wedi dod 'nôl gan ddweud bod y gof yn ddigon hen a digon salw i ofalu amdano'i hun. Anwybyddodd Carys ei brawd yn claddu ei fîns oer. Petai Aled ddim yno, fe fyddai Carys wedi holi barn Nav am anhwylder ei thad. Roedd e wedi dadebru ychydig. Cofiodd fod Rose yn ei amau yntau o fod wrth wraidd y salwch.

Stêc wedi'i stiwio oedd dewis Huw ac roedd oglau hwnnw'n troi ar Carys braidd. Roedd hefyd yn troi arni y ffordd roedd pawb mor set ar lenwi eu boliau, ac Elfed yn dal ar goll. Ond unwaith iddi ddechrau bwyta'r llysiau tun cafodd flas arnyn nhw.

Roedd y bwyd wedi rhoi nerth iddyn nhw. Dechreuon nhw siarad dros ei gilydd. Roedd angen iddyn nhw wneud rhywbeth am y dieithryn yn y lolfa, meddai Aled. Ben Carew, enwodd Nav e, yr un roedd Rose wedi ei fwrw ar gefn ei ben gyda darn o froc môr. Gwaith da, mynnodd Aled, am fod y seico ar fin ei ladd e. Edrychai Rose yn anghyfforddus.

'Ti sy'n nabod e, Nav,' meddai Aled.

'Dwi ddim yn nabod e.'

Huw atebodd yn robotaidd, fel petai e'n darllen Google. 'Cyn-aelod o'r SAS. Anturiwr proffesiynol. Mae e wedi neud pob math o bethe dwl – neidio oddi ar ochr mynydd heb barasiwt, reslo gydag arth wyllt, claddu ei hun yn fyw. Fuodd e ar y teledu… Rhaglen realiti.'

'Sai'n gwylio'r crap 'na,' meddai Aled.

'Enillodd e?' gofynnodd Nav.

'Ail.'

'Diolch, Huw.'

'Weithie, mae'n well dod yn ail,' meddai Lisa.

'O'dd e 'di achub un o'r cystadleuwyr eraill – a'th hi i banics yn y dŵr. Galle hi 'di marw.' Roedd Huw yn llawn gwybodaeth.

'Beth yw'r ots amdano fe?' meddai Carys, yn gobeithio nad oedd y Ben Carew 'ma'n teimlo bod angen ei help ar gystadleuydd arall, dim ond am ei bod hi'n fenyw. Ond roedd Elfed ar ei meddwl hi o hyd.

'Falle bydd e'n help i ni,' cynigiodd Nav.

'Help i ffeindio Elfed?' gofynnodd Rose i Nav yn dawel. Roedd y cyffro wedi ei bwrw hi'n galed. Roedd golwg ddiflas arni.

'Ie, mae e'n nabod yr ynys yn dda – llefydd i guddio, mannau anghysbell...'

'Pam fydde Elfed yn cuddio mewn lle anghysbell?'

'O, sai'n gwbod, *sis*. Achos bod rhywun mas 'na'n ein lladd ni, un ar y tro?' meddai Aled.

'Dyw e ddim yn ffyni, Aled.' Edrychai Lisa yn flin. Dychmygai Carys ei bod hi'n gorfod rhoi stop ar geg lac ei gŵr bob hyn a hyn.

'Dewch, wy 'di ca'l digon o siarad siop. Ma'n bryd i ni holi'r bachan Ben Carew 'ma yn iawn.'

'O'n i'n meddwl bod e'n trio lladd ti dim sbel yn ôl,' meddai Carys wrth ei brawd yn ddidaro.

'Falle bo' fi 'di... gorymateb.'

Roedd Aled ar fin mynd pan gydiodd Lisa yn ei fraich.

'Sai'n credu bod e'n syniad da ein bod ni i gyd yn mynd. Dau ar y mwya.'

'Ti'n iawn, Lisa. Dere, Nav.' Achubodd Carys y blaen cyn i Aled allu gwneud hynny. Ochneidiodd ei brawd yn uchel, yn fwriadol, heb wneud unrhyw ymdrech i guddio ei rwystredigaeth. Wrth iddyn nhw fynd trwy'r drws ac anelu am y lolfa fach, galwodd ar eu holau.

'Os bydd e'n ymosod arnoch chi wrth i chi ei holi – rhowch waedd.'

*

Eisteddai Ben Carew ar y soffa, ei ben i lawr a'i ddwy law gyda'i gilydd bron fel petai mewn gweddi. Doedd e ddim yr hyn fyddai rhywun yn ei ddisgwyl. Ymhell o fod yn rhyfelwr cyhyrog, roedd yn denau hyd at yr asgwrn, bron. Roedd ei wyneb yn llyfn, fel fyddai'n gweddu i un oedd yn gofalu am ei groen. Roedd ganddo lond pen o wallt melyn ac aeliau trwchus, chwareus oedd yn gwneud iddo edrych fel petai'n fflyrtio gyda phob un roedd e'n edrych arnyn nhw. Edrychodd i fyny unwaith iddyn nhw ddod at y drws, ei lygaid yn fyw, fel petai wedi bod yn gwrando ar bob gair. Ceisiodd Carys feddwl oedden nhw wedi dweud rhywbeth cas amdano.

Ni wnaeth ymdrech i godi nac i sgwario fyny, fel fyddai Aled yn ei ddweud.

'Shwt mae?' gofynnodd Nav, fel petai'n siarad â hen ffrind.

'Go lew,' atebodd y dyn gan anwesu cefn ei ben a gwenu'n chwareus ar yr un pryd. 'Ydy dy ffrind di'n chwarae criced?'

'Flin 'da ni am hynna. Do'dd Rose ddim wedi bwriadu dy frifo di.'

'Rose? Chwara teg iddi.'

Edrychai'n syn o wybod mai menyw oedd wedi ei ddiarfogi. Cythruddodd hynny Carys.

'Wel, o't ti wrthi'n ymosod ar un ohonon ni ar y pryd, ac yn dal cyllell yn erbyn ei wddw,' meddai Nav.

'Dwn i'm be ddaeth drosta i. *Survival instincts*. Ges i bwl o baranoia – meddwl bod pawb yn fy erbyn i. Dyna mae'r ynys 'ma'n gneud i chdi.'

Ai dyna oedd Enlli yn ei wneud i fi? meddyliodd Carys.

Aeth Ben Carew yn ei flaen.

'Mae'n siŵr ddylen i ddiolch i chi am ofalu amdana i. O'n i ddim yn siŵr ble o'n i pan gyrhaeddais i'r tŷ 'ma gynta... Fi o bawb.' Siglodd ei ben, yn gwenu'n chwareus.

'Tisie bwyd? Ma 'da fi *ravioli*.' Cynigiodd Nav y tun a'r agorwr iddo. Cymerodd Ben nhw'n falch. Aeth ati i agor y tun ac estynnodd Nav fforc iddo yn lle'r agorwr. Claddodd y bwyd. Yn amlwg, doedd dim angen cynhesu pryd hwn. Dychmygodd Carys e'n claddu ei ddannedd mewn llygoden ffyrnig ar ôl iddi drengi.

'Ydy'r lleill wedi bod yma?'

'Y lleill?' gofynnodd Carys.

'Y criw... y cwsmeriaid?'

'Sori, sai'n deall – pwy?' meddai Carys.

'Ai dyna ti'n wneud? Darparu cyrsiau?' Gwawriodd y gwir ar Nav.

'Well gen i'r gair "profiadau".'

'Profiadau, 'te. Profi bywyd yn y gwyllt?' gofynnodd Nav.

'Goroesi yn y gwyllt.'

'Fan hyn ar Enlli? Fydden i'n gwbod tase hynny'n wir, does bosib. Fe fydde fe'n wybodaeth gyhoeddus. Do'n i ddim yn gwbod, o'n i, Nav?'

Oedd hwn yn un peth arall ar y rhestr o bethau oedd wedi mynd yn angof?

'Do't ti ddim yn gwbod.' Ceisiodd Nav ei chysuro hi, ond roedd Carys ar bigau o hyd.

'Am ba fath o beth y'n ni'n sôn? *Retreat*?' holodd hi.

'Tebycach i wersyll milwrol,' esboniodd Ben. 'Cyfla i sifiliaid brofi be ydy bod ar faes y gad. Gwthio pobol i'r eitha. Fyddwn i ddim yn deud bod y cwrs yn gyfrinachol, ond 'dan ni'n cadw'r peth mor dawel â phosib ar hyn o bryd. Dan y radar, fel petai. Dydy'r profiad ddim yn erbyn y gyfraith ond mae'n gwthio pobol at yr ymylon.'

'Eu gwthio nhw'n rhy bell?'

'Na, dydy hynny ddim yn digwydd. Ddim yn aml, beth bynnag… Ma pawb yn cael eu fetio'n drylwyr gynta. 'Dan ni heb gael achosion o anhwylder seicotig difrifol hyd yn hyn.'

'Hyd yn oed pan bo' gynnau 'da nhw?'

'Ylwch, dwn i'm pa argraff roies i i chi… pan gwrddon ni gynta… O'n i'n gwthio'n hun… gormod… heb gwsg, heb ddŵr… ymarfer corff llethol… Oes, mae gynnon ni ynnau, ond 'dach chi'n berffaith saff, oni bai eich bod chi'n gwningen neu'n aderyn y môr.'

'Sdim hawl 'da chi hela ar Enlli,' ceryddodd Carys.

'Ei ferch o wyt ti, ia? Merch Bryn?' Newidiodd Ben drywydd y sgwrs.

'Sori, beth wedoch chi? Odych chi'n nabod Bryn, fy nhad i?'

'Yndw, wrth gwrs.'

'So chi'ch dau'n ffrindie, byth!' Roedd ei thad yn enwog am nabod pawb.

'Na, er bod Bryn yn ddyn digon ffeind. 'Dan ni'n bartneriaid busnas. Mae o'n ystyried buddsoddi – mwy nag ystyried – dyna pam fod Nav fan hyn wedi trefnu ei fod o'n dod i ymweld â'r ynys, i weld y fenter drosto'i hun ac i ni gael trafod cynlluniau ar gyfar y dyfodol.'

Roedd y sioc fel cawod iasol. Teimlodd ei chalon yn cyflymu, ei choesau'n wan. Edrychodd yn syfrdan ar Nav.

'Ddim fy lle i oedd dweud wrthot ti,' ceisiodd Nav esbonio.

'Ni 'di dyweddïo!'

'O'dd dy dad yn benderfynol... ond heb rannu'r manylion gyda fi, wrth gwrs.'

'Beth amdana i? Beth am fy nheimladau i?'

Roedd hyn yn gwbl wallgo!

'Dy dad, mae e'n meddwl y byd ohonot ti. O'dd rhaid neud rhwbeth, er mwyn y busnes. Dyw pethe ddim yn dda yn stablau Tynrhyd. Ma Bryn 'di bod yn ystyried opsiynau erill... Ie, ocê, falle y bydd e'n un ffordd o gadw cysylltiad gyda'i ferch hefyd, ond o's rhwbeth yn bod ar hynny?'

'Dydy Enlli ddim i fod yn wag.' Daeth Ben Carew i'r adwy. 'Ddim dyna hanes yr ynys hon. Roedd hi'n gartra i gymuned o bobol, yn gyrchfan i filoedd o bererinion.'

'Gwahanol iawn i fod yn llawn *millennials* a phobol ganol oed sy'n fodlon talu am antur beryglus – ac yn difa bywyd gwyllt yr ynys tra bo' nhw wrthi!'

Ai dyna oedd hyn? Yr hunllef yma? Roedd pen Carys yn troi.

'Beth arall wyt ti 'di bod yn cadw wrtha i, Nav?'

Doedd hi ddim yn disgwyl iddo edrych mor euog.

Gwyddai fod eu lleisiau'n codi, y bydden nhw'n clustfeinio yn y stafell drws nesa. Doedd hi ddim yn synnu pan glywodd y drws yn gwichio ar agor. Disgwyliai weld Aled, yn dod i ddistewi'r dyfroedd, yn falch i gael cyfle i chwarae ei ran. Doedd hi ddim yn disgwyl clywed y llais hwn.

'Beth sy mlân fan hyn, 'te? Jiw, jiw, braf i dy weld ti, Ben, 'chan,' meddai ei thad.

27

Roedd y sioc yn ormod i Carys. Anghofiodd am ei thad a chyflwr ei iechyd a'i baglu hi o 'na. Lasarus, myn yffarn i! Aeth allan o'r lolfa ac i'r cyntedd gan afael yn ei chot yn wyllt. Doedd hi ddim wedi cael cyfle i'w gwisgo pan ddaeth Lisa ati. Doedd hi ddim yno i'w chysuro.

'Ble ti'n mynd?' gofynnodd. Roedd ôl gofid yn ei llais.

'I neud beth ddylen i fod wedi neud orie'n ôl – yn lle gwastraffu amser ar y seico yna sy'n digwydd bod yn bartner busnes newydd i Dad, ond ma'n siŵr bod ti'n gwbod hynny'n barod. Siŵr bod pawb yn gwbod ar wahân i fi!'

Ymbalfalodd Carys gyda llewys ei chot.

'Sdim pwynt i ti… fynd ar ôl Elfed.' Doedd Lisa ddim yn mynd i ildio.

'Ma'n rhaid i rywun. Sneb arall yn becso.'

'Wrth gwrs bo' ni'n becso. Fydd e ddim help i neb os ei di ar goll 'fyd. Ma'r gwynt yn codi 'to.'

Ategodd y gwynt ei geiriau hi gyda'i gri. Gyrrodd ias i lawr cefn Carys.

'Tasen i ar goll, fydde Elfed yn neud 'run peth i fi.'

'Na fydde, Carys. Ma Elfed 'di symud mlân.'

Arafodd Carys ei cham. Oedd Lisa yn gweld mwy nag oedd hi'n ei ddangos?

'Glywes i Elfed yn caru... O'dd e gyda Rose.'

'Rose?'

'Pwy arall? Dim ti, ife, Carys? Ddim tro 'ma...'

Chwyrnodd Carys yn uchel.

'Un am y menwod fuodd e erio'd, felly sdim pwynt i ti enwi neb arall 'ma,' meddai Lisa yn blaen.

Edrychodd ar Carys, ei llygaid fel dur.

'O, rhwbeth arall o't ti ddim yn gwbod – ei fod e'n gyment o gi drain?'

Teimlodd Carys y bustl.

'Beth o't ti'n feddwl, 'te? I ryw fenyw dorri ei galon flynyddoedd yn ôl a nad oedd e byth wedi dod drosti hi?'

Gwridodd Carys.

'Ti'n gwbod beth ma'n nhw'n weud, on'd wyt ti, Carys? Ci tawel sy'n cnoi.'

Allai Carys ddim wynebu mynd i'r gegin at Rose. Dim rhyfedd bod Elfed mor grac gyda hi am awgrymu bod Rose yn wyryf, am ddiystyru ei benyweidd-dra hi – roedd y ddau mewn perthynas. Roedd ar fin agor drws y lolfa fach pan sylweddolodd fod ei thad a Nav yr ochr draw, yn sibrwd.

'Ma'r pils yna'n gwd thing... Os ga i gwpwl bach 'to 'da ti fydda i'n olreit heb y baco nes bo' fi gatre.'

'Dwi ddim yn siŵr...'

'Beth sy'n bod?'

'Chi 'di bod yn cysgu ers dyddie.'

'Bydda i'n gallach tro 'ma. Rhwbeth bach i dynnu'r meddwl oddi ar y baco. Dere, sdim trw'r dydd 'da ni, 'chan. Mae fel cynhadledd Merched y Wawr bytu'r lle 'ma.'

'Iawn, ond dwi ddim eisie Carys —'

Rhaid ei bod hi'n dipyn o olygfa, yn dal i wisgo ei chot. Edrychodd y ddau arni'n stond.

'O, helô. Wy'n slipo mas i'r siop,' meddai Carys yn haerllug.

Daeth Nav ar ei hôl hi, a Bryn ar ei ôl yntau, yn rhyfeddol o sionc am ddyn oedd wedi bod ar ei gefn am ddiwrnodau.

'Wy'n mynd mas!' Aeth Carys mor bell â drws y gegin. Roedd Lisa yn tacluso ar ôl cinio a Rose wrth y bwrdd yn chwarae draffts gyda Huw.

'Olreit, Huw?' meddai Bryn, yn gweld y crwt am y tro cyntaf ers iddo adfywio.

'Na,' meddai hwnnw, yn fflat fel pancosen.

'Be sy'n bod, 'y machgen i?'

'Ma Mam 'di marw.' Doedd dim tamaid o liw yn y dweud.

'Beth wedest ti, bachan?'

'Na'th Carys gawl i swper. A'th Mam yn sâl, yn sâl ofnadwy… Sneb yn meddwl bod Carys wedi'i lladd hi'n fwriadol, ond… sai'n gwbod… Odych chi'n gwbod beth ddigwyddodd i Mam?'

Hanner agorodd Carys ei cheg mewn arswyd. Bwldagodd Aled mewn sioc. Roedd wyneb eu tad yn wyn fel y galchen.

28

'Ma 'da fi ddisied i chi, Dad...' cynigiodd Carys yn betrus. Gwyddai ei bod yn mentro trwy roi ei phen rownd drws y stafell wely. Roedd hi wedi tynnu ei chot ac anghofio am ei chynlluniau i ddod o hyd i Elfed. Ar ôl datganiad ymfflamychol Huw, roedd ceisio cymodi â'i thad yn bwysicach.

'Rho hi ar y bwrdd bach,' atebodd yn dawel, heb edrych arni.

Roedd Bryn wedi mynd 'nôl lan lofft ar ôl clywed y newyddion am June. Ond doedd e heb fynd 'nôl i'r gwely chwaith. Eisteddai ar y matres, ei draed mawr ar y llawr, yn ei sgidiau gorau. Roedd wedi ymestyn ei freichiau bob ochr iddo a rhoi ei ddwylo i bwyso ar y gwely. Gwyliai flaen ei draed ei hun yn codi ac yn disgyn.

Penderfynodd y criw fod gwell gadael llonydd i Bryn am ychydig, rhoi cyfle iddo ddechrau treulio'r newyddion cyn i neb fynd ato. Does bosib y byddai'n credu honiad Huw, fod Carys wedi gwenwyno June? Doedd Carys ddim yn gwybod sut roedd hi am ei gysuro. Doedd hi heb wneud hynny ar ôl i Mam farw.

Ac eto, gobeithiai fod ei bodolaeth hi ac Aled wedi bod yn galondid i bennaeth y teulu, a gwyddai y byddai hi'n fwy tebygol o allu canfod geiriau caredig yn ei chalon na'i brawd a'i ddireidi di-baid.

'Wy'n flin, am June,' meddai Carys.

Tynnodd ei thad facyn o boced ei drowsus yn anfedrus a sychu ei drwyn. Cododd ei lygaid ychydig a gwelodd Carys eu bod yn goch.

'Wy'n gwbod bod ti, bach. Dyw bywyd ddim yn deg ambell waith.'

'Dyw e ddim yn deg arnoch chi, Dad.' Eisteddodd Carys wrth ei ochr, yn cael hyder gan ei eiriau syml. Sylwodd ei fod yn magu llun bach. Nid llun o June mohono ond llun o'i mam. Gwelodd hi'n edrych arno.

'Mae'n dod 'da fi i bobman, t'wel. Byth yn bell o'r meddwl na'r galon.' Tapiodd ei frest.

Synnodd Carys braidd.

'O'dd ddim ots 'da June?'

'O'dd hi'n deall. O'dd June yn fenyw sbesial. Bron mor sbesial â dy fam.'

Gwasgodd ei thad ei gorff yn erbyn ei chorff hithau, yn dyner. Daeth dagrau i bigo llygaid Carys. Doedd hi ddim yn cofio'i mam pan oedd hi'n iach ac roedd hynny'n un o'r pethau oedd yn ei dychryn hi fwyaf. Aeth ei thad yn ei flaen.

'Roedd hi'n byw i ti ac Aled. O'dd hi wrth ei bodd 'ych bod chi'n gyment o bartners.'

Roedd Aled a hithau'n agos, a hynny'n anodd i Lisa ei dderbyn ar adegau, fe allai Carys synhwyro hynny. Roedd Aled yn tynnu arni yn barhaus, ond un fel'na oedd e, un oedd yn gweld y digrifwch yn bron pob sefyllfa. Roedd e'n nabod ei chwaer yn dda ac wrth ei fodd yn tynnu coes, ond roedd yn fwy anodd i Carys ymuno yn y chwarae ar ôl colli rhai o'i hatgofion cynharach. Yn ôl Aled, un pnawn yn yr ysgol gynradd roedd e wedi rhannu siocled gyda hi ar ôl iddi golli ei byrbryd. Roedd e wedi rhoi'r dewis iddi, i dorri'r siocled yn ddau neu i ddewis pa ddarn roedd hi eisiau. Fe ddewisodd hi dorri a methu â thorri'n hafal. Roedd e'n hapus i rannu am iddo gael y darn mwyaf gan ddangos ei oruchafiaeth dros ei chwaer.

'O'dd Mam yn fenyw abl iawn,' meddai ei thad, gan ei thynnu'n ôl at eu sgwrs, 'yn gallu rhoi trefn ar bawb a phob dim. Roedd hi'n neud i bopeth edrych yn rhwydd. Yn enwedig yn y gegin.

'Bois bach, do'dd neb tebyg iddi am neud cino neu swper i lond tŷ! Penblwyddi, Pasg, Nadolig, fydde hi'n paratoi sbreds heb eu hail. O't ti'n joio helpu – pan o't ti ddim ar ben ceffyl, hynny yw. O'ch chi'ch dwy yn ffrindie mowr. O'dd hi'n un arbennig am wrando ar gleber plant bach.'

Teimlodd Carys boen deigryn yn cymylu ei llygad, lwmp o lo yn ei gwddf.

'O'dd hi'n fy ngharu i?'

'O, o'dd. Ti ac Aled.'

Dim llawer o bobol oedd yn nabod eu mam yn dda, yn ôl ei thad. Roedd hi'n fenyw sensitif iawn, yn brifo'n hawdd.

'Ond prin ei bod hi'n dangos hynny, cofia. Unig blentyn, t'wel, ddim 'di arfer â rhannu ofnau gyda phobol erill. O'dd hi eisie i ti ddilyn dy freuddwydion. "Gad hi fod, Bryn," fyse hi'n rhybuddio fi tasen i'n gweud y drefn wrthot ti am raso mas at y ceffyle cyn bod ti 'di gorffen helpu 'da'r llestri.'

'O't ti'n helpu 'da'r llestri, Dad?' Anesmwythodd Carys.

'Nag o'n, sbo.' Defnyddiodd gornel ei facyn i lanhau'r llun. 'Ma fe'n gysur mowr i fi feddwl iddi fynd yn dawel yn ei chwsg. Fydden i 'di rhoi rhwbeth i ga'l mynd yn ei lle hi.'

Estynnodd Carys ei llaw a chyffwrdd ym mraich ei thad. 'Peidiwch â gweud 'ny, Dad. Sai moyn 'ych colli chi hefyd.'

'Wy'n gwbod.'

Oedd y dagrau'n dod unwaith eto?

'Dad, sdim byd yn bod, o's e?'

'Fyddi di'n olreit… hebdda i?' Rhoddodd ei law am ei llaw hi, ond doedd e ddim yn edrych arni.

'Bydda, Dad.'

Gwasgodd ei llaw, ei drem yn bell.

'Fydde gas 'da hi wbod 'ych bod chi 'di cwmpo mas,' meddai.

'Cwmpo mas? Pwy?'

'Ti ac Aled.'

'Pwy gwmpo mas?' gofynnodd Carys yn ddryslyd.

'Dim nawr. Cyn y gwymp. O'dd e'n grac, t'wel… yn teimlo mai fe oedd yn gorfod sgwyddo'r cyfrifoldeb. "Fel'na mae hi," wedes i, "ti yw dyn y teulu, yr etifedd" – a wy'n gwbod bod ti, Carys, ddim yn lico fi'n siarad fel'na.'

'Nagw, Dad, wy ddim. Pam ddyle'r mab hyna fod â'r hawl cyfreithiol? Nonsens patriarchaidd.'

'So ti moyn y busnes. O'dd 'da ti gynllunie, i ddod i Enlli…'

'Dechre newydd ar ôl y ddamwen, ie.'

'O'dd y cynllunie hyn 'da ti cyn y ddamwen, 'y merch i. O't ti'n mynd i'n gadel ni gyd ar ôl, gadel y busnes i fynd i'r wal.'

'Beth?'

'So ti'n cofio hynny, wrth gwrs.' Edrychodd arni, gan nodio yn bwrpasol.

'Ar ôl y gwymp benderfynon ni ddod i Enlli… fi a Nav…' cywirodd Carys.

'Jiw, jiw, nage, 'te. O'dd 'da chi gynllunie mowr i ddianc ymhell cyn hynny.'

Roedd Carys wedi drysu'n llwyr. Oedd hynny'n wir? Teimlai'n benysgafn yn sydyn.

'Chi'n siŵr eich bod chi ddim 'di drysu, Dad?'

'Well i ti ofyn i Nav, os ti moyn y manylion. Wy'n gweud y gwir. Ti'n meddwl bod ti wedi symud mlân, wedi gweld y gole ar ôl y gwymp. Ond dim byd o'r fath. Ti 'di mynd rownd mewn cylch, Carys fach… Credu gaf i bum munud fach, os nad oes ots 'da ti.' Cusanodd hi ar dop ei phen. Gwenodd hi ar hynny. Gwên fach drist.

Plygodd ei thad i lawr a dechrau datod lasys ei sgidiau yn drafferthus. Doedd dim pwynt gofyn iddo oedd e eisiau help. Roedd ei eiriau fel ffrwydrad. Cododd Carys gan feddwl am Aled gyda phob symudiad. Oedd hi wir yn cynllunio i adael y stablau *cyn* y gwymp, ac nid *oherwydd* beth oedd wedi digwydd iddi? Os felly, pam nad oedd neb wedi dweud hynny wrthi ynghynt? Ond efallai eu bod nhw'n cymryd yn ganiataol ei bod hi'n gwybod hyn yn iawn.

Meddyliodd am Aled. Strab go iawn, yn llawn giamocs. Yn chwareus ond yn dyner ar yr un pryd, mor chwareus, yn ymddwyn fel tasai dim byd wedi digwydd. Beth os nad oedd y chwarae yn ddiniwed, ond yn arwydd o chwerwder? Beth os oedd e'n grac gyda hi go iawn am orfod ysgwyddo baich busnes teuluol oedd yn ffaelu mewn gwasgfa ariannol, ond ei fod e'n ei chael hi'n haws i guddio ei rwystredigaeth na Lisa, ei wraig? Roedd Carys wedi ei hedmygu hi erioed, am fagu teulu ac yna mynd yn ôl i astudio a hyfforddi fel ffisio. Beth os oedd teimladau ei chwaer yng nghyfraith tuag ati hi yn wahanol iawn?

Roedd ei thad yn y gwely erbyn hyn, yn mwmial wrtho'i hun. Doedd e ddim am iddi fynd oddi cartre. Oedd e'n ddigon stwbwrn i drio ei hatal hi rhag gadael? Allai Carys ddim credu y byddai eisiau ei brifo hi, ond beth os oedd y cynllwyn er gwell wedi mynd o'i le? Un gwymp fach yng nghanol degau o rai eraill wedi troi'n ddamwain oedd bron yn angheuol? Gwelodd Carys y llun o'i mam ar y bwrdd bach. Roedd y cwpan heb ei gyffwrdd wrth ei ochr. Cydiodd Carys yn y llestr a mynd oddi yno, ei chorff yn oer fel y te.

DIWRNOD
6

29

'Dynion i gyd gyda'i gilydd? Anghredadwy!' Siglodd Carys ei phen yn araf ar Rose pan glywodd am gynlluniau Aled, Nav a Ben Carew a'i dîm i chwilio am Elfed, ac yntau, yn boenus, heb ddychwelyd dros nos.

Roedd ei thad i'w weld dipyn gwell ac wedi gwneud ymdrech i godi i frecwast. Roedd e'n bwyta bwyd o dun heb unrhyw ffŷs ac yn diolch am bob cymwynas. Ond roedd e'n bell o fod yn fe ei hun. Roedd galar wedi gafael ynddo. Daeth llais ei brawd â Carys 'nôl at y sgwrs.

'Huw – ti'n gêm i ddod 'da ni, boi? Fyddwn ni angen bôn braich fel sda ti.'

Nid Bryn oedd yr unig un oedd yn dioddef. Daeth arlliw o obaith i lygaid Huw am y tro cyntaf ers iddo golli ei fam wrth gael ei gynnwys yn y cynlluniau. Edrychodd Nav ar Carys yn ei rhwystredigaeth.

'Beth amdana i?' meddai hi wrth Aled.

'Cer di,' atebodd Nav hi yn fwyn.

'Ti'n siŵr?' Tawelodd y cynnwrf yn Carys.

'Ydw. Arhosa i fan hyn gyda dy dad.'

Gwisgodd pawb eu cotiau a'u sgidiau cerdded. Aled oleuodd y tortsh i ddangos y ffordd.

'Fyddwn ni'n ôl mewn cachiad,' meddai Aled.

Pwysodd Carys yn erbyn Nav i gael nerth gan ei gorff cryf. Cusanodd ei thalcen hi yn dyner. Daliodd lygaid cenfigennus Lisa yn edrych arnyn nhw.

Caeodd Huw y drws y tu ôl iddyn nhw. Roedd y storm fawr wedi hen ostegu ond roedd ei holion yno o hyd, yn y cymylau cwpsog a'r glaw mân. Ymdoddai'r olygfa o'u blaen mewn niwl llwyd, iasol. Bob hyn a hyn fe fyddai rhuthr o wynt o'r dwyrain yn hyrddio'r glaw fesul dwrn. Ond roedd pob un yn benderfynol o ddal ei dir. Roedd gan Carys ei ffon i'w chynnal, a gwyddai unwaith y bydden nhw'n dechrau symud y byddai'r oerfel yn angof.

Fe gerddon nhw tuag at y traeth, ar hyd tir anwastad y gwair hir.

'Anghredadwy – dewis Huw cyn dy whâr dy hunan,' hisiodd Carys wrth Aled.

'Wy eisie cadw llygad ar y bachan. O'n i'n ymddiried ynddot ti i gadw llygad ar y lleill.'

Oedd ei brawd yn dal i amau Huw? Roedd e'n gwbl annheg i'w ddrwgdybio am nad o'n nhw'n deall ei gyflwr. Doedd y ffaith ei fod yn brin ei sgwrs ddim yn golygu na ellid ymddiried ynddo. Roedd ganddo swydd, atgoffodd ei hun, ac roedd wedi gwneud digon o argraff i gadw'r swydd honno, am y tro o leiaf.

Doedden nhw ddim yn gweld yn bell o'u blaenau

ac fe ymddangosodd Ben Carew fel ysbryd. Tawodd y sgwrs. Safai ei griw o'i gwmpas fel sowldiwrs, pob un yn gwisgo tortsh bach ar ei ben neu ar ei frest. Wrth agosáu, fe allai Carys weld nad hufen yr academi filwrol oedd y rhain. Pob teip, yn gymysg i gyd – roedd gormod o grychau a blew brith, ac ambell fola cwrw yn eu plith. Os oedd y bobol yma wedi gweld ei eisiau tra ei fod yn Nhŷ Pellaf doedden nhw ddim yn dangos hynny. Unwaith eu bod o dan ei hud unwaith eto roedden nhw'n ymddangos mor ddof ag ŵyn swci. Oedd gynnau gyda nhw? Doedd dim arlliw o'r bobol fygythiol roedd wedi eu dychmygu'n saethu gynnau. Roedd Ben wedi eu sicrhau fod y gynnau dan glo, ond oedd hynny'n wir am bob gwn... hyd yn oed ei wn personol e, petai ganddo un?

'Ti'n siŵr bod dim *comms* 'da un o'r rhein? Ffordd o gysylltu 'da'r tir mawr?' clywodd Aled yn holi Ben Carew.

'Un o amodau'r cwrs. Dim technoleg. Dyna sut dwi'n cadw'r profiad dan ddaear. Dwi'm isio pawb a'i gi yn rhannu lluniau ar Insta.'

Nodiodd Aled, fel petai'n deall yn iawn. Ond doedd Carys ddim mor hawdd ei thrin.

'A beth amdanat ti, Ben? Ma'n rhaid fod *comms* o ryw fath 'da ti?'

Siglodd ei ben.

'Beth petai rhywun yn cael ei anafu'n ddrwg?' gofynnodd Carys.

'Mae pawb yn llenwi ffurflen cyn hwylio i Enlli. Dwi'n cynnig profiad cyffrous, anturus ac wrth arwyddo maen nhw'n datgan na fydd unrhyw fai am anafiadau arnon ni.'

Cyfleus iawn, meddyliodd Carys. Nid dyfodol busnes Ben oedd ar ei meddwl hi.

'Dim 'na'r pwynt! Beth tase rhywun yn ca'l anaf difrifol? Yn marw? Beth fysech chi'n neud wedyn?'

'Fysan ni'n neud be sy'n digwydd adag rhyfal.'

'Ie?' mynnodd Carys.

'Delio efo'r anafiadau, y marwolaethau, pan mae'r frwydr ar ben.'

Roedden nhw'n oeri wrth aros yn llonydd. Penderfynwyd symud ymlaen. Fe wahanodd Ben y criw yn ddau grŵp, gyda'r cyfarwyddyd y byddai rhai'n mynd i gyfeiriad yr abaty adfeiliedig a'r lleill yn mynd i lawr am Borth Solfach. Cafodd Carys dortsh gan Ben cyn iddo fe a'i griw adael am Abaty'r Santes Fair a'r fynwent o'i flaen. Teimlai Carys yn falch na fyddai hi'n ymweld â'r abaty heddiw. Ym mynwes adfeilion cerrig a chroesau Celtaidd y fynwent fe fyddai hi'n teimlo'n anesmwyth yn troedio gweddillion ugain mil o seintiau, os oedd hynny i'w gredu. Cofiodd y stori mai dim ond o henaint roedd pobol yn marw ar Enlli. Gwisgodd

Carys ei thortsh am ei phen. Fe allai weld llwybr o olau. Llygedyn o olau yn stori Gerallt Gymro? Fe wnaeth ei hatgoffa hi o'r goleudy yn cynnig llewyrch i deithwyr y môr. Daeth eglurdeb i'w meddwl hithau.

'Y goleudy – 'na'n ateb ni,' meddai wrth Aled.

'Porth Solfach, medde fe – a fo Ben...'

'Petaen ni'n gallu ffeindio ffordd i mewn i'r goleudy, wyt ti'n meddwl allen ni anfon neges i'r tir mawr?'

'Wy ddim yn gwbod, Carys. So ti'n meddwl y dylen ni fod yn canolbwyntio ar Elfed am y tro?'

'Ma fe siŵr o fod yn bosib... Dyna dy fyd di... cyfrifiaduron... pethe technegol... Tasen ni'n gallu anfon neges o oleudy Enlli fydde fe'n achubfa i fwy nag Elfed. So ti'n meddwl?'

'Wel, ie...'

'Odi fe'n bosib, Aled?' gofynnodd Carys, yn fwy chwyrn y tro hwn.

'Falle,' ochneidiodd ei brawd yn ddiamynedd. 'Ond fydde eisie allwedd i agor y goleudy gynta. Sdim un o'r rheini 'da ti a Nav, sbo?'

'Na, ond beth os yw'r allwedd yn nhŷ John Rees o hyd?'

'A beth os yw e ar waelod y môr? Dere!'

Dilynodd Carys ei brawd a'r criw i lawr y rhiw tuag at yr arfordir. Buan y sylweddolodd nad oedd hi'n gallu cadw lan gyda'r gweddill. Er ei bod yn dod i ben â phethau wrth godi ei choesau i fynd trwy'r gwair, roedd y tirwedd wedi newid, y gwair wedi troi'n bridd. Dychmygodd y daith i lawr i'r traeth, y graean yn rhydd ac yn llithrig. Penderfynodd.

'Aled! Ewch chi! Wy'n rhwystro chi!' Roedd yn gas ganddi gyfadde gwendid ond roedd ganddi syniad. Un y gwyddai na fyddai ei brawd yn ei gefnogi.

*

Roedd yr oglau hyd yn oed yn waeth nag o'r blaen wrth iddi fentro i mewn i'r bwthyn. Dechreuodd dagu'n syth nes bod ei llygaid yn llawn dŵr. Sychodd nhw â'i sgarff a gosod honno dros ei thrwyn a'i cheg i geisio lleddfu'r sawr drwg. Fe geisiodd Carys beidio â meddwl beth oedd yn creu'r aflendid. Estynnodd am y golau a chofio nad oedd yn gweithio. Fe wnâi'r tortsh pen y tro yn iawn. Roedd y bois wedi chwilio pocedi John Rees a diolchodd Carys am hynny. Fe allai ymddiried ynddyn nhw i fod wedi gwneud, on'd allai hi?

Ceisiodd ganolbwyntio. Ceisio peidio â meddwl am June, yr haf, ar lawr stafell wely yr hen gychwr, John Rees. Ble oedd dechrau yn y gegin? Fe allai hi dyrchu'n wyllt ymhlith yr annibendod. Ond eisteddodd Carys wrth y bwrdd, a thrugareddau'r hen gychwr yn dal arno, yn magu llwch. Roedd tipyn o gyfrifoldeb ganddo, pan oedd e byw, baich yr oedd wedi ei ysgwyddo ers degawdau. Tybiai Carys y byddai ceidwad y goleudy am gadw'r allwedd yn agos ato. Doedd yr allwedd ddim yn ei boced, gwyddai hynny'n barod, a doedd hi ddim ar y bachyn chwaith, y llefydd amlwg. Edrychodd Carys o'i chwmpas. Cofiodd am ei greddf y tro diwethaf y bu hi yma, y ffordd roedd y tebot clai wedi dal ei sylw, y ddau blât a'r tamaid o deisen. Beth os oedd John Rees wedi eistedd ac yfed ei baned gyda'i ymosodwr? Efallai fod allwedd y goleudy yn ei boced ar y pryd ond ei fod wedi synhwyro, am ryw reswm, nad oedd yn saff yn y fan honno, nad oedd ef ei hun yn ddiogel. Beth petai e wedi estyn yr allwedd a'i chuddio hi yn rhywle arall? Rhywle o fewn cyrraedd?

Edrychodd Carys o'i chwmpas. Roedd yna siaced ar gefn y gadair agosaf a chwiliodd yn ofer yn ei phocedi. Ar y bwrdd safai'r radio ac agorodd ddau ddrws y chwaraewr tâp, rhag ofn. Roedd y ddau blât yn dal i fod yno, a'r tamaid o gacen, a drws nesa eisteddai'r cwpanau a'r tebot. Hen beth oedd hwnnw. Doedd e ddim hyd yn oed yn sefyll ar ei draed yn deidi. Oedd, roedd yn simsanu. Oedd tolc yn ei waelod? Edrychodd eto, y llestr fel petai'n hedfan yn yr awyr. Estynnodd Carys amdano a'i godi. Gwelodd pam roedd y tebot yn gam. Doedd e ddim yn eistedd yn iawn ar y bwrdd. Roedd rhywbeth yn gorwedd oddi tano. Allwedd anarferol.

*

Brasgamodd Carys i gyfeiriad Porth Solfach, orau gallai hi. Teimlodd y clympiau gwair yn llyfnhau wrth iddi agosáu. Roedd y niwl yn teneuo. Gwelai bennau melyn yr eithin, blasai'r heli. Roedd yn llawn cyffro i rannu'r newyddion da gyda'r lleill. Roedd yr allwedd ganddi! Fe fyddai modd mynd i mewn i'r goleudy nawr ac efallai y byddai ffordd o anfon neges i'r tir mawr – cyn i neb arall golli ei fywyd. Teimlodd y graean yn rhydd dan draed ac arafodd. Edrychodd i lawr tuag at y traeth lleidiog. Roedd yna bobol yno. Ei brawd, Huw dalsyth, a rhai o sowldiwrs Ben Carew. Roedd Aled ac un arall yn cario rhywbeth fel stretsier. Roedd yn fwy na morlo llwyd. Gwelodd. Nid anifail oedd hwn ond corff dynol. Aeth ei chalon i'w gwddf. Fflachiodd Carys y golau ar ei phen tuag at yr olygfa. Roedden nhw'n symud yn agosach ar hyd y tywod. Oedd yna waed ar y corff? Yna, sylweddolodd nad gwaed ydoedd ond croes o baent gwaedlyd, yr un lliw ag yr oedd hi ei hun wedi ei beintio ar got Elfed. Gêm o dynnu arni rhyngddi hi a fe. Peintio croes ar y drws i ddynodi pwy oedd am drigo adeg y pla. Roedd hi wedi rhoddi'r marc arno i ddynodi mai fe fyddai nesaf. A dyma fe… Collodd ei direidi bob arlliw o sbri.

30

Roedd Aled wedi dringo i fyny'r traeth tuag ati a'i hel hi'n ôl i Dŷ Pellaf. Doedd Carys ddim eisiau gadael Elfed, yn oer ac yn ddifywyd – roedd hi eisiau cwympo'n swp ar lawr a llefain. Ond roedd Aled wedi mynnu ei bod hi'n ddewr, ei bod hi'n mynd 'nôl ar gefn y ceffyl ar ôl y gwymp ddiweddaraf hon. Roedd yna bobol yn y tŷ oedd ei hangen hi. Fe fyddai'n rhaid iddi ddod o hyd i'r nerth i fynd yno i ddweud y gwir wrthyn nhw. 'Merch gref.' Roedd angen eu rhybuddio. Gorchmynnodd i Carys gau'r drws ar ei hôl a'i gloi. Doedd neb i fentro allan nes i Aled neu Nav ddod yn ôl.

Erbyn cyrraedd Tŷ Pellaf roedd Carys yn wlyb fel pysgodyn ac yn crynu, ei hwyneb yn gymysg o law a dagrau. Roedd ei choesau a'i breichiau'n wan. Doedd dim arlliw o egni ganddi. Doedd hi ddim yn edrych ymlaen at wynebu'r lleill. Agorodd y drws yn dawel bach ac oedi yn y cyntedd i dynnu ei chot. Oedd ganddi'r gallu? Penderfynodd fynd at ei thad yn gyntaf. Fe fyddai e'n gwybod beth i'w wneud. Aeth at y lolfa fach. Roedd y drws ar gau a sŵn lleisiau y tu mewn.

'Wy'n poeni amdani, 'na i gyd.'

'Finne 'fyd, cred ti fi,' ategodd Bryn.

'Y peth yw…'

'Be sy'n poeni ti, Rose?'

'Rhwbeth wedodd Carys. Ond falle bo' well i fi beido gweud…'

'Gweud beth, Rose fach?'

'Dim byd, siŵr o fod.'

'Sdim byd yn ddim byd.'

'Ma Nav 'di bod yn helpu hi, i gryfhau yn gorfforol. Ma hynny'n beth da, on'd yw e?'

'Peth da iawn, odi,' cytunodd Bryn.

'Ond wedyn ma'r holl feddyginiaethe 'na gyda fe.'

'Pils a phowdwr a rhyw shêcs yn bob man. Beth od bod y dyn ddim yn drysu.'

'Wy'n siŵr bod e'n gwbod beth ma fe'n neud, ond ma rhwbeth am Carys…'

'Dyw hi ddim yn hi ei hunan.'

'Ie. Hynna, Bryn,' meddai Rose. 'Sai moyn gweud.'

'Mae'n bwysig gweud, Rose. Er mwyn Carys.'

'Odi fe'n bosib bod e 'di rhoi rhwbeth rhyfedd iddi? Bod hi ddim yn meddwl yn strêt?'

Allai Carys ddim dal ei hun yn ôl. Agorodd y drws a brasgamu i mewn.

'Beth ddiawl y'ch chi'n gweud amdana i?'

'Carys!'

'Mowredd y byd! Ti'n trio rhoi harten i hen ddyn?'

'Ti'n olreit, Carys? Ti'n crynu.' Roedd wyneb Rose yn llawn consýrn.

'Shwt fyset ti'n teimlo? Tase rhywun yn siarad tu ôl dy gefn di?'

'Dim 'na beth —'

'Glywes i ti! So ti erio'd 'di lico Nav, wyt ti, Rose? Nawr ti'n fy meirniadu i, yr ast wenwynig.'

'Hei, dere nawr, Carys. Poeni amdanot ti y'n ni'n dou. Ti 'di ca'l amser caled rhwng pob peth —' Stopiwyd Bryn gan ei eiriau ei hun. Llyncodd yn galed.

Daeth Nav i'r golwg a Lisa y tu ôl iddo, y ddau wedi clywed lleisiau'n codi.

'Ble ma Aled?' gofynnodd Lisa.

'Ma fe'n iawn,' meddai Carys. 'Ond...'

'Ond beth?' gofynnodd Nav.

'Dere mlân, Carys fach, ma amser yn brin!' Ceisiodd Bryn godi o'i gadair.

'Ma'n nhw 'di ffeindio Elfed,' meddai Carys.

Aeth munud fach heibio, pob un mewn sioc.

'Odi fe...?' Roedd llais Rose yn llawn ofn.

'Odi, Rose! Ma fe 'di marw! Weles i nhw'n tynnu ei gorff e mas o'r môr!' Sgrechiodd Carys. Trodd y waedd yn grio mawr, uchel. Camodd Nav tuag ati ond cyn iddo ei chyrraedd fe wnaeth llais arall fynnu ei sylw.

''Na ni! Sai'n aros fan hyn. Wy'n mynd!' Roedd Lisa

mewn panig llwyr, yn edrych o un i'r llall, ei llygaid yn llawn ofn.

'I ble?' gofynnodd Nav.

'Sai'n gwbod. I weddïo yn Abaty'r Santes Fair os oes rhaid i fi!'

'Dyn a ŵyr pwy sy mas 'na,' mentrodd Rose.

'Dyn a ŵyr pwy sy fan hyn!' sgrechiodd Lisa. 'Ddylen i fyth 'di cytuno i ddod i Enlli! Carys, dy fai di yw hyn 'to!'

Teimlai Carys eu llygaid arni, yn ei hastudio. Oedden nhw i gyd yn ei beio hi am y ffaith eu bod nhw yma, ar yr ynys gyda llofrudd? Edrychodd ar Lisa, yn llawn casineb,

'Ma Elfed 'di marw a ti'n becso amdanot ti dy hunan!'

'Car... Gwranda, Car...' Ceisiodd Nav roi ei fraich amdani hi. Sibrydodd yn ei chlust, 'Ti 'di cymryd dy feddyginieth?'

Poerodd Carys yn ôl, 'Wy ddim angen ffycin meddyginieth!'

Roedd pawb yn dawel. Aeth Carys yn ei blaen.

'Fi laddodd nhw i gyd, ife 'na beth chi'n feddwl? John Rees, bang ar ei ben. June, dim blas ar y cawl. Elfed, sblash.'

'Carys.' Ceisiodd Nav afael ynddi. Siglodd hi ei fraich i ffwrdd.

'Wy'n ddiniwed!' sgrechiodd Carys. 'Gadwch fi fod! Sai'n trysto dim un 'noch chi!'

'Arglw'dd y byd,' meddai Bryn gan eistedd yn ôl yn ei sedd.

Rhedodd Rose allan o'r stafell. Roedd yr wylo i'w glywed bob yn ail ag ergydion ei thraed wrth iddi redeg lan staer. Roedd brenin Enlli yn ôl wrth y llyw ac arweiniodd y blaen.

'Nav, cer di mas at Aled er mwyn i Lisa allu bod yn esmwyth ei meddwl. Carys, cer ar ôl Rose, wir.'

'Pam ma rhaid i fi fynd?'

'Achos, ma Rose a ti fel dwy chwaer.' Roedd llygaid ei thad wedi'u serio arni. Gwelodd ef y cwestiwn yn y crychau ar dalcen Carys a nodiodd y mymryn lleiaf.

31

Aeth Carys ddim at ei ffrind yn syth ar ôl i Nav gau'r drws ar ei ôl. Esgusodd ei bod yn parchu teimladau Rose trwy roi amser iddi alaru, na fyddai Rose eisiau unrhyw un ar ei phen yn syth. Y byddai hi eisiau carthu'r crio gwaethaf cyn ei rannu. Pan aeth Carys ar hyd y landin at y stafell wely cafodd ei hatal gan y llefain. Bu'n gwrando ar Rose yr ochr arall i'r drws, yn betrus am darfu arni. Fe effeithiodd ar Carys. Aeth yn llipa, yn ddideimlad, colledion erchyll y diwrnodau diwethaf wedi sugno'r tosturi ohoni. Yn hytrach na'i chofleidio, eisteddodd Carys wrth ei hochr ar y gwely, bwlch bach rhyngddyn nhw, a gadael i Rose dorri'r garw.

'Be ti'n feddwl ddigwyddodd i Elfed?' meddai, cryndod yn ei llais wrth ddweud ei enw.

Siglodd Carys ei phen. Dechreuodd siarad, yn trio gwneud synnwyr o bethau.

'Ro'n ni arfer bod yn ffrindie, fi ac Elfed – medden nhw – ond cyn y ddamwen oedd hynny,' meddai. 'Mae'n galed dychmygu hynny, y ffordd y'n ni gyda'n gilydd nawr, y ffordd o'n ni... O'dd e'n gallu bod mor ddi-hid.'

'Sdim pawb fel Nav.' Roedd llais Rose ymhell.

'Na, ond weithie o'n i ddim yn teimlo 'mod i'n nabod Elfed o gwbwl – ar ôl yr holl flynydde 'na ar yr iard. Rhyfedd, so ti'n meddwl?'

Sniffiodd Rose.

'O'dd e'n ddigon cwrtais, sai'n gweud llai, yn ddigon parod i helpu, ac eto, o'n i'n teimlo bod popeth yn drafferth – ac os fydden i'n treial cynnal y tamed lleia o sgwrs o'n i'n ca'l dim byd 'nôl.' Siaradai Carys yn drist.

'Un fel'na o'dd e. Tawel. Gweithgar. Ffyddlon.'

'Ffyddlon iawn i Dad a'r iard, o'dd.'

'O'dd e'n gofidio, ti'mod. Ei fod e'n colli gwaith tra ei fod e ar Enlli. Yn siomi cwsmeried, yn colli arian…'

'Do, wedodd e.'

'Wedodd e wrthot ti 'fyd? O'dd e'n ymddiried ynot ti hefyd, 'te.'

'Falle. O't ti'n nabod e'n well na fi.' Edrychodd Carys ar ei ffrind. Gwyliodd ei llygaid yn bywiogi, yn aflonyddu.

'O'n, yn ddiweddar,' cyfaddefodd Rose.

'O'n i'n meddwl ei fod e'n sengl! A tithe, tase hi'n dod i 'ny.'

Gwenodd Rose wên grynedig er gwaetha'r sefyllfa. Barodd honno ddim. Edrychodd Carys arni, ar y boen yn y crychau ar ei hwyneb.

'O'ch chi'n hapus?' gofynnodd iddi.

'O'n.'

'Wy'n falch drostoch chi.'

'Wyt ti?'

'Wrth gwrs. Ma 'meddwl i 'di bod ar un peth – gwella. Cofio beth o'n i'n neud ddo', wthnos ddwetha, cyn y ddamwen. A'r hen go's 'ma wedyn, mae 'di bod yn ymdrech.'

'Ti 'di neud yn dda.'

'Gaf i byth rai pethe 'nôl. Fy ffitrwydd yn un peth. Atgofion… ma'r golled a fi 'di toddi'n un – amhosib rhyddhau un wrth y llall. Wy'n anghofio effeth y newid yndda i ar bobol erill. Wy 'di bod yn ddierth a ma bai arna i.'

'O'n i bron â colli ti y diwrnod yna.'

'Fe wnest ti fy ngholli i mewn ffordd.'

'Do. "Hen ferchetan bron â thorri'i chalon…",' canodd Rose ac edrych ar Carys am y tro cyntaf.

'Hen ferchetan? Ond o'dd Elfed 'da ti… Sai'n gweld bai arnot ti, ti'mod, am beidio gweud wrtha i.'

'O'dd neb yn gwbod.'

'Wy'n falch i rwbeth da ddod o'r ddamwen, hyd yn o'd os oedd hynny dros dro.'

'Dim y ddamwen dda'th â ni at ein gilydd,' meddai Rose yn bigog. 'O'dd wastad rhwbeth, rhyw sbarc, rhyngdda i ac Elfed.'

'Wastad?'

Doedd Rose ddim yn hoffi clywed Carys yn ei hamau.

'O'dd, fydden ni'n amal yn rhannu jôc, edrychiad bach. O'n ni'n rhan o'r un teulu, ar yr iard. Un tro, gusanes i fe...'

Eisteddodd y ddwy yn dawel, eu meddyliau ar ras.

'Ti'm yn meddwl y bydde fe wedi...?' meddai Carys.

'Beth?'

'Ti'mod... O'dd e'n amlwg yn poeni am ei sefyllfa waith, am ddyfodol yr iard. Fydde fe ddim 'di neud rhwbeth dwl, fydde fe?'

'O'dd e'n caru fi!'

'Iawn, wrth gwrs. Ddwedodd e hynny?' Allai Carys ddim dychmygu Elfed yn cyfadde hynny i neb.

'Do. Naddo... Sdim rhaid gweud popeth.'

Dechreuodd Rose grio eto. Symudodd Carys tuag ati a chwtsio ei ffrind. Suddodd Rose i'w mynwes a chrio'n galetach am damaid bach. Pan ddechreuodd y crio leddfu plygodd Carys ei phen a rhoi cusan fach ar ei chorun. Hon oedd ei ffrind, gyda'i gwallt cwta di-lol. Roedd yr *elfin cut* yn *chic* ofnadwy, ond fyddai Rose ddim wedi clywed am shwt beth. Doedd hi ddim yn becso am ffŷs a ffasiwn. Cyfleustra oedd ei gwallt byr iddi hi. Ond beth oedd hwnna, yn cuddio y tu ôl i'w chlust? Y cwrlyn bach du? Cyffrôdd. Allai Carys ddim meddwl pam.

Daeth cnoc ar y drws i darfu, a llais Lisa.

'Nav, ma fe'n ôl,' galwodd.

'Ac Aled?' meddai Carys.

'Yn y goleudy o hyd,' atebodd Lisa.

'Fydda i lawr yn y man.'

'Iawn. Sdim brys.'

Roedd golwg ryfedd ar wyneb Rose.

'Beth?' gofynnodd Carys.

'Ma Nav 'di dod 'nôl heb Aled a Huw.'

'Falle bod Aled eisie aros gydag Elfed,' meddai Carys.

'Ie, falle.'

'So ti'n credu 'ny?'

Crymodd Rose ei hysgwyddau. 'Wy 'run peth â ti. Sai'n gwbod. Jest gobeithio bod pawb yn iawn, 'na gyd.'

'Aled ti'n feddwl?'

'Ie. Na. Dim byd. Anghofia fe.'

Dyma hi Rose unwaith eto, y cyntaf i daflu sen ar Nav. Nav. Wrth feddwl amdano, fe gofiodd hi. Rhoddodd ei llaw ar ochr pen Rose. Pwysodd ei ffrind yn erbyn y cnawd a gwelodd Carys ei chyfle i estyn y tu ôl i'w chlust. Byseddodd y cwrlyn bach. Cofiodd mewn fflach pam fod gweld y cwrlyn du wedi ei chyffroi. Tynnodd ei llaw yn swta oddi ar Rose. Rhythodd arni.

32

'Ti'n staran,' meddai Rose.

'Odw i?' atebodd Carys, fel petai mewn breuddwyd.

'Wyt.'

'O. Do'n i ddim yn sylweddoli.'

Roedd llais Carys yn dawel. Daliodd ati i syllu ar ei ffrind.

'Ti'n olreit, wyt ti, Car?'

'Fi?'

'Ie.'

'Hollol iawn.'

'Gwd.' Edrychodd Rose o'i chwmpas yn ddi-hid, ddim yn siŵr iawn beth oedd orau i'w wneud. Roedd ei ffrind yn trio ei chysuro ond roedd y ffordd roedd hi'n siarad… y ffordd roedd hi'n edrych arni yn anghysurus.

'Wy'n gweld pethe'n glir am y tro cynta.'

''Na fe, 'te.'

'Wy newydd sylweddoli. Y fenyw 'na yn y Vaults yng Nghaerdydd, yr un o'dd yn fflyrto gyda Nav, yr un gath ei gollwng fel taten boeth unweth iddo fe weld fi. Ti, Rose, o'dd hi, ontefe?'

'Paid bod yn sofft.'

'Sdim pwynt i ti wadu. Mae 'di cymryd bach o amser i fi, sai'n gweud, ond wy 'di gweitho pethe mas nawr… A wy'n gweld y cwbwl yn digwydd o 'mlân i fel 'sen i'n gwylio ffilm.'

Sythodd Rose ei gwallt am ei phen. Aeth Carys yn ei blaen.

'Ond y peth sy'n poeni fi, y peth wy ffaelu'n deg â deall yw pam na ddwedoch chi wrtha i. Yr un ohonoch chi. Ti na Nav? Fydde fe ddim wedi neud lot o wahaniaeth, fydde fe, dy fod ti, Rose, wedi ei weld e gynta. Achos er gwaetha dy ymdrechion gore – ac fe wnest ti ymdrechu'n galed i'w fachu fe, on'd do fe? – fi o'dd e moyn, a fi ma fe moyn o hyd.'

'Wel…'

'Oni bai 'mod i *yn* gwbod cyn y ddamwen, ond pan golles i 'nghof bod fy meddwl i wedi diffodd y llunie salw ohonot ti yn fflyrtio gyda fy nyweddi i. Cyfleus iawn i chi'ch dou. Do'dd dim eisie fy atgoffa i o bopeth, o'dd e? Dim y pethe gwael, y pethe o'dd yn neud i ti edrych yn wael.'

'Dim 'na beth… Ma'n rhaid i ti gredu fi.' Roedd ôl braw yn llais Rose.

'Ma'n neud sens nawr, on'd yw e? Pam wyt ti wastad yn lladd arno fe, yn ffeindio pob cyfle, *pob* cyfle i blannu hadau amheuaeth amdano fe gyda phawb. Tase fe lan i ti, fe fydde fe'n euog o lofruddiaeth ar Enlli, on' bydde fe, Rose? Bydde Nav yn jâl a ti'n taflu'r allwedd i ganol y môr mawr.'

'Ti moyn i fi fynd i nôl dy feddyginieth di?'

'Wy ddim angen ffy-cin me-ddy-ginieth!'

Trodd Rose ar Carys.

'Ti 'di camddeall yn llwyr!' hisiodd. '*Ti* na'th ddwyn Nav wrtha *i*!'

'Beth?!'

'Dim *digwydd* taro ar Nav naethon ni yng Nghaerdydd. O'n i 'di trefnu i gwrdd ag e yn y Vaults. Cwrdd ag e am y tro cynta. Nav, fy sboner newydd i.'

'Ti'n hollol hurt!'

Edrychodd Rose i fyw llygaid Carys.

'Nagw,' meddai'n gadarn. 'Ffindodd Nav a fi ein gilydd ar y we. *Dating site*. O't ti'n ecseited iawn drosta i. "Lisa fach yr Hendre", pwr dab, 'di ffeindio sboner o'r diwedd.'

Poerodd Rose y geiriau mas.

'O't ti moyn gwbod yr hanes i gyd. Ond wy'n credu bod ti 'di laru gwrando arna i yn y diwedd, yn mynd mlân a mlân amdano fe, am mor berffeth o'dd e. Benderfynest ti bod ti moyn dod 'da fi i Gaerdydd i gwrdd â fe. O'n i mor prowd. Y ffŵl â fi! Mor ecseited i gyflwyno Mr Perffeth i'n ffrind gore i. A beth ddigwyddodd? Y funud welodd e ti, na'th e gwmpo mewn cariad. "Ta-ta, Rose" a "Helô, Carys Tynrhyd".'

Roedd pob gair fel gwenwyn. Roedd Carys wedi ei llorio ond roedd mwy gan Rose i'w ddweud.

'Ti'mod be? O'n i ddim yn dy feio di, na'i feio fe, Nav, chwaith. Wrth gwrs bod e 'di dwli arnot ti. Popeth yn cwmpo yn dy gôl di. Fel arfer. Fi o'dd yn ddwl yn meddwl y bydde pethe'n wahanol am unweth.'

'Carys!' gwaeddodd llais o lawr staer. Llais cadarn Nav yn dod â hi'n ôl i'r presennol.

'Wy'n dod nawr!' Trodd Carys at Rose a hisio, 'Arhosa di fan hyn!'

Doedd hi heb gyrraedd y drws cyn iddi glywed y 'Na'.

'So ti'n mynd i gloi fi yn fy stabal. Dwyt ti, Carys, ddim yn berchen arna i.'

33

Safai Nav wrth y ffenest yn y lolfa fach, yn edrych ar beth, wyddai Carys ddim. Roedd hi'n dywyll tu allan. Fflachiodd ei lygaid tywyll pan welodd e hi a gwenodd.

'Ma Ben Carew newydd fod 'ma – gyda brithyll i swper a newyddion da. Bydd Aled a Huw 'nôl cyn bo hir.'

'Ble ma'r lleill? Dad? Lisa?' gofynnodd Carys.

'Lisa'n paratoi swper a dy dad yn goruchwylio. Wedodd e wrtha i am aros fan hyn achos ei fod e "ddim eisie'r nonsens iach yna". Rhaid bod e'n gwella.'

Ddwedodd Carys ddim byd. Edrychodd Nav arni, gan godi ei aeliau. Oedd e'n synnu nad oedd hi wedi dweud dim byd am ei thad yn bychanu syniadau iachus ei dyweddi? Roedd ei chalon yn curo'n gyflym. Roedd rhaid iddi ofyn iddo. Rhaid iddi gael gwybod.

'Odi fe'n wir, Nav? Bod ti 'di cwrdd â Rose ar *dating site*?'

Ochneidiodd. 'Odi,' atebodd.

Roedd Carys yn disgwyl iddo wadu, iddo edrych arni fel petai cnoc arni achos bod dim bripsyn o wir yn y stori. Ond gwelodd y straen ar ei wyneb, yn y wefus ddiflas. Roedd Rose yn dweud y gwir. Synnwyd hi.

'Aethon ni'n dwy i'r Vaults achos bo' Rose wedi trefnu cwrdd â ti?' Swniai Carys mas o wynt nawr, mor anodd oedd yngan y geiriau.

'Do. Wedyn weles i ti. Dechreuon ni siarad. 'Nest ti gynnig prynu diod i fi.'

'Ond ti ddim yn yfed alcohol.'

'Nagw,' atebodd yn ddi-lol.

Nav gariadus. Ei Nav hi.

'Brynes i gwrw dialcohol i ti a Mojito i fi,' meddai Carys yn gadarn.

'Ti'n cofio?' Daeth fflach o obaith yn ôl i'w wyneb. Fflach o fywyd i'w lygaid mwyn. Bwrodd hynny hi yn ei stumog. Ergyd o hiraeth amdano.

'Wy'n cofio,' meddai Carys. 'Yna, da'th Rose aton ni. Ond o'dd hi'n edrych yn wahanol y noson honno – 'na pam o'n i ddim yn ei chofio hi falle, ddim wedi rhoi'r darne at ei gilydd.'

Roedd y wybodaeth yn dod iddi yn araf bach ac fe welai luniau o Rose ar y noson honno yn ei phen. Doedd hi ddim yn gwisgo jîns a chrys denim fel roedd hi'n meddwl i Nav ddweud wrthi. Rhannodd beth roedd hi'n ei weld gyda Nav.

Jumpsuit denim dynn o'dd amdani, yn dangos ei siâp ar ei ore ac o'dd ganddi gyrls hir naturiol at ei hysgwydde. O'dd hi'n edrych yn ffantastig! Ond edrychest ti ddim arni ddwyweth…'

'Naddo, achos o'n i wedi dy gyfarfod di. Carys. Dwi'n dy garu di.'

Deallodd Carys beth roedd hi wedi ei deimlo pan ddwedodd Rose ei stori wrthi. Rhuthr o deimladau gwyllt yn llifo trwy'r corff, yn ei chythruddo hi. Cenfigen llwyr.

Cusanodd Nav hi. Teimlodd Carys ei gusan gariadus, y blew ysgafn o gwmpas ei geg. Teimlodd ei gorff yn galed yn ei herbyn hi, y gwres cynnes yn llifo trwy ei chorff hithau.

Cydiodd Nav yn ei jîns hi a dechrau datod y botwm top.

'Bydd rhaid aros,' meddai Carys.

'Ocê,' meddai Nav, a'i gollwng hi'n ufudd.

Edrychodd y ddau ar ei gilydd, a rhyw ansicrwydd rhyngddyn nhw. Roedd hi'n ei garu yntau hefyd. Ond pa un oedd e – ci bach diniwed neu ddyn golygus oedd wedi hen arfer â chael ei ffordd ei hun?

Cofiodd am yr hyn roedd Nav wedi'i ddweud wrthi am y fenyw arall roedd e wedi gorfod ei gwrthod yng Nghaerdydd, yr un oedd wedi 'taflu ei hun ato'. Roedd hi'n stori gas am Rose. Ond roedd Rose wedi cadw'n dawel tan heno. Dim rhyfedd ei bod hi'n amheus ohono ar adegau. Arhosodd Rose yn ddistaw er ei mwyn hi a Nav. Felly, allai Carys ymddiried yn Nav?

'Ble ma Rose?' gofynnodd Nav.

'Wedes i wrthi am aros lan staer. O'dd hi'n pallu gwrando wrth gwrs.'

Crychodd Nav ei aeliau ar hynny.

'Paid bod yn grac 'da hi.'

'Wy ddim.'

'O ddifri nawr. Chi'n ffrindie da, ffrindie bore oes. Fydden i ddim eisie'ch gweld chi'n cwmpo mas eto.'

'Eto?'

'Ie.'

'Beth ti'n feddwl, eto?'

'Ddwedodd hi ddim 'thot ti? Cyn y ddamwen, o'dd dim lot o Gymrâg rhyngoch chi. O beth wy'n deall, dy fai di oedd hynny, Carys.'

34

Doedd Carys ddim yn disgwyl ei weld e'n sefyll yn y gegin, cyllell yn ei law, yn diberfeddu brithyll. Clywodd chwerthin ysgafn a gweld y fenyw gyfarwydd gydag e. Safodd yn y cyntedd i glustfeinio.

'Alla i ddeud pwy gafodd ei magu ar fferm – ti'n rêl boi efo'r gyllell yna,' meddai Ben Carew, gwaed ar ei ddwylo, ac oglau'r pysgodyn yn cyrraedd y drws.

'Wy ddim yn ferch ffarm. Ces i 'magu ar stad o dai yn Llanilar.' Swniai Lisa fel petai e wedi ei phechu. Tynnodd y gyllell ar hyd corff y pysgodyn a'i agor.

'Gwahanol fyd i un Bryn Tynrhyd a'i iard fawr a'i geffylau drud, dwi'n siŵr.'

'Gwahanol iawn. 'Na ni, wy 'di neud yn olreit – er gwaetha popeth.' Cydiodd mewn llond llaw o berfedd a'i dorri o'i wreiddyn. Roedd Ben Carew wedi gorffen gyda'i bysgodyn yntau. Rhoddodd y brithyll i orwedd ar y cownter.

'Do'n i'm yn meddwl dy fychanu di,' meddai, y gyllell yn ei law o hyd.

'Paid becso. Wy'n hen gyfarwydd.'

'Efo pobol yn dy fychanu di?' Edrychodd arni mewn syndod.

'Gwraig Aled Tynrhyd dwi. Er 'mod i'n rhedeg busnes fy hunan.'

'Busnes ffisio, dwi'n iawn?'

'Ma'r busnes yn dal i dyfu. Ond wy'n arbenigo mewn anafiadau chwaraeon.'

'Ti 'di bod yn help garw i Carys.' Palfalodd Ben y tu mewn i'r pysgodyn.

'Fydden i 'di gallu bod.'

'Fel'na mae hi,' deallodd e.

'Fel'na ma hi.'

Trodd Lisa y tap ymlaen a golchi'r gwaed oddi ar y brithyll yn swnllyd. Roedd yn rhaid i Ben godi ei lais.

'Ond sdim diddordeb gen ti yn y busnas arall – busnas yr iard, bridio a rasio ceffylau,' meddai'n uchel.

Diffoddodd Lisa'r dŵr.

'O, ma digon o ddiddordeb 'da fi ac Aled mewn datblygu'r busnes. Ond ma rhywun yn gyndyn o ollwng ei afael. Er gwaetha'r probleme...'

'A rŵan mae o'n buddsoddi mewn menter newydd. Gwario pres sy ddim gynno fo?'

'Ie, wel. Ei ffordd fach e o ddal sownd ar ei gaseg orau, fel petai.'

'Casag?'

'Carys.'

Daeth Aled trwy'r drws ffrynt, wyneb Huw fel lamp dal y tu ôl iddo, a'i gweld hi'n syth. Cafodd Carys fraw. Oedd hi wedi cael ei dal yn clustfeinio?

'Lwcus bod hwn 'da fi.' Clapiodd gefn Huw a'i hel at y gegin. Deuai sŵn ffrwtian o'r fan honno.

'Wedi cadw llygad arno fe,' sibrydodd Aled wrth ei chwaer.

'Beth yw dy broblem di 'da Huw?'

'Dim byd. Pawb dal byw 'ma?'

'Odyn.'

'Wel, 'na fe, 'te.' Yn sydyn, roedd golwg bell yn llygaid ei brawd. 'Elfed, druan. So ti'n meddwl bod e 'di...?'

'Nagw. Pa reswm fydde 'da fe i neud hynny?'

'Cydbwybod euog, falle.'

'Aled, ble 'yt ti?' Daeth gwaedd o'r gegin.

'Dod nawr! Falle ma tynged Elfed o'dd diwedd y stori.'

Dilynodd Carys ei brawd i'r gegin, yn dal i bendroni am beth roedd e wedi ei ddweud am Elfed. Doedd hi erioed yn teimlo iddi ddod i'w nabod e'n iawn, roedd hynny'n wir. Ond oedd e ynddo fe i ladd John Rees? I ladd June?

'Odi swper yn barod?' Daeth Bryn i mewn, a gwên ddrygionus ar ei wyneb. 'Aled, Huw, falch bo' chi'n ôl yn saff. Jiw, Ben, 'chan, o'n i ddim yn gwbod bod ti 'ma.'

'Wedi dod â rhwbath bach i fy nghymdogion ar yr ynys.' Cododd Ben y badell i ddangos y pysgod i bawb.

'Brithyll! O'n i'n meddwl bod ogle ffein 'ma.'

'Ma'r tatws a'r llysie bron yn barod – o ardd Ben.'

'Bach o gennin ac erfin, be sy'n weddill o'r crop.'

Roedd sŵn dŵr yn berwi yn dod o'r ddwy sosban.

'Sdim menyn, ma arna i ofn,' meddai Lisa yn cydio yn y sosban fwyaf a defnyddio'r caead i ddraenio'r dŵr i lawr y sinc. Cododd stêm i lenwi'r stafell.

'Bwyd plaen yn iawn 'da fi. Dim o'r chwyn yna ma hwn yn byta.' Winciodd Bryn ar Nav.

'Ma perlysiau'n llawn maeth.'

'Gweda di, Nav. Rho waedd ar Rose, 'nei di, Carys.'

Ufuddhaodd Carys i orchymyn ei thad, er ei fod yn anwybyddu cyngor Nav, a mynd mas o'r stafell, ar hyd y cyntedd ac i waelod y staer. Galwodd ar ei ffrind a galw eilwaith a theirgwaith, yn uwch bob tro. Pan fethodd gael ateb doedd dim amdani ond mynd i fyny ati. Efallai ei bod hi wedi crio ei hun i gysgu. Ond doedd Rose ddim yn y stafell wely lle gadawodd Carys hi, nac yn unman arall. Aeth Carys yn ôl at y gweddill, yn teimlo'n fwy annifyr gyda phob cam.

''Co nhw o'r diwedd!' Clywodd ei thad wrth iddi agor y drws. 'Ble ma Rose, 'te?'

'Sai'n gwbod. Dyw hi ddim lan staer.'

'Dyw hi ddim yn y lolfa fach. Wy newydd ddod o fan'na,' meddai Aled.

'A'th hi mas,' meddai Huw.

'Mas? Ti'n siŵr?' Roedd Bryn yn cynhyrfu.

'Odw. Glywes i hi'n mynd.'

'Ar ei phen ei hunan?' gofynnodd Bryn yn ofidus.

'Dydy hynny ddim yn syniad da,' meddai Ben, oedd wrthi'n stwnsio tatws yn egnïol.

'Nag yw,' cytunodd Aled. 'Pam na wedest ti wrthon ni, Huw?'

'Sai'n gwbod.'

'Dylet ti 'di gweud 'thon ni, Huw.'

'O'n i ddim yn gwbod.'

Gallai Carys weld bod y dyn ifanc yn cyffroi.

'Gad e fod, Aled,' meddai hi.

Edrychodd pawb ar ei gilydd, gofid yn eu llygaid. Oedden nhw'n pwyso a mesur ei gilydd? Oedden nhw'n ystyried pwy fyddai â'r gallu, y tywyllwch meddyliol i weithredu? Clywyd y drws yn agor ac yn cau.

''Co hi nawr, jest mewn pryd ar gyfer swper,' meddai Bryn, yn llawn rhyddhad.

'Gwd, achos ma bwyd yn barod,' meddai Lisa.

'Rose!' gwaeddodd Bryn a daeth hi yn ufudd, yr wyneb crwn, y gwallt byr tywyll, ar wahân i un cwrlyn bach. Roedd hi yn ei chot o hyd, ei jîns wedi newid lliw am eu bod yn damp ac ôl mwd ar flaen ei threinyrs. Roedd hi byw. Roedd hynny'n rhyddhad enfawr.

Yna, roedd hi fel ffair yn y gegin. Platiau a dysglau

yn symud o un i'r llall. Hwn yn poeri gorchymyn at y nesaf. Breichiau a dwylo'n ymestyn. Cyrff yn symud, yn ceisio osgoi ei gilydd, ac yn methu. Teimlai Carys ei phen yn troi. Roedd ei thad wedi eistedd, Aled wedi mynd â'i blât at y bwrdd, corff enfawr Huw yn ei ffordd, a Rose yn ddisymud. Gwyliodd Carys ei ffrind wrth iddi dynnu ei chot yn araf bach. Roedd y got, fel ei jîns, wedi newid ei lliw oherwydd y glaw. Yna, cafodd fflach. Gwelodd e. Rhywbeth na ddylai fod yno. Lliw gwahanol i weddill y defnydd tywyll, tamp. Lliw coch rhydlyd. Lliw cyfarwydd.

Llyncodd Carys ei phoer. Paent oedd ar ei chot. Paent gwaedlyd y groes ar got Elfed cyn iddo fynd allan ar ei daith olaf, yr un groes roedd hi wedi ei nabod wrth i Aled a Huw gario ei gorff gwlyb ar hyd y swnt tua'r clogwyn. Hi, Carys, oedd wedi ei serio â'r groes honno. Y marc oedd fel petai'n dweud mai fe fyddai nesaf.

Doedd Rose heb weld Elfed, meddai hi, pan ddychwelodd i'r tŷ y prynhawn aeth y gof ar goll. Os oedd hynny'n wir, sut yn y byd oedd y paent oedd ar Elfed ar ei chot hi nawr?

'Wyt ti'n olreit, Carys?' Daliodd Rose ei ffrind yn syllu arni. 'Sdim pen tost 'da ti, o's e?'

Atebodd Carys ddim yn syth. Roedd hi'n ymwybodol o lygaid y lleill yn edrych arni. Doedd hynny ddim yn brofiad anghyfarwydd iddi. Roedd hi'n dal i edrych ar

Rose, ac fel sy'n digwydd pan mae rhywun yn syllu ar un peth yn rhy hir, fe ddechreuodd weld mwy nag un Rose – Rose, fyr ei gwallt ar wahân i un cwrlyn bach, Rose ei ffrind bore oes, ei gwallt yn hir ac yn gyrliog, yn rhedeg trwy'r gwair fan hyn ar Ynys Enlli a Carys yn ei chwrso hi.

'Sdim byd yn fwy poenus na cholli ffrind rwyt ti'n ei charu,' meddai Carys.

'Beth wedodd hi?' gofynnodd Bryn oedd wedi dechrau bwyta.

'Wy heb golli ffrind. Wy'n gwbod hynny nawr. Ffrindie bore o's.' Gwenodd Rose yn dyner ar Carys. Wenodd Carys ddim yn ôl.

'Dewch at y bwrdd,' meddai Lisa. Eisteddodd Huw drws nesa i Bryn. Roedd Aled yn arllwys dŵr o jwg. Roedd Nav ar ei draed o hyd, yn edrych o un i'r llall yn wyliadwrus.

'Ond dy'n ni ddim yn ffrindie bore o's, odyn ni, Rose?' Cododd Carys ei llais, i wneud yn siŵr y byddai ei thad yn ei chlywed y tro hwn. Ar wahân i'w llais hi a thincial cyllyll a ffyrc yn erbyn y platiau, roedd tawelwch ysgeler.

'Wy newydd weithio fe mas, t'wel. Ti a fi. Ffrindie mawr, fel dwy chwa'r... Ond ddim "fel" dwy chwa'r y'n ni, ife – ni *yn* ddwy chwa'r.'

'Beth?' bytheiriodd Aled.

Edrychodd Rose ar Bryn. Roedd pawb yn syllu ar y penteulu, yn disgwyl iddo yntau ffrwydro. Pesychodd.

'Fel hyn ma pethe...' dechreuodd. Torrodd Carys ar ei draws.

'Aled, fi a Rose. Brawd a dwy chwa'r. Newyddion i ni, on'd yw e, Aled?'

'Odi, glei.'

Cymerodd Carys yr awenau eto.

'Ond ti, Rose, wel, ti'n gwbod "sut ma pethe" ers y cychwyn, cyn i ni gamu ar draeth Enlli hyd yn oed. Ti'n gwbod ers y daith gwch erchyll yna pan glywest ti rwbeth na ddylet ti glywed – John Rees, y cychwr, yn sibrwd rhwbeth wrth Dad, yn torri cyfrinach. A dyna pam —'

'Pam na ddei di draw at y bwrdd, bach?' gofynnodd ei thad. Rhwbiodd ei dalcen yn boenus.

'Sai'n dod at y bwrdd nes i fi ga'l gweud fy ngweud, Dad.' Synhwyrodd Nav yn symud tuag ati, i'w chysuro. Poerodd Carys y geiriau allan. 'A 'na pam roedd yn rhaid i John Rees farw. Wy'n iawn, on'd odw i, Rose?'

'Nag wyt!' meddai Rose yn bendant. 'Drycha, dyw e ddim yn rhwydd, pawb ar ben ei gilydd, pawb yn ofnus...'

'Ti'n paranoid!' meddai Lisa.

'Beth wyt ti'n wbod?' atebodd Carys hi.

'Mwy na ma unrhyw un yn y teulu 'ma'n fodlon

cydnabod.' Ben Carew oedd â'r llais. Roedd e ar ei draed o hyd, yn cadw llygad ar bob un, yn barod i daro petai'n mynd yn draed moch. Doedd Aled ddim yn hoffi'r ergyd.

'Wow, boi bach! 'Y ngwraig i yw honna. Beth wyt ti'n gwbod am 'yn teulu ni?'

'Lot fawr os bydd Bryn yn mynd mlaen efo'i gynlluniau i brynu hannar Enlli,' atebodd Ben Carew.

'Prynu Enlli? Am syniad!'

Aeth Carys yn ei blaen, yn benderfynol o orffen ei stori. Roedd hi wedi bod yn gwylio Rose wrth i'r lleill siarad dros ei gilydd, y crychau bach oedd wedi ffurfio ar ei thalcen, y gofid yn ei llygaid.

'Beth na'th June i ti, Rose?' gofynnodd Carys iddi, yn taro'r golau 'nôl ar yr un euog. 'O't ti ddim yn lico hi. Ond do'dd neb yn lico June – ar wahân i Huw a Dad. Sori, Huw. Sori, Dad. O'dd hynny ddim yn ddigon o reswm i'w lladd hi. Ond o'dd gyda ti fwy o reswm na hynny i ga'l gwared ar June. June o'dd yr unig un o'dd wedi dy glywed di'n codi y noson gynta honno, y noson fuest ti lawr i dŷ John Rees, i rannu paned a bwyta cacen wrth y bwrdd a'i holi fe am dy fam ac am dy dad.'

'Beth mae'n weud nawr?' Roedd Bryn wedi cyffroi. Anwybyddodd Carys ei thad.

'Ti'n cofio hynny, Rose? Wy'n cofio. Fe wna'th June ein holi ni i gyd am y peth. Holi pwy o'dd wedi bod ar eu traed ym mherfeddion nos. Do't ti ddim yn poeni gormod ar y pryd, o't ti, Rose? Does neb yn cymryd sylw o fenyw oedran June, o's e? Ond pan o'dd June yn holi'r dieithryn yn dwll fe welest ti hi mewn gole newydd. Fe welest ti'r fenyw graff o'dd yn mynd i briodi Dad. Dy dad di. Priodas rhwng Bryn a June. Do't ti ddim eisie hynny, o't ti?'

'Do't ti ddim eisie hynny chwaith, nac Aled, na Lisa tase fe'n dod i hynny. Nage fi o'dd yr unig un o'dd yn casáu June!' hisiodd Rose.

'Hei, nawr. Bach o sensitifrwydd o flân y crwt. Ti'n olreit, Huw?' meddai Bryn yn anghyfforddus.

'Ma Huw yn dipyn o ddyn, on'd wyt ti, Huw?' meddai Aled yn gysurlon. 'Ddylech chi 'di gweld y ffordd na'th e ddelio 'da'r gwaith ar y traeth.'

Trawodd Carys yn ôl.

'Beth am Elfed? Rose…? Beth am Elfed?'

'O'n i'n caru Elfed!'

'Beth na'th e i ti, 'te, druan?' Roedd llygaid Carys yn llawn, ei llais yn torri.

'Dim byd! O'n ni'n siarad am briodi.' Roedd Rose ar dân.

'Ha! Wy 'di clywed e i gyd nawr.'

'Car, ti'n cynhyrfu. Dyw e ddim yn llesol —'

'Odw, wy 'di cynhyrfu, Nav. Ma pob hawl 'da fi i gynhyrfu. O'dd Elfed yn ffrind i fi. Yn ffrind i ni gyd.

Fe welodd e'r gwir ac wedyn o'dd rhaid iddo *fe* farw hefyd.'

'Damwen o'dd hi,' meddai Rose, ei llais yn llawn emosiwn.

'Ti'n cyfadde?'

Ochneidiodd pawb. Roedd Carys yn crynu.

'Am Elfed? Odw. O'dd e'n sefyll yn rhy agos i'r ymyl. Slipodd e a chwmpo. O'n i'n gwbod fyset ti ddim yn 'y nghredu i, Carys! Ond damwen o'dd hi!'

Clywodd y murmur, y sioc, ond roedd Carys yn benderfynol o fynd ymlaen.

'Un ddamwen ar ôl y llall. Ti'n anlwcus iawn, Rose, ma'n rhaid i fi weud. Ond wedyn bydde rhai pobol yn gweud mai dyna o't ti, Rose. Damwen fach. Bryn yn chware oddi cartre ar Enlli ac yn cenhedlu merch fach.

'Ar yr ynys hon gest ti, Rose, dy fagu. Gyda Heledd, dy fam. A bydde Dad a fi'n dod i Enlli bob haf i'ch gweld chi'ch dwy. Dim rhyfedd ein bod ni'n ffrindie bore o's. Ond o'dd Dad yn ffaelu bodloni ar 'ny, o'dd e? O'dd e'n llusgo ei ferch ei hunan i Enlli i fod yn rhan o'i affêr, ond do'dd hynny ddim yn ddigon.'

'O'dd e'n fwy nag affêr. O'n i'n caru Heledd, dy fam...'

'Gwrandwch am unweth, 'newch chi, Bryn.' Rhoddodd Lisa ei thad yng nghyfraith yn ei le.

'Gorfod bod â'ch bys ym mhob briwes, on'd y'ch

chi, Dad? Beth na'th e, Rose? Gweld cyment o't ti'n mwynhau cwmni'r ceffyle mynydd? Cynnig cyfle i ti ddod i Geredigion i fod yn rhan o deulu Tynrhyd? Byw a gweithio ar yr iard a, jiw, o'dd y gwaith yn ail natur i ti. Gest ti dy eni i fod ar yr iard!

'O'n ni gyd yn meddwl amdanot ti fel rhan o'r teulu – heb sylweddoli! Ond glywest ti John Rees, y cychwr, a Dad yn trafod ar y ffordd draw i'r ynys. Wedodd June dy fod ti ar flân y cwch. Beth o'n nhw'n weud, sgwn i? Bod ti a Heledd, dy fam, yr un sbit? A wedyn yr hanes…? Heledd yn beichiogi ar ôl ymweliad gan Bryn. Dad yn dod â ti adre i dy fagu di ar y ffarm. Do'dd neb fod i wbod, o'dd e? Dy fod ti'n ferch iddo fe!'

Roedd Rose wedi ei chyffroi, ei bochau yn goch a'i geiriau fel dur.

'O'n nhw'n meddwl bo' fi ddim yn gallu clywed. Bod y tonnau 'di cipio eu sgwrs. Glywes i bob gair… y gwir o'r diwedd!'

'Ac unweth ddest ti i wbod y gwir o'dd e'n corddi tu fewn i ti – o'dd e'n dy fwyta di'n fyw.'

'O'dd hawl 'da fi ga'l gwbod!'

'O, o'dd. Ond fentret ti ddim holi Dad. Er ei holl ofal, o't ti ofan ei wynebu fe – 'run peth â phawb arall. 'Na pam est ti lawr i dŷ'r cychwr ger y goleudy ym mantell y nos, er mwyn cael y gwir wrth John Rees. O't ti'n tampan. Yn grac gyda phawb a phopeth. Beth na'th e?

Beth wedodd e, sgwn i? O'dd e'n ddigon i ti gydio yn y peth cynta welest ti a'i daro fe yn dy dymer.'

'Pedol ceffyl,' meddai Lisa. Edrychodd pawb arni. 'O'dd hi 'di cwmpo oddi ar fachyn ar y wal – gicodd Elfed ei dro'd yn ei herbyn.'

Fflachiodd llun arall i feddwl Carys. Lluniau'r ceffylau mynydd ar y wal ger y bwrdd bwyd ac ambell fachyn yn wag. Ai dyna oedd yn hongian ar un o'r rheini y diwrnod y bu John Rees farw? Pedol?

'Petai Dad yn priodi, ble fydde hynny'n dy adael di?' meddai Carys. 'Y tu ôl i Huw, hyd yn oed? Bydde modd ei gadw fe'n hapus falle – dim rhyfedd bod ti mor gyfeillgar ag e! Ond o'dd June yn fater arall. O'dd hi wedi dy glywed di'n slipo mas, pan est ti i holi John Rees. Beth alwodd Aled hi? Miss Marple? O'dd rhaid rhoi stop arni. Trwy roi gwenwyn yn y cawl fe welest ti gyfle i roi'r bai ar Nav. Bachu ar bob cyfle i daflu sen ar Nav. Cyn i Nav adael a mynd â'r cwch, o'dd e 'di gadel neges i fi. Ond o'dd y neges ddim yna pan ddihunes i y bore hwnnw. Ond o't ti yna, on'd o't ti, Rose? Ai ei neges e wnest ti stwffo mewn i dy boced?

'O't ti 'di gobeitho y bydde pawb yn cyhuddo Nav o ladd June? Beth roiest ti iddi, tybed? Ti'n gwbod tipyn am wenwyn, pa blanhigion sydd angen eu chwynnu o'r cae yn yr haf rhag ofn i'r ceffylau fynd yn dost. O's rhwbeth sy'n wenwynig i bobol hefyd falle?'

'Bysedd y cŵn,' meddai Nav.

'Ie, bysedd y cŵn o'r fas yn y gegin. Ddest ti ben â hi y tro yna, ond dwyt ti ddim yn llwyddo bob tro ti'n trio lladd rhywun, wyt ti, Rose...? Weithiodd pethe ddim mas y tro cynta driest ti gipio bywyd rhywun. Ti'n gwbod sut wy'n gwbod?'

Arhosodd Carys ddim am ateb.

'Achos dw i dal yn fyw.'

Y STORI GOLL

35

'Beth o't ti'n neud ar ddiwrnod y ras?'

'Helpu. Fel arfer,' atebodd Rose heb edrych ar Carys.

'Helpu,' meddai Carys yn ddideimlad.

Hanner chwarddodd Rose – oedd hi'n trio ysgafnhau'r sgwrs? Roedd hi fel petai hi wedi ymlacio, yn barod i rannu ei stori.

'Sai'n siŵr faint o help o'n i. Ti'n lico neud pethe dy hunan. Itha reit, 'fyd. Mae e'n help i gadw'r cwlwm, y berthynas agos rhyngot ti ac Afallon. O'dd hi'n gallu bod yn, wel, yn orfywiog os o'dd gormod o bobol yn ffysan o'i chwmpas hi yn y stablau.'

Meddyliodd Carys, yna anelu ei saeth,

'Ie, ond 'co beth wy ffaelu deall... Pam o't ti 'na o gwbwl? Yn stabal Afallon, wy'n feddwl?' gofynnodd i Rose

'Nôl pethe i ti. Pethe arferol. Safio ti fynd yr holl ffordd i'r stafell tac. A phan benderfynest ti newid y gwartholion —'

'Beth wedest ti?'

'O't ti 'di ca'l gwartholion newydd. Ond o't ti'n nerfus am ddefnyddio nhw am y tro cynta ar ddiwrnod y ras.'

Oedd hi? Oedd hi'n nerfus? gofynnodd Carys iddi ei hun. A phawb yn mynnu ei bod hi'n reidiwr hollol ddi-ofn?

'Es i i nôl yr hen rai i ti. O't ti'n mynnu bod un yn hirach na'r llall. Yr hen leder wedi 'mestyn un ochr.'

'O'n, o'n i'n reit! O'n i'n teimlo'n anghytbwys, fel 'sen i'n pwyso mwy i'r ochr dde.' Cyffrôdd Carys wrth gofio hynny mewn fflach.

Ai dyna pam roedd hi'n teimlo bod rhywbeth ddim yn iawn? Bod ei balans hi ddim yn reit? Simsanu. Ai dyna wnaeth hi? Roedd Elfed yn iawn felly. Doedd dim byd yn bod ar garnau Afallon. Roedd e'n dweud y gwir. Roedd meddwl iddi ei amau yn ei tharo hi fel picell. Roedd hi wedi teimlo mor agos iddo, hyd yn oed ar ôl y ddamwain. Roedd bod yn ei gwmni yn sbarduno rhyw atgofion, hyd yn oed os oedd e'n gallu bod yn ddigon surbwch tuag ati. Gwyddai fod yna elfen o dwyll yn hynny. Fyddai e byth yn ei brifo hi.

'O'dd Bryn yn desbret,' meddai Rose. 'O'dd arian yn brin ac yntau eisie buddsoddi. Ofynnodd e i Elfed ei helpu fe, i neud rhwbeth i garnau Afallon – o'dd e'n mynnu y byddet ti, Carys, yn iawn, yn cadw dy sêt. Bydde fe wedi gallu hawlio arian yswiriant am Afallon.'

''Na beth yw celwydd!'

'Caewch 'ych ceg, Dad,' tasgodd Aled.

'O'dd Elfed yn ddyn da. Gwrthododd e.' Siaradai Rose

yn hyderus, yn gryfach nag oedd ei chorff bach yn ei ddangos. Yr union beth roedd Carys yn ei ofni yn ystod ei gyrfa – y ceffyl a fu yn y cefn yn achub y blaen.

'Pan wrthododd Elfed, fe gymrest ti'r awenau.'

'Naddo, byth.'

'Beth oedd e, 'te? Penderfyniad munud ola? Damwen arall?'

Meddyliodd Carys yn uchel.

'Peth twp i neud, peth peryg. Newid y gwartholion cyn y ras. Newidies i fy meddwl am ddefnyddio'r rhai newydd a gofyn am y lleill. Ac o'n nhw'n hen, ddwedest ti?'

'Ddim yn hen, hen. O't ti wedi defnyddio tipyn arnyn nhw, o't ti'n gyfarwydd â nhw. Well na cha'l tac newydd ar y dydd, tac anghyfarwydd. Sdim ofn mentro arnot ti.'

Edrychodd Carys tua'r gorwel ar y llinell lonydd sefydlog. Cysurodd yr olygfa hi. Daeth yr atgofion ati'n araf bach, fel llygedyn o haul yn ymestyn ar ôl gaeaf oer.

'Ro'n i'n eistedd yn y cyfrwy... ond des i off Afallon er mwyn newid y gwartholion.' Ceisiodd Carys weithio'r peth mas, ceisio cofio patrwm y dydd.

'Na, arhosaist ti arno. Do'dd Afallon ddim eisie sefyll yn llonydd tra bo' ni'n trwco'r gwartholion newydd am yr hen rai. O'dd hi'n gallu synhwyro'r ceffyle erill, y cyffro. O'dd hi'n ysu i fynd. Dim rhyfedd o't ti'n ddiamynedd gyda hi.'

Rose. Wastad yn cadw ei hochr. Yn helpu. Hyd yn oed pan oedd hi madam, hi Carys, yn mynnu newid y gwartholion funudau cyn dechrau'r ras. Ond beth os oedd rheswm arall pam ei bod hi mor awyddus i helpu? Beth os oedd hi wedi ysgogi Carys i newid ei meddwl ar y funud olaf? Beth os nad oedd Rose wedi gosod y gwartholion yn ddiogel yn eu lle? A bod hynny'n gwbl, gwbl fwriadol?

'Ble ma'r tac?'

'Tac?'

'Y cyfrwy o'dd 'da fi ar y dydd?'

'Wedi hen fynd.'

'Mynd i ble?'

'Gwastraff. Sai'n gwbod. Dy dad...'

'O, ie, Dad. Ti'n dda iawn am weld bai ar bobol eraill, on'd wyt ti, Rose?'

'Pam ti'n gweud 'ny?'

'Mor ddiniwed â babi newydd ei eni. Gêm yw e i gyd. Act fawr. Chwarae rôl. Mewn gwirionedd, ti 'di bod yn cynllwynio i gael 'y ngwared i.'

'Carys, 'styria be ti'n ddweud!' meddai Nav.

'Wy'n gwbod beth wy'n gweud, Nav.' Trodd ei sylw yn ôl at Rose. 'Ti 'di bod yn cynllwynio i gymryd fy lle i ar yr iard. Ar ben Afallon. Er mwyn i ti ga'l gwireddu dy freuddwyd, i fod yn geffyl blaen o'r diwedd. Dim rhyfedd 'mod i ddim yn ymddiried ynddot ti.'

Edrychodd Rose ar Carys. Roedd hi wedi medru bod yn gryf, ond fe frifwyd hi gan y geiriau hyn. Dechreuodd grio.

'Ti'n rong! Ti'n hollol paranoid. Gwedwch wrthi!' Edrychodd Rose o'i chwmpas yn wyllt, yn chwilio am gefnogaeth. Roedd pawb mewn gormod o sioc i siarad. Ceisiodd esbonio. 'Do, wy wedi breuddwydio am fod ar y blaen, ma 'da fi ddigon o allu. Wy'n reidiwr da – yn yffarn o reidiwr da – os o's rhaid i ti ga'l gwbod. Ond dyw'r pethe erill yna ddim 'da fi – y sicrwydd, y penderfyniad, y styfnigrwydd... Wy'n hapus yn y cysgodion, yn gefen i ti. Wy wedi bod yn gefen i ti – hyd yn oed pan —'

'Pan beth, Rose?'

'Pan droiest ti dy gefen arna i.'

36

Llwyddodd Carys i berswadio Rose i'w dilyn hi i'r lolfa fach. Lle i gael llonydd, y ddwy ohonyn nhw a neb arall. Gwyddai ar ôl popeth oedd wedi digwydd y byddai'r syniad hwn yn apelio'n fwy na dim i'w ffrind. Ac wrth i Rose barhau â'i stori teimlodd Carys ei chorff yn cael ei feddiannu gan lif anesmwyth.

'O'dd y boen yn ofnadw – o't ti ddim eisie bod yn ffrind i fi.' Crynai Rose yn gorfforol wrth gofio, gan eistedd ar y soffa ddilewyrch. 'Ddwedest ti ddim byd pendant, ond o't ti wedi dechre anwybyddu fi. Os o'n i'n dod yn agos tra bod ti'n siarad â rhywun arall ar yr iard, fe fyddet ti'n cerdded bant.

'Un diwrnod stopes i drio, stopio mynd yn agos atot ti, i ga'l gweld beth fydde'n digwydd. O'n i'n gobeitho bo' fi 'di neud camgymeriad ac y byddet ti'n dod ata i, chwilio am 'y nghwmni i. Ond ddest ti ddim.'

Symudodd Carys yn agosach o'r man roedd hi'n sefyll wrth y drws ond daliodd Rose ei llaw lan i'w hatal hi.

'O'n i'n teimlo fel sgrechen. Y ffordd o'n i'n teimlo, o'dd e'n debyg iawn i alar. O'dd e'n wa'th na galar. Taset ti 'di marw, o leia fydden i 'di gallu trafod y boen gyda phobol erill – bydde pobol wedi dangos tosturi. Ond o'dd gormod o gywilydd arna i i weud wrth unrhyw un sut o'n i'n teimlo am golli fy ffrind gore.

'O'n i'n beio'n hunan, wrth gwrs. Yn meddwl bod rhwbeth yn bod arna i, bo' fi ddim yn ddigon da i ti. O'dd yr unigrwydd yn llethol. Y peth lleia allet ti 'di neud o'dd gweud wrtha i – esbonio pam bod ti ddim eisie bod yn ffrindie.

'Pan gest ti'r gwymp ofnadw 'na o'n i ffaelu byw yn 'y nghro'n. O'dd e'n gyment o ryddhad pan ddihunest ti o'r coma, pan ddeallon ni bod ti'n mynd i wella. O'dd e fel gwyrth. O't ti 'di anghofio. O'n ni'n ffrindie 'to. Unweth i ti ddechre cryfhau est ti'n fwy dibynnol ar bobol – ar dy dad, ar Nav – yn fwy dibynnol na cyn y ddamwen.'

'Wy ddim yn ddibynnol ar unrhyw un.'

Chwarddodd Rose heb arlliw o hiwmor.

''Na'r celwydd mwya glywes i erio'd! Sdim syniad 'da ti pa mor ffodus wyt ti, pa mor freintiedig wyt ti.'

'Wy'n gwbod.'

'Wyt ti? Weda i un peth 'thot ti – so ti'n mynd i ffeindio neb i dy garu di cyment â dwi'n dy garu di, Carys.'

'Fy ngharu i fel ffrind.'

'Ie, dwy ffrind. Pwy arall ond menyw sy'n gweld ti – y ti go iawn? Dy annog di, cydymdeimlo â ti. Y da a'r drwg. I bwy arall fyddet ti'n dangos dy hunan ar dy waetha, pan ti ar dy benlinie? Dyw'r breuder yna ond yn bodoli rhwng dwy.'

Estynnodd Carys ei llaw i gyffwrdd ag ysgwydd Rose. Ysgydwodd Rose hi i ffwrdd. Poerodd.

''Na pam ma fe mor blydi boenus pan ma cyfeillgarwch yn dod i ben.'

Chwiliodd Carys am y geiriau i gysuro. Ond torrodd Rose ar ei thraws.

'O's unrhyw syniad 'da ti pwy mor hunanol fuest ti? Yn pallu esbonio pam? Pam bod ti ddim eisie bod yn ffrindie 'da fi? Pam bod ti'n whalu'r berthynas fwya pwysig ges i erio'd?'

'O'n i ffaelu esbonio. O'n i ddim eisie dy frifo di.'

'Ddim eisie brifo fi! Y peth lleia allet ti 'di neud fydde bod yn onest!'

'Wy'n gwbod. Pan ddechreues i fynd mas gyda Nav… do'n i ddim yr un un… symud mlân, dod yn fenyw, sai'n gwbod…'

'A Rose fach, pwr dab, yn aros yn llonydd.'

'Cred ti fi, wy'n teimlo'n euog bo' fi wedi rhoi fy hunan i Nav, wedi troi cefn ar fy ffrind gore.'

''Co ti nawr… mor hunanol ag erio'd. Carys Tynrhyd. Y ceffyl blaen. Yn esgus bod yn llawn tosturi. Dorrest ti 'nghalon i! Wy ddim yr un person achos ti. Sdim byd alli di weud nawr. Wna i fyth, fyth faddau i ti. Dyna pam wna i ddim cyfadde i beth ti'n fy nghyhuddo i o neud. Ble fyddi di arni wedyn? Ti, a dy gof sy'n pallu, yn fy erbyn i?'

Teimlodd Carys gynddaredd annisgwyl, yn llenwi ei chorff. Symudodd ymlaen yn barod i daro'n ôl. Yr eiliad honno clywodd seiren y goleudy yn canu'n groch. Roedd yn ddigon i'w hatal.

37

Safodd yno yn gweld y 'peth'. Cymerodd eiliad iddi gofio mai 'cwch' oedd y gair ar ymylon y cof. Ymwelwyr yn chwilio am antur am y dydd, neu ai criw oedd y rhain yn dod i'w hachub? Roedd angen ei hachub hi – oddi wrth bobol eraill, neu oddi wrthi hi ei hunan?

Daeth dyn ati.

'Helô. Idris dwi, pwy wyt ti?'

Siglodd ei phen, fel petai hi ddim yn cofio. Ond roedd hynny'n un peth roedd Carys yn ei gofio'n iawn.

'Carys,' meddai hi'n hyderus. Daeth atgofion eraill yn ôl iddi. Roedd ei phen yn clirio fel y bore bach. Roedd pobol eraill gyda'r dyn. Llygadodd nhw yn eu gwisgoedd. Roedd yr enw amdanyn nhw yn llond ceg. Ond roedd hi'n ei wybod yn iawn. Gwylwyr y glannau.

Fe fyddai'n rhaid gadael yr ynys a mynd adre i ofalu am ei thad, a maddau iddo am ei ran yn y gwymp oedd wedi achosi anafiadau a newidiodd ei bywyd. Fe fyddai'n rhaid rhoi amser i alaru am yr hyn oedd wedi digwydd, y bobol oedd wedi colli eu bywydau, y newid yn ei bywyd hi. Fe fyddai Nav yn gefn iddi ond fe fyddai colled y bobol oedd wedi mynd yn cnoi. Clywodd sgrech gwylan y môr. Ochneidiodd.

'Fyddwch chi angen siarad â Rose,' meddai Carys.

'Rose. Pwy yw Rose?'

'Fy chwaer. Ac er gwaetha popeth, wy'n ei charu hi. Dewch, mae fy nheulu yn Nhŷ Pellaf ac maen nhw'n aros amdanon ni.'

Daeth chwip o wynt i ysgwyd Carys ond daliodd ei thir. Wrth i'r criw droi eu cefnau arhosodd am funud fach i edrych allan dros y môr enbyd, cyn eu dilyn.

Hefyd gan yr awdur:

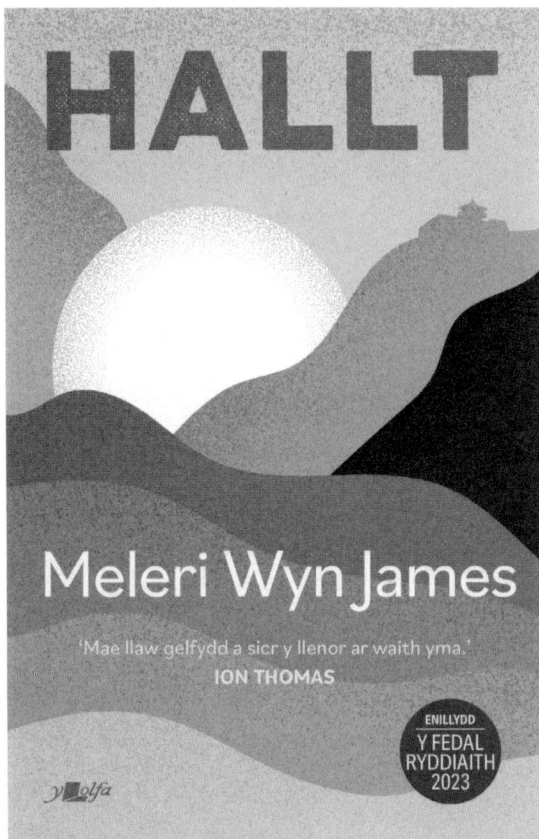

£9.99

G

BLAIDD WRTH Y DRWS

MELERI WYN JAMES

£9.99

Hefyd o'r Lolfa:

ALUN DAVIES

PWY YW
MOSES JOHN?

'Mi wnes i ei llowcio hi mewn un eisteddiad.'
Aled Hughes

y Lolfa

£9.99

HELFA
LLWYD OWEN

'Nofel sy'n brathu
fel cyllell ar gnawd.'
ALUN DAVIES

y_olfa

£9.99

Pumed Gainc y Mabinogi

PEREDUR GLYN

y olfa

£9.99

Holwch am bris argraffu!
www.ylolfa.com